插图本

名著名译
丛 书

插图本名著名译丛书

了不起的盖茨比

The Great Gatsby

F. Scott Fitzgerald

〔美〕菲茨杰拉德——著

姚乃强——译

人民文学出版社
PEOPLE'S LITERATURE PUBLISHING HOUSE

F. Scott Fitzgerald
THE GREAT GATSBY

图书在版编目(CIP)数据

了不起的盖茨比/(美)菲茨杰拉德著;姚乃强译. —北京:人民文学出版社,2017
(插图本名著名译丛书)
ISBN 978-7-02-013068-9

Ⅰ.①了… Ⅱ.①菲…②姚… Ⅲ.①长篇小说—美国—现代 Ⅳ.①I712.45

中国版本图书馆 CIP 数据核字(2017)第 171025 号

责任编辑　曾少美
装帧设计　刘　静
责任印制　徐　冉

出版发行　人民文学出版社
社　　址　北京市朝内大街 166 号
邮政编码　100705
网　　址　http://www.rw-cn.com

印　　刷　三河市延风印装有限公司
经　　销　全国新华书店等

字　　数　176 千字
开　　本　880 毫米×1230 毫米　1/32
印　　张　7.5　插页 3
印　　数　1—5000
版　　次　2004 年 6 月北京第 1 版
印　　次　2018 年 6 月第 1 次印刷

书　　号　978-7-02-013068-9
定　　价　24.00 元

如有印装质量问题,请与本社图书销售中心调换。电话:010-65233595

出 版 说 明

人民文学出版社自上世纪五十年代建社之初即致力于外国文学名著出版，延请国内一流学者论证选题，优选专长译者担纲翻译，先后出版了"外国文学名著丛书""世界文学名著文库""二十世纪外国文学丛书""名著名译插图本"等大型丛书和外国著名作家的文集、选集等，这些作品得到了几代读者的认可。丰子恺、朱生豪、傅雷、杨绛、汝龙、梅益、叶君健等翻译家，以优美传神的译文，再现了原著风格，为这些不朽之作增添了色彩。

2015 年，精装本"名著名译丛书"出版，继续得到读者肯定。为了惠及更多读者，我们推出平装版"插图本名著名译丛书"，配以古斯塔夫·多雷、约翰·吉尔伯特、乔治·克鲁克香克、托尼·若阿诺、弗朗茨·施塔森等各国插画家的精彩插图，同时录制了有声书。衷心希望新一代读者朋友能喜爱这套书。

人民文学出版社
2018 年 1 月

前　言

　　一九三四年，也就是《了不起的盖茨比》问世十周年之际，美国蓝登书屋决定将小说收入"现代丛书"，重新推出。出版社邀请作者菲茨杰拉德为小说写一篇前言。作者欣然命笔，写了一篇言简意赅的前言，主要针对当时叱咤文坛的批评家 H. L. 门肯及其他一些人对小说的批评作了针锋相对的回应，有理有节，又充满自信，表露了作者的创作心声。他写道："既然这本书要重新出版，作者愿意在此说几句话，直抒胸臆。在写这本书的十个月中，作者做出了前所未有的努力，以保持自己艺术良心的纯洁。读过小说的人都会看到，尽管小说还大有改进的余地，但是，在我看来，就真实或者近乎真实而言，作者是问心无愧的，因为他已经尽力使他的想象力诚实可信。"他一再强调，这是一本诚实的书。只要有了清白的良心，一本书就能幸存下去——至少存活在人的情感之中。他坚信他是不会孤寂的。

　　事实果真如此，又是七个十年过去了。小说《了不起的盖茨比》一版再版，对它的评论也层出不穷，好评如潮。它已被公认为美国现代小说中最优秀的作品之一，其作者菲茨杰拉德也被冠之为美国二十世纪二十年代，即"爵士时代"的"桂冠诗人"、"编年史家"。可以毫不夸张地说，仅《了不起的盖茨比》一书便足以确立他在美国文学史上的地位，将他与他同时代的美国作家德莱塞、凯瑟、海明威等人齐名而毫不逊色。

那么为什么这样一本篇幅不长的小说（有评论称它为中篇，有的甚至把它归为短篇）会引起读者如此大的兴趣，也引起评论家们如此强烈的反响？在此我们有必要对作家、作品以及几十年来不同评论家的评说有一个大体的了解。

弗朗西斯·司各特·菲茨杰拉德（以下简称为菲氏）一八九六年生于美国中西部明尼苏达州圣保罗市的一个商人家庭。他早年随父母去美国东部，在纽约州和新泽西州等地生活和学习。父亲失去工作后，他又随之返回西部老家。一九一三年，他进入普林斯顿大学求学。他在学校里热衷于写作和社交活动，而且雄心勃勃，他曾对他的同学、后来美国文学的著名评论家埃德蒙·威尔逊这样说过："我想要成为当今最伟大的作家之一，你不想吗？"而且据说他说这话时是很严肃的。一九一七年，第一次世界大战爆发，他应征入伍，但没有被派往欧洲战场，而是送到南方亚拉巴马州的蒙哥马利市近郊的军营里受训。在这期间，他认识了一位名叫姬尔达·赛尔的富家小姐。她被认为是当地的美女，在她身上有着南方名门淑女的许多特点。他们很快坠入爱河，但当她知道他无力让她过上舒适奢华的生活时，她拒绝了他的求爱。这件事给年轻的菲氏很大的打击。一九一九年他退伍后去了纽约，决心要挣大钱，赢回姬尔达。开始他白天在一家广告公司工作，晚上伏案写小说。后来他干脆辞去了工作，回到父母身边，闭门写作。最终他完成了他的第一部长篇小说《人间天堂》。据说当邮递员送来出版社决定采用他的书稿的通知时，他欣喜若狂，"在街上狂奔，拦截过往的汽车，他要把这一消息告诉他的至亲好友"。一九二〇年三月二十六日小说正式出版，并大获成功，一举成名。他立即去到南方，四月三日便和姬尔达火速结婚。

婚后，他们的生活就像《人间天堂》里描写的人物一样，放荡不羁，狂欢纵乐。他们在纽约的公共喷泉池里游泳，坐在出租车的车顶上去参加宴会，与酒店里的侍者打架，甚至在餐桌上跳舞。生活变成了通宵达旦的鸡尾酒会，然而，菲氏还必须写作挣钱，以维持巨大的开支。一九二二年，他出版了第二部长篇小说《美与丑》和短篇小说集《爵士时代的故事》。他急切地希望《美与丑》能比他的第一部小说受到更大的关注，实现他成为一名"伟大作家"的愿望，而不是像他在普林斯顿时的同学、此时已成为文学批评家的埃德蒙·威尔逊在看完《人间天堂》样稿后所预言的那样："你会毫不费力地成为一名受欢迎的通俗小说作家。"菲氏曾坦言他写《美与丑》的意图是"要塑造一个作家，他并无真正的创作灵感，却有着艺术家的种种情趣和弱点，最后他和他的娇妻成了在'穷奢极欲'海滩上的一条沉船的残骸"。他在小说中再次大量使用自传性的材料，引起了读者的好奇，销售尚好，但评价不高。一些评论家认为小说具有与他第一部小说同样的弱点，只是作者本人生活经历浪漫化的翻版，并且写法杂乱，构思不精，有的地方，作者故作深刻，实在是不知愁滋味的少年感受而已。

一九二二年七月，他开始酝酿他的第三部小说，也就是他完成的四部小说中最重要的一部《了不起的盖茨比》（以下简称《盖茨比》）。他在写信给帮助他出版《人间天堂》的编辑马克斯威尔·帕金斯的信中这样写道："我这一次要写出新的东西来——不同凡响的，优美的，质朴的，加之布局精细缜密。"他还充满自信地说，"我感到我现在身上有一股巨大的力量。……我现在正在写的那本书将是一件精心制作的艺术作品。"

一九二五年四月《盖茨比》正式出版了，受到了不少好评，却没有带给他预期的报酬，因为书的销量还不及他前两部小说的一半，所得的稿酬刚够他还清对出版社的债款。在以后的两年里，他很少写东西，用他自己的话说，这个时期"有的是没完没了的宴会，惟独没有工作"。

在走投无路的情况下,他于一九二七年去了好莱坞,靠编写电影脚本来维持生计。直至一九三四年,他才出版了他的第四部小说《夜色温柔》。从一九三〇年开始姬尔达患上了精神病,经常住院治疗,医疗费高昂,不堪负担,菲氏本人想借酒消愁,结果嗜酒成癖。他再度靠为好莱坞编写电影脚本来挣钱。一九四〇年他因心脏病发作而去世,时年仅四十四岁,死时留下一部未完成的小说《最后的大亨》。

菲氏的一生及其作品都充分说明,他是美国"爵士时代"的代言人,是二十世纪二十年代最具代表性的作家,他有成功与辉煌的一面,又有苦涩和失意的一面,曾被称为"失败的权威"。他的生命交织着雄心和现实、成功和失败、得意和潦倒、纵情和颓丧、爱情和痛苦、美国文明和欧洲文明的矛盾、东部和西部的冲突、梦想和幻灭……这一切都在他的小说里表现得淋漓尽致,而其中最有代表性的便是《了不起的盖茨比》。

从表面上看,《盖茨比》只是"爵士时代"的一个画面或插曲,对那个时代美国社会的种种腐败现象作了酣畅淋漓的描绘,如贩卖私酒,黑帮猖獗,农民背井离乡,涌向东部大城市,农业社会的败落,工业化和城市化的恶果显露,道德被打上金钱的烙印,物欲横流、享乐至上、政治上趋向极端的保守主义等等。但是透过这些现象,我们可以直觉地感受到菲氏对于二十年代表面繁荣的忧心,对于一九二九年证券市场的暴跌及稍后出现的大萧条的那种隐而不露的先知先觉,同时也可以深切地感受到那是一个时代的结束,另一个时代的开始,美国传统信念的沦丧,最后不可避免地导致"美国梦"的破灭。

所谓的"美国梦"是一种信念,也是一种欲望,一种梦幻,认为在这块充满机会和财富的土地上,人们只要遵循一组明确的行为准则去生活,就有理由实现物质的成功。这组行为准则在十八世纪就体现在富兰克林、杰弗逊、爱迪生、卡内基等人的言行中。在盖茨比父亲珍藏的那本被他儿子翻烂的《牛仔卡西迪》书的封底前页上,盖茨比年轻时写下的作息时间表和自勉的箴言实际上就是富兰克林、卡内基等人的教诲和梦想。菲氏在文学上怀有"美国梦",他认为他自己与众不同,与他的父母也不同,甚至不认同自己是父母的儿子,他来自于柏拉图式的自我观念。他是上帝之子,他要为上帝的事业效劳,追求一种"博大的、世俗的、虚饰的美"。显然他把自己想象成为基督一样的人物。十七岁时他决定改名,由原来的詹姆斯·盖兹改为杰伊·盖茨比就有这份涵义在内,据说杰伊·盖茨比是英语"Jesus, God's boy"(耶稣,上帝之子)发音的变体。但是具有讽刺意味的是,从他改名那一刻起,他开始追求所谓的美和善,也就开始了他的人生悲剧。他把黛西·布坎南视为他追求的那种美的化身。当他见到她时,他知道他已经把他不可言喻的理想与她的生命气息结合在一起了。他知道他的心要与上帝的心一样,必须专一,绝不可驰心旁骛。当他第一次亲吻她时,"她就像一朵鲜花一样为他绽放,于是这个理想的化身就完成了"。在黛西身上,盖茨比的梦想变得有血有肉。他企求与黛西联袂来实现自己的梦想。

但是,黛西根本无力担任这个角色。她不过是一个以享乐为人生最高目标的资产阶级小姐,没有思想,没有情操,浅薄虚假,百无聊赖,无所事事。她绝不可能为实现盖茨比的梦想去牺牲自己的既得利益。盖茨比本人也是咎由自取,也许他并不是什么"上帝之子",他具有的只是某种"了不起"的品质,即为自己误导的梦想顽强拼搏的意志。他和黛西的丈夫汤姆·布坎南都拥有财富,两人的不同之处是他至少用他的财富去追求一种"美",并竭尽全力去得到它。然而,他没有赢得它,最后,乔治·威尔逊,也就是汤姆情妇的丈夫在黛西夫妇的合谋和挑唆下杀死了盖茨比。他的梦想彻底破灭了。盖茨比的失败究其根本的原因是他做的那个"美国梦"已过时了,他所处的年代梦想成真的机会已经微乎其微。在小说结尾处,作者不无感慨地写道:"他的梦似乎近在咫尺,唾手可得。但他不知道那梦已远他而去,把他抛在后面,抛在这个城市后面那一片无垠的混沌之中,在那里共和国的黑色原野在夜色中滚滚向前伸展。"盖茨比一心向往的未来已经不复存在,他那个在农业社会里培育的梦想——美国梦——已经烟消云散。杰弗逊精心设计的伊甸园也随着工业化和城市化的进展而成了菲氏笔下的灰土谷。

小说的另一个重要主题是作者再次运用象征的手法揭示了美国东部和西部的差距和冲突。这一主题贯穿在全书的各个部分,从人物到背景,从故事的起始、发展到结局都展示了两者之间的矛盾。作者是通过叙事人尼克·卡拉韦来表述这一主题的。尼克本人、杰伊及一度为他的女友的乔丹·贝克,还有汤姆和黛西全都来自中西部,这个中西部不是我们一般想象里的中西部——一个以农业生产为主的中西部,而是在东西交界地带布满大小城镇的中西部。"这就是我的中西部,"卡拉韦若有所思地说道,"不是麦田,不是草原,也不是瑞典移民的荒凉村镇,而是我青年时代那些激动人心的还乡的火车,是严寒的黑夜里的街灯和雪橇的铃声……"卡拉韦继续说道:盖茨比和他的朋友们都是西部人,"也许我们具有某种共同的缺陷使我们微妙地难以适应东部的生活"。尽管东部有许多吸引人的东西,但是生活在那里的西部人总是如履薄冰,如临深渊。所以,卡拉韦决定回去,回到老家去,在草原城市里虽然他不能飞黄腾达,至少能生存下去。显然这是一个强烈的反讽。尼克当初离开中西部老家是因为"那里似乎处于世界的边缘,一片不毛之地"。但是在小说的结尾,他要回去的那个地方却成了他能够找到思想上和道德上平衡的地方。菲氏凸显了东部和西部之间的分化和对立。在更深的层次上,这里的东部不仅指美国以纽约为代表的东部,而且还涵盖了菲氏经常出没和眷恋的欧洲及其文明;同样这里的西部也不只是地理概念上的西部,它代表着美国工业化以前初民们的生活准则和道德风貌。因此,一边成了代表来自欧洲的诡诈和腐败的集散地,一边成了代表源自边疆的纯朴和憨厚的保留地。尽管小说的结局带有抚昔怀旧的情调,但是作家菲茨杰拉德,像其他二十年代重要的作家一样,都清楚地看到随着美国工业化和城市化进程的完成,原来的价值观念和生活准则都必须改变。菲氏通过盖茨比"梦想"的破灭宣告了旧的生活方式的破产。不管他的梦想如何高尚,带有"美国梦"的特色,但它是荒诞的。富兰克林和杰弗逊等人的训导在现代化的大潮冲击下已经显得苍白无力,不仅不适用于盖茨比遭受失败的东部,也不适用于尼克要回去的西部,因为作家告诉我们在城市里无美可言,而出自盖茨比的柏拉图式自我观念中的美也是不可企及的。

这部小说在艺术上的成就是十分杰出的,就连曾对小说猛烈抨击的批评家门肯也不得不承认:"尽管故事平庸,但文笔玲珑剔透,丝丝入扣,光彩夺目。没有陈词滥调,句子流畅通达,如行云流水,熠熠发光,又变化无穷。显然每一行都灌注了作者的智慧和艰辛。……明眼人一看就知道这既是一部美轮美奂的天才之作,又是经过辛勤劳作完成的。"小说的艺术表现是完整的,也是多方面的。其中最杰出的是作者对语言的运用。用爱尔兰小说家詹姆斯·乔伊斯的话说,它是真正用英语写的为数不多的小说之一。作者在使用语言上表意精细,效果强烈,很少有同类的作品可与它相媲美。不用说那些已经深深印在读者记忆中的段落,如尼克看到盖茨比站在海边遥望黛西家码头上绿色灯光的那一段;又如盖茨比举行宴会的种种场景及与会者各色人物的脸谱都描写得栩栩如生,惟妙惟肖;还有盖茨比和汤姆在酒店摊牌时的争吵,以及结尾时尼克几段咏叹调式的独白等,精彩纷呈,字字珠玑,回味无穷。无怪乎有评论家说,《盖茨比》全书是精心创作的散文典范,还具有抒情诗般的精确和华美。

这部小说的第二个突出成就是它的叙事手法或者说它的独特的视角。作者创造了尼克·卡拉韦这一角色。他既是叙事者，又是故事中的人物。有了这样一个"身兼二职"的人物，菲氏在写作时获得了更大的创作空间，也使作品具有更大的客观性，效果更集中。尼克不只描述了他亲身的所见所闻，叙述了盖茨比的身世遭际，同时在叙述过程中也发现了自己。小说一开始他引述了他父亲对他的一句忠告：不要轻率地对别人评头论足。在故事开展的整个过程中，他只记事，而不作评论。他对盖茨比本人及其生活态度一直抱着矛盾的心态，既吸引又反感，使他"既身在其中又身在其外，对生活的变幻无穷和多姿多彩，既感到陶醉又感到厌恶"。但是在故事结束时，他站到了盖茨比这一边。他对盖茨比作出了自己的判断。他赞美他，认为汤姆等等一伙人都比不上他。这种叙事者的双重身份又可以使作家充分运用各种亲眼目睹的形象来表达深层的思想感情。我国美国文学评论家董衡巽先生把菲氏的这种叙事手法称之为"双重看法"。他指出："这种又融合又有距离的表现方法使得蕴藏在形象里的思想感情具有多种层次，不同的读者可以有不同的体会，不同的时代也会作出不同的解释。"董先生又引用美国文学评论家麦·考利对这种"双重视角"作的一个非常形象的比喻，说菲氏写的小说"像是他亲身参加的一次舞会，自己翩翩起舞，同最漂亮的姑娘跳着探戈，同时又站在舞厅外面，像一个从中西部来的小男孩，鼻子贴在舞厅的玻璃窗上，向里张望，心里嘀咕这门票要多少钱一张……"也许正是这个出神入化的手法使 T. S. 艾略特断言：《了不起的盖茨比》代表了自詹姆斯以来美国小说迈出的第一步。"

这部小说艺术上的另一个突出的特点是象征的使用。菲氏在运用象征上如此广泛，如此深邃，如此娴熟，在美国小说史上实属罕见。在《盖茨比》一书中，每一件事物都具有象征的意义，从盖茨比的豪宅到在那里举行的通宵达旦的狂欢晚会，从矗立在灰土谷广告牌上艾克尔伯格的蓝眼睛到黛西家码头上的绿色灯光，从女主人公洁白的裙子到她的金铅笔，再到她嗓音里钱币的叮当声……无一不使读者浮想联翩，叹为观止。

　　就小说的背景而言，有两对主要地点：东埃格村和西埃格村，纽约市和灰土谷。东埃格村是传统富人的居住区，布坎南家就在那里，那是一座英王乔治殖民地时期的深宅大院；西埃格村则是后来开发的。盖茨比住的那座豪华别墅，原先是由一个暴发户建造和居住的，盖茨比为了黛西重金买下并仿效欧洲的风格进行了修葺装饰。两者隔着一个海湾对峙着，"一交锋便撞得粉身碎骨"。这个冲撞代表了新旧两种财富拥有者之间，梦想和现实之间的激烈冲突。位于长岛和纽约之间的灰土谷则是普通老百姓的荒原，资本主义工业化留下的恶果，住在那里的乔治·威尔逊为往来于纽约和长岛之间的汤姆之辈修车加油，最后拱手把自己的妻子和生命都交付给了肉欲和暴力。纽约的象征意义是不言而喻的，尼克在那里的一家金融公司工作，而具有讽刺意味的是这家公司的名字叫"诚记信托公司"。这里需要补充的是东、西埃格村，埃格（egg）在英语里是"鸡蛋"之意，它表示脆弱易破，不堪一击。

　　在小说众多的象征中，最值得注意的是艾克尔伯格医生的那双眼睛。他俯视着菲氏描绘的那个死气沉沉、道德败坏的世界。他是一名眼科医生，是在给自己做广告。然而他从未开业，因此这双眼睛是不可矫正的盲目的标志，是一种欺诈行为，而不是如威尔逊想的那样是上帝的标志。正如黛西的声音和她家码头上的绿色灯光不是希望的标志，那声音里充满的是铜臭味，那灯光在茫茫的大雾里是看不到的。这双眼睛是小说的主要象征，因为小说里的主要人物都是盲目的，他们看不清自己和周围的人和事，他们的行动都是盲目的。盖茨比看不清黛西的空虚和丑恶，却把她作为美的化身来追求；黛西在盖茨比要她明确申明她从未爱过汤姆之前,她对汤姆和盖茨比的感情都是盲目的;汤姆对于自己的虚情假意和伪善则更是茫然无知。他猛然一拳,把梅特尔打得血流满地,就因为她敢于提及他妻子的名字。可怜的梅特尔在她死之前,一直把乔丹误以为是黛西,把汤姆看成是把她从灰土谷里拯救出去的救世主,最后她盲目地冲向他的汽车。事实上,驾驶车的是黛西,坐在她身边的是盖茨比,而不是汤姆。在最后的盲目行动中,作者又让艾克尔伯格的那双眼睛出现了。威尔逊把这双眼睛看做正义判决的标志,义无反顾地去执行上帝的判决。结果他错杀了盖茨比。这些人物全是盲目的,而这种盲目全来自他们盲目的欲望,而正是盲目的欲望制造了各种不同形式的"美国梦"。在整部小说中,惟独尼克是有视力的,但是他经过了很长的时间才慢慢看清周围的人和事。

由此可见菲氏把象征主义的手法发挥到何等的极致,同时也可以看出作者在人物的刻画、情节的发展、结构的缜密等方面都匠心独运,曲尽其妙。盖茨比葬礼那天除了他父亲、尼克和那个戴猫头鹰眼镜的先生外,别无他人,真是"曲终人不见",但是小说给人的震撼和感染则"余音绕梁"。

《盖茨比》从一九二四年第一次出版至今已八十年了。在此期间对菲氏及其作品,特别是他的代表作《盖茨比》的研究和评论始终没有停止过。我们从英美评论界对这部小说的评论中,可以清楚地看到该小说在美国文学史上地位的升迁及其越来越大的影响。正如英国的特里德尔教授指出的那样:这部小说具有极强的可读性,易于被广大读者接受,又适合于当做教材,写作艺术高超,小说讲的是"美国梦"。它为评论家们提供了取之不尽的批评养料。同时,通过对各个时期批评家们评介小说时使用的不同批评理论和方法的了解,我们也可以看到美国文学批评理论和方法的发展趋势。

在五十年代以前,对《盖茨比》的评论主要是对其小说的评价,分析小说的优缺点,确立其地位。其中阿瑟·迈士纳和威廉·特罗伊写的传记和评论都很有见地,确立了《盖茨比》作为菲氏最优秀作品的地位。五十年代是美国文学理论的黄金年代,评论和阐述的方法风起云涌,其中当首推"新批评"的理论和方法。那时文学界迫切希望重新建立美国文学的典型。在此背景下,菲氏研究像雨后春笋蓬勃发展。不少评论家用"新批评"的方法对《盖茨比》的写作技巧作了十分透彻的分析,更有一批评论家对小说反映的"爵士时代"和"美国梦"作了深入的讨论,使小说的声望也随之大增。

在六十和七十年代,有关菲氏的传记、评论集和论文仍然源源不绝出版,它们都在原来研究的基础上有了进一步的发展,出现了许多专题研究,如对小说的叙事手法、篇章结构、色彩的象征意义等等,其中有一些评论有着明显的结构主义批评理论的影响。当然也不乏对菲氏的写作方法提出尖锐批评的文章。到了六十年代中期以后,批评的风向又发生了显著的变化,评论家们对于少数族裔、两性关系、妇女等问题产生了浓厚的兴趣。还有评论家用弗洛伊德的心理分析方法对小说中的两性关系,甚至同性恋问题作了饶有兴趣的讨论。

八十年代至九十年代中期,美国新的批评理论和方法纷至沓来,目不暇接。这同样反映在对菲氏及《盖茨比》的研究上,派别林立,标新立异,可谓进入了一个新时期。至于运用后现代主义/后结构主义、新历史主义、文化批评等方法来解读这部作品的文章屡见不鲜。

从以上这个简单的概述中,我们可以清晰地看到美国文学批评理论发展的脉络,也可以看到菲氏的这部小说是经得起时间考验的,像作者自己说的那样,它会"幸存下去——至少存活在人的情感之中"。

美国小说家菲氏及其小说《盖茨比》为中国众多读者所熟悉还是最近三十年的事。据了解,该小说已有多个译本。这说明它受到广大读者的欢迎。之所以这样，原因是多方面的，除了作家在小说写作艺术上所取得的杰出成就之外，还有我国目前正处于转型时期，社会上出现的某些现象和美国上世纪二十年代有类似的地方。人们的价值观念、道德观念、精神面貌都发生了很大的变化，究其原因，其中很重要的因素是金钱。小说《盖茨比》对金钱的负面作用作了很深刻的描写，它让我们看到金钱对小说中主要人物和社会的巨大腐蚀作用。这部被麦·考利称为"金钱浪漫史"的小说对于我们实在也是一部警世与醒世之作。

另外，菲茨杰拉德于一九二六年写的短篇小说《富家子弟》，无论在主题思想、历史背景、人物塑造和写作手法等方面都与《了不起的盖茨比》有许多相似之处，具有异曲同工之妙。《富家子弟》被很多评论家认为是菲氏短篇小说中的杰作，誉为"微型盖茨比"，不少美国短篇小说集和文学选读本都将它选入，奉为范篇，极力推荐。因此，把它译出，与《了不起的盖茨比》一并奉献给读者。

姚乃强

二〇〇四年春节　于洛阳

目 次

了不起的盖茨比

F. Scott Fitzgerald

The Great Gatsby

据 Penguin Books 1994 译出

第 一 章

在我年轻幼稚,不谙世道的年代,父亲给我的一条忠告,至今还一直在我心头萦绕。

"每逢你想要对别人评头品足的时候,"他对我说,"要记住,世上并非所有的人,都有你那样的优越条件。"

他没有再多说什么,但是我俩彼此总能心照不宣,心领神会,因此我明白他的言外之意。结果,我养成了三缄其口,不妄作判断的习惯,这个习惯使许多性格乖戾的人乐意向我敞开心扉,但同时也使我成为不少老谋深算的无聊之徒的攻击对象。心智不正常的人往往能很快发现正常人身上显露出来的这种品质,并伺机与之接近。于是,出现这样的情况:在上大学时,我被人们不公正地指责为政客,因为我能探微索隐,把那些性格捉摸不定、讳莫如深者心头秘而不宣的哀怨倾吐出来。大多数的隐私不是刻意追求得来的。经常的情况是,当我根据某个无可置疑的迹象觉察到有人忐忑不安欲吐心迹时,我便惺惺作态,昏昏欲睡,或心不在焉,别有所思,或者横生敌意,浮躁不安;因为我深知年轻人要吐露的心迹,至少他们的表达方式都是照搬别人的,而且因明显的压制而露出破绽。不轻率下判断是可望而不可即的。我现在仍然害怕有所闪失,怕万一我不慎忘了父亲对我的谆谆告诫,忘了那条我势利地反复诵记的忠告:人的基本道德观念出生时不是平均的,不可等量齐观。

对自己的能耐作了这样一番自夸自耀之后,我得承认我的能耐是有限度的。人的行为可以建立在坚硬的岩石上,也可以建立在潮湿的沼泽上,但是超越了某一点后,我就不在乎它建立在什么地方了。去年秋天,我从东部回来时,我觉得我想要世界变得全都一个样,至少都关注道德;我不再想带着优越的目光对人心进行漫无边际的探索。只有盖茨比,这个赋予本书书名的人,却对我的反应不闻不问。盖茨比代表了我所鄙视的一切,这种鄙视出自我的内心,而不是造作的。如果人格是一系列不间断的成功姿态,那么在他身上有一些绝妙的东西,那就是对生活的前景异常敏感,仿佛他跟一部远在十万八千里以外记录地震的精密仪器连接在一起。这种反应敏捷的品质与那个被美其名曰"创造性气质"的可塑性——轻易受人影响的特性毫不相干。它是一种特殊的美好天赋,一种充满浪漫气息的聪颖,这种品性我在其他人身上还从未见到过,很可能今后也不会再见到。不——盖茨比最后的结局全然没错;是那个追杀围堵他的东西,是那些在他美梦之后扬起的肮脏尘埃,使我对他人突然破产的悲伤和稍纵即逝的欣喜失去了兴趣。

我家祖孙三代在这个中西部城市里一直门第显赫,殷实富裕。卡拉韦算得上是个大家族。传说我们是布克娄奇公爵①的后裔,但是我们这一族系的真正缔造者是我祖父的哥哥。他五十一岁来到这里,找了一个替身去参加内战,而自己做起了五金批发生意,我父亲至今仍在干这一行。

我从来没有见过这位伯祖父,但是大家都说我长得像他——特别跟挂在我父亲办公室里的那幅画上的他十分相像,一副精明强干的模

---

① 苏格兰贵族。

样。我一九一五年从纽黑文①毕业,恰好距我父亲毕业晚四分之一个世纪,稍后我参加了被称之为第一次世界大战的那个被推迟了的条顿民族大迁徙。我对于反击兴奋不已,回来后久久不能平静下来。但是,中西部不再是世界温馨的中心,现在却看上去像是宇宙的边缘,破败凋零。于是,我决定去东部,学做证券生意。我认识的人都在做证券生意,所以我想这一行也许还能多养活一个单身汉。我的叔叔伯伯、姨姨姑姑为此展开了讨论,仿佛他们在为我挑选一所预备学校②。最后,他们说,"唉,就这样吧!"脸上表情严肃而迟疑。父亲同意给我一年的资助。在几度拖延之后,最终在一九二二年的春天,我来到了东部,我想也许有来无回了。

实际的问题是要在城里找到房子住。但此时正值天气转暖的季节,我又刚离开一个草地宽广树林宜人的地方,因此当办公室里的一个年轻人提议咱俩到近郊通公交车的小镇上合租一套房子时,我觉得是个好主意,欣然同意。他找到了房子,一座年深日久的木板房,月租八十美元。但是正要住进去时,公司却派他去华盛顿,于是我只好独自一人住到市郊。我有一条狗——至少在它跑掉前,有几天是属于我的——还有一部旧"道奇"车以及一个芬兰女佣。她帮我铺床,准备早餐。她一边在电炉上忙碌,一边喃喃自语,背诵一些芬兰的格言。

开始的两天我很孤寂,可是一天上午,有个比我晚来这里的人在路上拦住了我。

"劳驾,到西埃格村怎么走?"他无可奈何地问道。

我告诉了他,又继续往前走,此时,我感到不再孤单了。我成了向导、开拓者和最初的定居者。他不经意竟授予了我这个社区的荣誉公

---

① 纽黑文,美国康涅狄克州海港城市,耶鲁大学校址所在地。
② 美国为学生升大学做准备的私立学校,也称私立高中。

民称号。

大地阳光普照,树上绿叶竞发,犹如电影里用高速摄影手法来表现万物苏醒,快速成长那样。眼前此景使我心中顿时出现这样一个早已熟悉的信念:生活随着夏天的到来即将重新开始。

首先,有许许多多东西要读,同时还要从春意盎然的新鲜空气中摄取丰富的养料。我买了十几本有关银行、信贷、证券等方面的书,它们排立在我的书架上,红色的和金色的封皮闪闪发亮,像是刚从印钞机里出来的新钞票,预示要揭开只为迈达斯①、摩根②和米赛纳斯③所掌握的致富秘密。此外,我还好高骛远想读许多其他书籍。上大学时,我颇有文才——有一年我为《耶鲁新闻》写过一系列笔调严肃、观点鲜明的社论。现在我很想重操旧业,返回文坛,再次成为一个杂家,一个博而不精的专家。这不只是一句警句:从一个窗口看生活终究更容易心想事成。

我在北美一个非常奇特的社区租到一所房子,此事纯属偶然。这个社区位于纽约正东的一个小岛上,小岛狭长,草木茂盛。不说其他种种自然景观,就小岛地形而言,也非同一般。它是由两块陆地组成。它们离城约二十英里,状似两个巨大的鸡蛋,轮廓一模一样,一东一西,只是中间有一个水湾把两者分开,伸向在西半球最为恬静温顺的海域之中。那块海域被称为长岛海峡的海上后场院。它们并不是正椭圆形的,而是像哥伦布故事里的鸡蛋一样,在与大陆连接的那一端给敲碎成扁平形了。不过,它们的外形如此相似,肯定让那些在上空翱翔的海鸥永远感到惊诧不已。对于不能飞翔的生灵来说,一个更为有趣的现象,是这两个小岛除了在外形和大小之外,在所有细微的地方都截然不同。

---

① 迈达斯,希腊神话中的国王,曾求神赐予点金术。
② 摩根,美国大财阀。
③ 米赛纳斯,古罗马大财主。

我住在西埃格①,是两个小岛中不怎么时髦的那个,虽然这样说对表达两者之间那种既奇特又毫不对立的反差显得有点过于肤浅。我的房子在蛋的顶端,离开海峡仅五十码,挤压在两座每季度租金一万五千元到二万五千元的豪宅之间。在我右边的那栋别墅,无论用什么标准都称得上是庞然大物——俨然是诺曼底②的某市府大厦,一边耸立着一座塔楼,掩映在飘须似的常春藤下,显得神清气爽,还有一个大理石砌的游泳池和占地四十多英亩的草坪和花园。这是盖茨比的公馆,或者更确切地说,是一位叫那个名字的先生住的私邸,因为那时我还不认识盖茨比先生。我自己住的那座房子真是叫人怎么看都不顺眼,但是好在它很小,也就不刺眼,一直不被人注意。所以我每月交上八十元钱,就可以看到一片海景,外加隔壁邻居家的一角草坪,还有与百万富翁们为邻的荣幸。

在狭窄的水湾对面,东埃格岛上那些白色宫殿般的豪宅映在水面上流光溢彩,气势非凡。当年夏天的故事就在那个晚上开始的,当时我开车去汤姆·布坎南夫妇家吃饭。黛西是跟我隔了两代的表妹,而汤姆是我在大学里认识的。一战刚结束时我曾在芝加哥跟他们一起待过两天。

黛西的丈夫在体育方面成绩显赫,其中之一是曾为纽黑文美式橄榄球队有史以来最棒的一名锋线队员——可说是全国闻名的球星。他是这样一个人,二十一岁就在一个方面达到如此登峰造极的地步,日后不论做什么,总有点走下坡的味道。他的家境异常富裕——在大学里他就被人指责挥金如土。但是,现在他离开芝加哥,来到了东部,搬家时的排场令人咋舌。举例来说,他居然从森林湖③镇的老家把打马球

---

① "埃格"在英语中为 egg(鸡蛋),这里使用音译,使村名富有象征意义。
② 诺曼底,法国北部一地区,曾为诺曼底公爵的领地,区内多古建筑物。
③ 森林湖,美国伊利诺州东北部小镇名。

的马匹全部运了过来。我的同一代人竟阔绰到这个地步，实在令人难以置信。

我不清楚他们为什么要到东部来。他们在法国待了一年，并没有什么特殊的原因，然后来回游荡，居无定所，只要哪里有玩马球的，有富人，他们就往哪儿去。黛西在电话里说，这次定居不动了，但是我不相信。我没法看清黛西的心思，但是我感到汤姆会永远不停地漂泊，怅然若失地追寻往日橄榄球赛中某种荡气回肠的激动和纷乱。

在一个清风拂面、暖意洋洋的黄昏时分，我开车到东埃格去见我几乎一无所知了的两个老朋友。他们的房子比我预期的还要精美，是一幢令人赏心悦目、红白相间的别墅。楼体一派英王乔治殖民统治时期的建筑风格，朝向大海，俯瞰海湾。草地从海滩开始，一直延伸到前门，长达四分之一英里，越过日晷、砖道和鲜花怒放的花圃，最后快要接近房子时，一溜绿油油的青藤沿着墙边飘然而起，一路往上爬去，势不可挡。房子的正面是一排法式落地长窗，此刻反射出闪烁的金光，敞开着迎接午后暖洋洋的风。汤姆·布坎南穿着骑马装，叉着双腿站在前面的门廊边。

他跟在纽黑文时代相比变了许多。现在他已是一个三十岁的中年人了，体魄健壮，稻黄头发，嘴角略显得坚毅，态度傲慢。那双炯炯发光的眼睛在他脸部显得最为突出，总是给人一副咄咄逼人的样子。即便他那套带有女性爱招摇味的骑马装也无法掩饰他那魁梧壮实的身躯。他似乎把那双锃亮的靴子塞得满满的，鞋带从头到尾都绷得紧紧的。他的肩膀在薄薄的外衣里稍稍一动，你就可以看到大块的肌肉频频牵动。这是一个力拔千钧的身躯——一个残酷无情的身躯。

他说话的声音，生硬粗哑，进一步给人留下脾气暴烈的印象。他说话的声音里有一种老子教训儿子的轻蔑的口吻，甚至对他喜欢的人也是如此，所以在纽黑文时，有人就对他十分反感。

"不要以为这些事情上都是我说了算,"他仿佛在说,"凭的就是我力气比你们大,比你们更有男子汉气概。"我们都在同一个高年级学生联谊会,我俩关系谈不上亲密无间,但我有这么个印象:他很欣赏我,并且以他那种独特的粗鲁和强加于人的方式,想要博得我对他的喜欢。

我们站在充满阳光的门廊里聊了一会儿。

"我这个地方挺棒吧!"他说话时,眼睛不停地忽闪发光。

他用一只胳臂把我转过身来,然后移动着他宽大的手掌,指点前面的景色。这里有一个下凹的意大利式花园,占地半英亩的香气袭人的玫瑰园,还有一艘船头上翘的汽艇,随着浪潮在海边起伏。"这儿原先的主人叫德梅因,一个做石油生意的人。"他又把我转过身去,很有礼貌却又不容分说。"我们进屋吧!"

我们走过一条高高的走廊,进入一个敞亮的、玫瑰色的大厅,其两端都是法式落地窗,把它与主楼巧妙地连接起来。窗门半开着,外面碧绿的青草仿佛悄悄地长到房子里来了一般,在那清新的绿意映衬下窗门显得更光亮洁净。一阵微风吹进屋子,把窗帘吹得好像片片白色的旗帜随风飞舞。风从这一头吹进来,从那一头吹出去,窗帘卷曲上升,飞向天花板上像婚礼蛋糕似的装饰图案,然后从绛色地毯上面拂过,留下一道阴影,就像风掠过海面时那样。

屋子里惟一静止不动的东西是一张巨大的长沙发,上面的两个年轻女人活像是飘浮在一个被系住的大气球上。她们都穿着一身白色衣裳,裙子在起伏飘动,仿佛她们刚环绕房子飞了一圈回来。我一定是站了好一会儿了,倾听窗帘拍打的响声和墙上一幅挂像发出的吱嘎声。突然砰的一声,汤姆·布坎南关上了后面的窗子,室内的风随之平息了下来,窗帘、地毯,还有那两个年轻女人也慢慢地飘落到地板上。

她们中比较年轻的那个我从未见过。她舒展地躺在沙发的一头,一动也不动,下巴微微翘起,好像上面顶着什么东西,她要保持平衡,生怕它掉下来。不知道她是否用眼角的余光看到了我，可她不露半点声色。相反我倒吃了一惊，几乎要嗫嚅地道声抱歉，怕自己进来惊扰了她。

另外那个女子，黛西，试着想站起来。她身子微微向前倾，一脸诚意。然后，她扑哧一笑，笑得有些莫名其妙，却很可爱。我也笑了，随之走进了屋子。

"我高兴得要瘫——瘫倒了！"

她又笑了，好像自己说了一句非常俏皮的话。她握住我的手不放，仰起头直视着我，发誓说世上没有其他人，她这么想见到。她就是这副样子。她使了一个眼色，轻声说那个在做平衡动作的女子姓贝克。（我听人说黛西的轻声细语只是想让人更贴近她；但是这种不相干的闲话，丝毫无损于她这种习惯的迷人之处）

不管怎样，贝克小姐的嘴唇还是动了动，向我点点头，轻微得几乎让人难以觉察到，然后连忙又把头往上一仰，恢复到原来的姿态——她顶着保持平衡的东西显然侧斜了一下，使她一惊。差一点我嘴里又要道声"对不起"。任何我行我素、独善其行的表现总会让我肃然起敬。

我回过头看了看我的表妹，她开始用细微而义激奋的声音问我问题。她的那种声音叫人必须支起耳朵，全神贯注，好像每句话都是再也不会重复奏出的音符。她的脸庞哀怨可人，却又靓丽照人，有一双明亮的眼睛和一张鲜艳热情的嘴，但是在她的声音里有一种特殊的激情，使一切爱慕过她的男人难以忘怀：她声音中蕴含着一种歌唱般的渴求，一声细声柔语的"听着"，一种深深的承诺，告诉你她刚做完了快乐有趣的事情，而快乐有趣的事情正在接踵而来。

我告诉黛西，我到东部来的途中曾在芝加哥逗留了一天，那里有好多人托我向她问好。

"他们想我吗？"她大声问道，欣喜若狂。

"整个城市都很凄惨。所有汽车的左后轮都漆成黑色,作为哀悼的花环,在城北湖边一带①彻夜哀号声不断。"

"太动人了!汤姆,我们回去吧!明天就走!"忽然她说了句没头没脑的话,"你应该看看孩子。"

"我正想看看。"

"她睡着了。她三岁了。你还没有见过她吧?"

"从没见过。"

"你应该见见她,她——"

汤姆·布坎南一直在屋子里不安地来回走动,此时停下来,把手放在我的肩膀上。

"你现在在干什么,尼克?"

"在做证券。"

"跟谁做?"

我告诉了他。

"没有听说过他们。"他肯定地说。

这使我感到有点不快。

"你会听到的,"我简短地说,"你在东部待下去,你会听到的。"

"哦,我会在东部待下去的,不用担心,"他边说边扫了一眼黛西,然后又回过头来看着我,好像在提防着什么似的,"我是个十足的傻瓜才会跑到别的地方去待哪。"

说到这时,贝克小姐突然开口了:"绝对没错!"如此突然,我不禁吓了一跳——这是我进屋以来她说的第一句话。显然她自己也像我一样吃了一惊,打了个哈欠,然后做了一连串干净利索的动作站到了地上。

---

① 芝加哥市位于密歇根湖畔,城北为富人聚居的地区。

"我身子都发僵了，"她抱怨道，"我不知自己在这张沙发上躺了多久了。"

"甭瞧着我，"黛西反驳她，"我一下午都想把你打发到纽约去。"

"不用了，谢谢，"贝克小姐对着刚从餐厅里端来的四杯鸡尾酒说道，"我在受严格训练呢！"

男主人看了看她，一脸难以置信的表情。

"你在受训！"他举杯把自己的一杯酒喝了，仿佛杯底只有一滴酒，"我想不出你是怎么把事情搞成的。"

我看着贝克小姐，想知道她"搞成"的是什么事。我津津有味地瞧着她。她身材苗条，双乳小巧，但身板挺得很直。她像军校的青年学员一样，爱昂首挺胸，因而使得她的这个特点显得更突出。她用那双灰色的、被阳光照射而眯起来的眼睛回了我一眼，眼神中流露出一种彬彬有礼的好奇，而此表情出自于一张苍白、迷人，却带点愠色的脸。此刻我忽然觉得在什么地方见过她，至少见过她的相片。

"你住在西埃格？"她用不屑一顾的口气说道，"我认识那边的一个人。"

"我一个人都不认识——"

"你一定认识盖茨比吧！"

"盖茨比？"黛西问道，"哪个盖茨比？"

我还没有来得及回答他是我的邻居，用人宣布开饭了。汤姆·布坎南用他粗壮结实的胳膊挟着我，不由分说把我从屋子里推了出去，好像是把棋盘上的一颗棋子推到另一个方格里似的。

两个年轻女人袅袅婷婷、慵懒闲散地把手搭在腰上，先行走到那个玫瑰色的门廊里。门廊朝着落日，餐桌上点了四支蜡烛，在平息下来的风中闪动。

"干吗点蜡烛？"黛西紧蹙眉头，表示反对。她用手指把它们弹灭了。"再过两个星期就是一年里白昼最长的一天了。"她忽然又神采飞扬地看着大家。"你们是不是总是盼着一年当中白昼最长的那一天，可到头来又把它忘了？我自己总是盼着一年当中白昼最长的一天，结果也偏偏忘了。"

"我们应该做个计划。"贝克小姐打着哈欠说道，好像要睡觉的样子，慢慢在桌子边坐下。

"对，"黛西说，"我们打算做什么呢？"她无奈地转向我，"人家计划做什么呢？"

我还没有回答，她突然脸色一变，惊慌地把目光死盯在自己纤细的手指上。

"瞧！"她哀叹道，"我手指受伤了。"

我们都看她的手——指关节有点青肿。

"汤姆，是你弄的，"她谴责道，"我知道你不是有意的，但是是你弄的。这就是我嫁给一个蛮汉子的回报，人高马大，粗壮又笨重——"

"我讨厌你用'笨重'这个词，"汤姆沉下脸来反驳道，"就是开玩笑也不行。"

"笨重。"黛西不依不饶又说了一次。

有时候她和贝克小姐一起又说又笑，不张扬，只是逗逗趣，却绝不是那种没完没了的唠叨。她们的谈吐就跟她们白色的衣裳，以及她们超然的、不存欲念的眼睛一样清淡无奇。她们坐在这里，理会到汤姆和我在她们身边，不时跟我们礼貌和友好地应酬几句，彼此应酬和被应酬。她们知道晚餐一会儿就会结束，再过一会儿这个夜晚也会结束，一切烟消云散。这跟西部显然不同，西部晚上聚会一个阶段接着一个阶段，过得十分紧凑，不断让人感到惋惜失望，或者使人忐忑不安，恐怕时光匆匆逝去。

"黛西，你使我感到自己不够文明，"我坦然承认，此时我正在喝第二杯带点软木瓶塞味的干红葡萄酒,但品味相当不错,"你能不能谈谈庄稼收成或别的什么?"

我说这句话并没有任何特别的意思,但是大家的反应却出乎我的意料之外。

"文明快完蛋了,"汤姆突然开腔了,"我近来对一切事情都十分悲观,你有没有读过一个叫戈达德的人写的《有色帝国的崛起》一书?"

"怎么啦? 没有!"我回答说,对他的语气感到有些惊讶。

"那么,我告诉你这是一本好书,每个人都应该读一读。书的大意是,如果我们白人不警惕的话,我们白种人就会被彻底淹没。书里讲的全是科学,都被证明了的。"

"汤姆变得越来越渊博了。"黛西说道,带着一种漫不经心的忧伤表情,"他看一些深奥难懂的书,里面字句都很长。刚才那个词是什么来着……"

"嗯,这些书说的都是有根有据的,"汤姆坚持己见,不耐烦地扫了黛西一眼,"这家伙已把整个事情说得明明白白。现在该我们,占统治地位的白种人来提高警惕,否则其他人种就会控制一切。"

"我们得打败他们。"黛西轻轻地说,眼睛对着晚霞猛眨。

"你应该住到加利福尼亚去……"贝克小姐才开口,汤姆就在椅子里笨重地转过身来把她的话打断了。

"其观点是我们都是北欧民族,我是,你是,你也是,还有……"他犹豫了一下,然后点点头把黛西也算在内,这时她又向我眨了眨眼,"……我们创造了构成文明的一切——呃,科学和艺术,以及一切的一切。你们懂吗?"

在他的专注中间有一种感伤的情绪,仿佛他的那种自以为是的态度,虽然比以往更厉害了,他却还是感到不以为然。这时电话铃响了,管家离开了门廊,黛西立刻抓住这个空隙,身子向我探了过来。

"我告诉你家里的一个秘密,"她兴冲冲地小声对我说,"是关于管家的鼻子。你想要听管家鼻子的故事吗?"

"我今晚来此就为这个。"

"说起来,他原先不是管家;他从前曾经在纽约专门给人家擦拭银器。那户人家有一套供两百来人用的银餐具。他得从早擦到晚,最后他的鼻子受不了了。"

"后来情况越来越糟糕。"贝克小姐提了一句。

"是的,情况越来越糟糕,到最后他不得不放弃那份工作。"

有一会儿夕阳的最后一缕余晖落在她容光焕发的脸上,浪漫又温情,她的声音使我不由自主地屏着气侧耳倾听。接着,余晖开始渐渐退去,每一道光线离她而去时都是依恋惆怅,难舍难分,好像孩子们黄昏时要离开充满欢乐的街道一样。

管家回来了,凑在汤姆的耳朵上低声说了些什么。汤姆听后皱起了眉头,把椅子往后一推,一声不吭地走进屋里去。他的态度似乎激发了黛西内心的什么东西,她再次把身子凑向我这边来,声音亮丽而婉转。

"尼克,我喜欢见到你坐在我的餐桌上。你让我想起——一朵玫瑰花,一朵可爱的玫瑰花。他像不像?"她转向贝克小姐,希望得到她的附议,"是不是像一朵可爱的玫瑰花?"

完全是瞎扯。我跟玫瑰花毫无相似之处。她只是信口开河,可是在她身上荡漾出一股撩人的热情,仿佛她的心就隐藏在这些急促的、令人激动的话语中,现在急切地要向你袒露。此时,她突然把餐巾往桌上一扔,说了声抱歉就到屋里去了。

贝克小姐和我相互交换了一个眼色,都故意不表态。我正要说话时,她警觉地站了起来,并发出"嘘"的一声警告。此时可以听到从那边屋里传来的说话声,讲话人很激动,但竭力压制着。贝克小姐无所顾忌地凑过身去,想听个究竟。讲话声战战兢兢,不甚连贯,时而低下去,时而高亢起来,然后全然停止了。

"你刚才提到的那位盖茨比先生是我的邻居……"我开口说话。

"别说话。我想听听发生了什么事。"

"出了什么事吗?"我天真地问道。

"你真的不知道吗?"贝克小姐说道,显然感到难以相信,"我以为人人都知道了。"

"我不知道。"

"唉……"她迟疑了一下,"汤姆在纽约搞上了一个女人。"

"一个女人?"我茫然地重复了一遍。

贝克小姐点了点头。

"她大可不必在吃饭时间给他打电话。你说呢?"

我还没有听懂她的意思,便听到裙子摆动的窸窣声和皮靴走路的咯吱声,汤姆和黛西回到了餐桌。

"真没办法!"黛西大声说话,强作高兴。她坐下来,细细打量了一下贝克小姐,接着又打量了我一下,接着说道:"我在屋子外面看了一会儿,真是浪漫极了。草坪上有一只鸟,我想一定是搭乘'康纳德'或者'白星'公司①的邮轮过来的夜莺,它不停地在唱歌。"她自己的声音也像在唱歌,"浪漫极了,汤姆,是吗?"

"非常浪漫,"他说道,然后苦着脸对我说,"要是吃过饭天色还早,我要带你去看看我的马厩。"

屋里的电话又响了,让大家吃了一惊。因为黛西对汤姆摇了摇头,态度很坚决,所以马厩的话题,实际上所有的话题都烟消云散了。在有关餐桌上最后五分钟的片断记忆里,我只记得蜡烛又给毫无必要地点

---

① 当时英国两家著名的轮船公司,专营横越大西洋的航运业务。

燃了,同时我感到想正视一下每一个人,然而又不想遇到对方的眼睛。我无法猜测汤姆和黛西在想什么,不过我相信即便贝克小姐也不可能把这个第五位客人急迫而又尖利的声音完全置之脑后,尽管她似乎已经料算如神,心不存疑。对于具有某种气质的人来说,这种情景会是很有意思的——而我的本能是立即打电话报警。

不用说,马的事再也没有人提起了。汤姆和贝克小姐,两人前后相隔几英尺暮色,漫步走回了书房,好像去到一具伸手可及的尸体旁守护一样,而我跟在黛西后面,穿过一连串连接的长廊去到前面的门廊,尽量装出一副饶有兴趣而什么也没有听见的样子。在门廊冥冥的昏暗中,我们肩并肩地在一张柳条长椅上坐下。

黛西双手捧住自己的脸,好像在抚摸自己那张可爱的脸蛋,眼睛慢慢地移向外面天鹅绒般的暮色。我看得出她内心的感情正在剧烈地翻腾,因此我提了几个有关她小女儿的问题,自以为会起到一些镇静作用。

"尼克,我们彼此了解不多,"她突然说,"尽管我们是表兄妹。我结婚时你没有来。"

"我还没从战场上回来。"

"没错。"她犹豫了一下,"尼克,我一直过得很糟糕。我现在对一切都看透了。"

显然她抱这种看法是有缘故的。我等着她再说下去,可是她没有继续说,过了一会儿,我只好勉强地把话题回到她女儿身上。

"我想她会说话了,会吃饭了,什么都会了吧?"

"哦,是的,"她心不在焉地看了我一眼,"尼克,听着,让我告诉你她出生时我说了些什么。你想听吗?"

"很想听。"

"你听了就会明白我怎么会对事物抱这种态度……孩子出生还不

到一个小时，汤姆不知跑到哪里去了。麻醉药消退后，我醒了过来，有一种被遗弃的感觉，马上问护士是男孩还是女孩。她告诉我是女孩，于是我偏过头哭了起来。'没什么。'我说，'我很高兴是个女孩。我还希望她变成一个傻瓜，一个漂亮的小傻瓜。'"

"你看我把一切事物都看得很糟，"她十分自信地一路往下说，"大家都这样认为——那些思想很开明的人也都如此认为。我全知道。我什么地方都去过，什么事情都看过，什么事情都做过。"她的眼睛闪闪发光，环顾四周，傲气逼人，跟汤姆的眼睛十分相似，接着她发出一阵令人毛骨悚然的嘲笑。"饱经世故——天哪，我可是饱经世故了！"

她的话音一落，此时我也不必强使自己集中注意力去听、去相信她的话了，便立刻感到她说的话并非出自真心。这使我很不自在，仿佛整个晚上是一个圈套，想从我这里捞取到对她有用的情感。我静待着，没错，过了一会儿她瞧了瞧我，她那张俊俏的脸上露出一抹千真万确的傻笑，好像她肯定地告诉人们，她属于一个著名的秘密社团，她和汤姆都是该社团的成员。

屋里，那间绯红色的房间灯火通明。汤姆和贝克小姐坐在一张长沙发的两端。她正在给汤姆朗读《周六晚邮报》——那些含混不清又无音调变化的词句连在一起，听起来倒给人心安神闲之感。光照在他的皮鞋上闪闪发亮，照在她秋叶般黄色的头发上却黯淡无光。每当她翻动报纸时，她手臂上的纤细肌肉随之颤动，灯光也在报纸上晃动。

我们走进屋子时，她举起一只手示意我们先别说话。

"未完待续，"她说道，随手把报纸往桌上一扔，"请读本刊下期。"

她不停地晃动膝盖，振作了一下自己的身子，然后站了起来。

"十点钟了，"她说道，好像在天花板上看到了时间，"乖女孩去睡觉了。"

"乔丹明天要去参加联赛,"黛西解释道,"在威斯彻斯特那边。"

"哦——原来你是乔丹·贝克。"

我现在明白为什么看着她很面熟。她的那张讨人喜欢又稍带傲气的面孔,我曾经不止一次在报道阿希维尔、温泉和棕榈海滩①的许多赛事的报刊照片上看到过。我还听到过有关她的传言,一些尖刻的、令人不快的闲言碎语,但究竟是什么,我早已忘了。

"晚安,"她轻声说,"八点叫醒我,行吗?"

"如果你起得来的话。"

"我会的。晚安,卡拉韦先生。再见。"

"当然,你们会再见到的,"黛西肯定地说,"说老实话,我想做个媒。尼克,你经常来走走,我想怎么……呃……把你俩撮合在一起。喏……凑巧把你俩关进大衣柜里,然后放到一条小船上,推到海里去,那么一类事……"

"晚安,"贝克小姐从楼梯上喊过来,"我可一个字都没有听见!"

"她是个好女孩儿,"过了一会儿,汤姆说,"他们不该让她这样在全国各地到处乱跑。"

"你说谁不该?"黛西冷冷地问道。

"她家里人。"

"她家里只有一个七老八十的老姑妈。再者,尼克将来可以去照料她,是吗?尼克?她今年夏天会经常到这里来过周末。我想这里的家庭环境会对她有好处的。"

黛西和汤姆互相默默地注视了一会儿。

"她是纽约人吗?"我很快问道。

---

① 阿希维尔,位于北卡罗来纳州;温泉,位于阿肯色州;棕榈海滩,位于佛罗里达州。以上美国三城镇都系旅游胜地,贝克小姐曾多次前往参加高尔夫球赛。

"是路易斯维尔①人。我们在那里一起度过了纯洁的少女时期。我们美丽纯洁的……"

"你是不是在门廊上把一些心里话都给尼克说了?"汤姆突然逼问道。

"我说了吗?"她瞧了我一下,"我有点记不得了,但是我想我们谈了北欧人种。没错,我相信我们谈了这个问题,不知不觉谈上了它,总是那样……"

"尼克,不要相信听到的一切。"汤姆告诫我。

我轻描淡写地说我没有听到什么,几分钟后我起身回家了。他们送我到门口,两个人并肩站在一方块明亮的灯光里。正当我发动汽车要走时,黛西不容分说地喊道:"等一等!"

"我忘了问你一件事,一件很重要的事情。我们听说你跟西部的一个女孩订了婚。"

"没有错,"汤姆平和地附和道,"我们听说你订婚了。"

"那是无中生有。我太穷了。"

"但是我们听说了,"黛西坚持道,她的姿容再次像花朵般开放令我惊诧不已,"我们听三个人说过,所以是千真万确的。"

当然,我知道他们指的是什么,但是我根本没有订婚。事实上,正是我要结婚了的谣传是我到东部来的一个原因。你不能够听谣言而停止跟一个老朋友来往,但另一方面,我也不愿意迫于人们的流言蜚语而结婚。

他们的关心倒使我深受感动,拉近了我跟这个富裕人家在感情上的距离——然而,我开车离去时,心中还是有些纳闷,同时也有点厌恶。在我看来,黛西应该做的事是抱着孩子立刻冲出这个家——但是她脑

---

① 路易斯维尔,美国肯塔基州一城市。

子里显然没有这个念头。至于汤姆,说他"在纽约有个女人"这事并不令我十分吃惊,令人诧异的倒是他读了一本书竟然弄得神情沮丧。某种东西正在促使他对那些陈腐的思想感到兴趣,孜孜以求,仿佛他那强壮的躯体本身已经不再为他专横武断的心提供养分了。

一路上,从路旁的屋顶和加油站前的场地看去已经是一派盛夏的景致。加油站前一台台崭新的红色油泵蹲在一圈圈的灯光里。我回到在西埃格村的住所,把车开到车棚下,在院子里一架闲置的剪草机上坐了一会儿。风已经停息,留下的是一个喧闹明亮的夜晚,树上的在不断扑打翅膀,被称为大地风箱的青蛙在使劲地鼓噪,发出连续不断的风琴声。月光下有一只猫的黑影在移动,我回过头去看它时,发现此时此地并非只我一个人——在五十英尺外,从我邻居的宅邸的阴影里隐现出一个人的身影。他站在那里双手插在口袋里,仰望像撒落的胡椒粉般布满夜空的银色繁星。从他那悠闲的神态和双脚稳健地站在草坪上的姿态来看,他应该是盖茨比先生。他走出来看看我们头顶上的天空哪一块是属于他的。

我决定向他打一声招呼。刚才吃饭时贝克小姐提到过他,那可正好用来作自我介绍。但是我没有和他打招呼,因为忽然间他给我一种感想——他不愿有人打扰他——他以一种奇怪的方式朝幽暗的海面伸出双臂。虽然我离他很远,我十分肯定他在颤抖。我不由向海边望去,那里除了一盏绿色的灯之外,什么也没有。灯光微弱又遥远,也许那是一个码头的尽头。等我回头再来找盖茨比时,他已经消失不见了。在这不平静的夜色里又只剩下我一个人了。

第 二 章

　　在西埃格与纽约之间约一半路程的地方,公路跟铁路不期会合,两条道并行四分之一英里,为的是要绕开一个荒芜的地区。那是一个灰沙的谷地——一个诡秘的农场。这里,灰沙像麦子一样狂长,长成山脊、山丘和形成奇形怪状的园子;这里,灰沙筑成了房屋、烟囱和袅袅的炊烟;最后,这里还鬼使神差般堆造出一群土灰色的人。他们似乎在隐隐约约地走动,但尘土飞扬的空气快把他们肢解了。偶尔有一列灰色的车队沿着一条看不见的道路在蠕动,忽然一声可怕的嘎吱声,车辆停了下来,这些土灰色的人群拖着沉甸甸的铁锹蜂拥而上,扬起一片浓浓的尘烟,像拉起了一层屏幕,使你看不清楚他们究竟在干什么。

　　在这片灰蒙蒙的土地以及笼罩在它上面不停浮动的尘土上方,你过了一会儿便会看到两只眼睛,看到 T. J. 艾克尔伯格医生的一双硕大无比的蓝眼睛,光他的瞳孔就有一码高。但这双眼睛并非从什么人的脸上往外看,而是从一副巨大的黄色眼镜下往外看,眼镜架在一个不存在的鼻子上。显然是某位爱异想天开的眼科医生把它们树立在那儿的,想为他在皇后区的诊所招揽生意。然后,是他自己双目失明了呢,还是搬迁他乡,忘了这双眼睛。由于多年没有重新油漆,加上日晒雨淋,它们已经变得有些黯然无光,不过仍然若有所思地注视着这片阴沉沉的灰土堆。

　　在这个灰土谷的边上有一条肮脏的小河,每当吊桥拉起让驳船从桥底下通过时，受阻而停在那里的火车上的乘客便可以盯着这片凄凉的景色，看上半个小时。平时火车开到这里也要停留至少一分钟。正由于如此，我才第一次见到了汤姆·布坎南的情妇。

汤姆有一个情妇这事几乎无人不知。他的熟人对他很反感，因为他常带上她出入一些大家常去的餐馆，把她撂在餐桌上后，自己则到处走来走去，见到熟识的人便聊起来。我很想瞧她一眼，但我并不很想跟她会面——结果，我还是跟她会面了。一天下午我和汤姆乘火车去纽约。在我们的火车被这些灰土堆挡住停下来时，他一骨碌站了起来，拽住我的胳膊，硬是把我拉下了车。

"我们下车吧，"他不容分说，"我要你去见见我的女朋友。"

我想他一定中午酒喝多了。他那种硬要我陪伴他的坚决态度差不多要动手动脚了。他自以为是地认为我星期天下午绝对不会有什么更要紧的事。

我跟着他跨过一道矮矮的漆成白色的铁路围栏，沿着公路往回走了约一百码，艾克尔伯格医生的眼睛就一直目不转睛地注视着我们。视线内惟一的建筑是一排黄砖砌的房子，坐落在这片断荒地的边上，一条类似于这个地区的商业"主街"，前后左右什么也没有，这里一共有三家店铺，一家正在招租，另一家是通宵餐馆，门前有一条炉渣铺的小路；第三家是汽车修理铺，招牌上写着：**汽车修理——乔治·B.威尔逊——汽车买卖**。我跟着汤姆走了进去。

车铺里空空荡荡，惨淡经营。惟一看得见的汽车是一辆盖满尘土的破旧福特，蹲在一个阴暗的角落里。我心想这个有名无实的车铺一定是个遮掩物，豪华浪漫的公寓隐藏在楼上。正在此时，店主出现在一间办公室的门口，用一块抹布在擦自己的手。他长着一头黄头发，无精打采，脸色苍白，但模样长得还可以。他见到我们时，他的浅蓝色的眼睛里顿时现出一线暗淡的希望。

"你好,威尔逊老伙计!"汤姆说道,欢快地拍拍他的肩膀,"生意怎样?"

"还可以,"威尔逊回答道,显然无法让人信服,"你什么时候把那辆车卖给我?"

"下个星期,我现在叫我的人把它整一整。"

"他干得很慢,是吗?"

"不,不慢。"汤姆冷冷地说,"要是你那样想的话,也许我还是把它卖给其他人算了。"

"我不是那个意思,"威尔逊马上辩解道,"我的意思是……"

他的声音渐渐消失了,汤姆显得很不耐烦,眼睛绕着车铺乱转。此时,我听到楼梯上传来脚步声,不一会儿,一个身材略显粗壮的女人站在办公室的门口,把光线挡了个一严二实。她约摸三十五六岁,开始有点发胖,不过像有的女人一样却给她添了几分肉感。她穿着一件污渍斑斑的深蓝色双绉连衣裙,上面的那张脸谈不上多美或有多少姿色,但一眼就看出她有一股活力,仿佛她全身的神经在不停燃烧。她不急不慢地微微一笑,然后穿过她丈夫走上前来,跟汤姆握手。她从丈夫边上走过时,旁若无人,他只是一个鬼影,而在与汤姆握手时,眼神里热情焕发。接着她润了润嘴唇,没有转过身子,便低声粗气地对她丈夫说:

"拿几把椅子来,你怎么没想到好让人家坐下来。"

"哦,对,就去拿。"威尔逊急忙回应,随即走向小办公室,很快他的身影就跟墙面的水泥颜色融为一体。灰白色的尘土蒙在他深色的外套和浅黄色的头发上,像是尘土蒙住了周围的一切——除了他的妻子。她此刻一步步向汤姆靠近。

"我要见你,"汤姆渴求道,"搭下一班火车。"

"好。"

"我在车站底层的书报摊旁等你。"

她点点头,离开了他。此时正好威尔逊从办公室里搬了两张椅子出来。

我们在公路旁人们见不到的地方等她。此时离七月四日①没几天了。一个满身灰土、瘦骨嶙峋的意大利小孩正在沿着铁轨放一排叫做"鱼雷"的鞭炮。

"鬼地方,你说是吗?"汤姆说,冲着艾克尔伯格医生皱了皱眉头。

"太糟了。"

"离开这里对她有好处。"

"她丈夫不反对吗?"

"威尔逊? 他以为她去纽约看她妹妹呢! 他是个呆子,连自己是死是活都不清楚。"

这样,汤姆·布坎南、他的女友和我一起上了去纽约的火车——当然不是完全在一起,因为威尔逊太太小心谨慎地坐在另一节车厢里。汤姆还是有些顾忌,怕东埃格的其他人也可能乘坐这趟车。

她已经换上了一件褐色的花布连衣裙。车到纽约,汤姆扶她下车时,她那肥实的臀部把衣裳绷得紧紧的。在一个报摊上她买了一份《城市闲话报》和一本电影杂志,又在车站的杂货店里买了一小瓶香水。上了楼后,在一条阴沉的、回声隆隆的车道旁,她放过了四辆出租车,然后选了一辆淡紫色的、有着灰色座套的新车,驶进灿烂的阳光中去。但是,她马上又猛然从车窗边转过身来,向前一探,敲敲车前的玻璃。

"我要一只那样的狗,"她急切地说道,"我要在公寓里养一只狗,弄一只狗——养养挺好。"

我们的车倒回去,停在一个头发灰白的老人那里。此人长得跟约

---

① 七月四日为美国独立纪念日。

28

翰·D.洛克菲勒①出奇的相像。他的脖子上挂着一只篮子,里面蜷缩着十来只刚生的小狗,说不清是哪个品种。

"这些狗是什么种?"卖狗的人刚走到窗前,威尔逊太太就急切地问道。

"什么种都有。太太,你要哪一种?"

"我喜欢要一只警犬。我看你不会有吧?"

老人犹疑不决,往篮子里看看,然后伸手进去,捏着一只小狗的颈背拎了起来,小狗直扭身子。

"这不是警犬。"汤姆说。

"对,那不是正宗的警犬,"老头说道,声音里带点失望,"它多半是一只艾里代尔种的硬毛猎狗。"他用手抚摸着小狗背上棕色的皮毛,"瞧,这一身毛皮,真是一身好毛皮,养这样的狗,你绝对可放心,它们不会感冒。"

"我觉得这狗挺讨人喜欢,"威尔逊太太说道,显得挺兴奋,"多少钱?"

"这只狗?"老头用赞赏的眼光看了看小狗,"要你十块钱吧!"

这只艾里代尔种狗——毫无疑问在它身上有那么一点艾里代尔种的血统,尽管它的四只爪子太白了——就这么易主了,坐到了威尔逊太太的怀里。她高兴地摸着小狗那身不怕风吹雨淋的皮毛。

"这狗是雌的,还是雄的?"她细声细气地问道。

"这只狗是雄的。"

"是只母狗,"汤姆肯定地说,"给你钱。用它再去批购十只狗。"

我们的车开到了第五大道,在这个夏天的星期日下午,天气温暖和煦,几乎是一派田园风光。要是在街角拐弯处突然出现一群雪白的绵

---

① 约翰·D.洛克菲勒,美国石油大王,亿万富翁。

羊,我也不会感到惊讶的。

"停车,"我说,"我得在这里跟你们分手了。"

"别,别走,"汤姆迅速回应,"你要是不上我们的公寓去,梅特尔会不高兴的,梅特尔,你说是吗?"

"我们走吧!"她劝道,"我要给我妹妹凯瑟琳打电话。有眼光的人都说她是个大美人。"

"哎,我很想去,不过……"

车继续往前开,又折回穿过中央公园,朝西驶向一百号以上的街区。到了第一百五十八号街,出现了一大排像白色蛋糕样子的公寓,车子在其中的一幢前停了下来。威尔逊太太对四周扫视了一下,一副女王回宫的神气,然后抱着她的小狗和其他采购来的东西,趾高气扬地走了进去。

"我要叫麦基夫妇过来。"在乘电梯上去时,她郑重其事地说,"当然,我要打电话把我的妹妹也叫来。"

他们的那套房子在公寓的顶层——一间小客厅,一个小厨房,一间小卧室,还有一间浴室。小客厅里摆放着一套织锦布装饰的家具,满满登登一直挤到了门口,显然对这房间来说实在太大、太多了,所以在室内走动,动辄就要撞到绘在装饰布上的风景画上去——一幅幅凡尔赛宫①里仕女荡秋千图。墙上惟一的装饰画是一张放得特大的照片,看上去像是一只母鸡蹲在一块模糊不清的岩石上,但是远远望去,母鸡却变成一顶帽子,戴在一位健壮的老太太头上,面带笑意,容光四射。桌上摆放着几份过期的《城市闲话报》,还有一本《彼德·西门别传》的流行小说以及几本专门报道百老汇丑闻的杂志。威尔逊太太最关心的是那只狗崽。她好说歹说让电梯工弄来了一只铺满稻草的纸箱子和一些

---

① 凡尔赛宫,在法国巴黎西南一城市,旧时国法国王宫所在地。

牛奶。他还主动带来了一听又大又硬的狗饼干——从里面取出来的一块放在牛奶碟子里泡了一下午，竟毫无变化。此时，汤姆从一个上锁的柜子里取出了一瓶威士忌酒。

我这一辈子只喝醉过两次，第二次就是那天下午，所以随后发生的一切都有点模模糊糊，像蒙了一层雾似的，虽然过了八点之后，客厅里仍然充满绚烂的夕阳。威尔逊太太坐在汤姆的大腿上，在给几个人打电话；之后因没有香烟了，我便出去到街角的杂货铺买了几包。等我回来时，他们两人都不见了，于是我就乖乖坐在客厅里，翻阅了《彼德·西门别传》中的一章——不是这本书写得太糟，就是威士忌酒把事情搞乱了，反正我啥也没看懂。

当汤姆和梅特尔（威尔逊太太和我在喝了第一杯威士忌后便开始相互直呼名字了）再度出现在客厅里时，客人们也陆续来到。

威尔逊太太的妹妹凯瑟琳是一位三十来岁，身材苗条，满身俗气而又世故的女人，长着一头又硬又密的红头发，脸上抹得像牛奶一样白。眉毛是拔光后重新描上去的，眉梢朝下倾斜，但是自然之力要复辟，真眉毛要回到原来的眉线上，结果使她面目不清。她一动，手臂上数不清的陶瓷手镯便跟着起起落落，发出稀里哗啦的响声。她进来时轻车熟道，动作利索，瞧了一遍屋里的家具，那样子就像这里是她的家。我禁不住问她是不是住在这儿。她一听我的问话，便放声大笑，并放开嗓子把我的问题重复了一遍，然后告诉我她跟一个女子住在一家旅馆里。

麦基先生是住在楼下的一个脸色苍白、有点女人腔的男人。他刚刮过胡子，因为颧骨上还留着一点白色的泡沫。他彬彬有礼地向屋里的每一个人打招呼。他告诉我他是"玩艺术"的，后来我才知道他是搞摄影的。他给威尔逊太太的母亲放大过一张相片，模糊不清，挂在墙上像个飘动的幽灵。他妻子尖声细气、无精打采，姿色不错，但不讨人喜欢。她很自豪地告诉我，自从结婚以来，她丈夫给她照了一百二十七次相了。

威尔逊太太已换好了衣服,现在穿的是一套做工考究的下午装,乳黄色雪纺绸料子的,在屋里走动时,不断发出窸窸窣窣的声音。在衣服的作用下,她的神态变了。在汽车修理铺时那种给人强烈印象的活力,此刻变成一副倨傲气盛的样子。她的笑声、她的手势以及她的言辞都变得越来越做作,随着她的膨胀,房间变得越来越小,到最后她似乎在烟雾缭绕的空气中围着一根发出吱咯吱咯噪音的枢轴旋转。

"我的好妹妹,"她拉大嗓门,矫揉造作地对她的妹妹说,"现在的人都在想方设法骗你。他们满脑子全是钱。上个礼拜,我叫一个女人给我看看脚。瞧她给我的账单,你一定以为我割了阑尾呢。"

"那个女人叫什么名字?"麦基太太问道。

"埃伯哈特太太。她走街串巷上门给人家看脚。"

"我喜欢你的裙子,"麦基太太说,"我觉得挺漂亮。"

威尔逊太太没有领受她的恭维,不屑一顾,挑了挑眉毛。

"只是件旧玩意儿,"她说道,"我有些时候不在乎自己啥样子便套上它。"

"但是穿在你身上看起来特精神,你知道我说的是什么意思,"麦基太太自顾自地往下说,"要是切斯特能把你那个姿态拍下来,我想他一定会搞出一张杰作来。"

我们大家都悄悄地瞧着威尔逊太太,她此时把一绺头发从眼前撩开,然后对我们回眸注视,粲然一笑。麦基先生侧着头专注地打量了她一会儿,接着伸出一只手在前面慢慢地来回摆动。

"我得改换一下光线,"过了一会儿他说道,"我要把她面貌的立体感表现出来。我还要设法把后面的头发抓拍到。"

"我可不认为要改换光线,"麦基太太厉声嚷道,"我觉得……"

她丈夫"嘘"了一声,我们大家的目光又转向摄影的主体,就在此时汤姆·布坎南打了个响哈欠,站了起来。

"麦基家的,你们两位喝点什么吧!"他说道,"梅特尔,再来点水和矿泉水,要不然大家都要睡着了。"

"我早就对那小伙子说送水来。"梅特尔竖起眉毛,表现出对下人偷懒拖沓很感无奈,"这些人哪,非得整天盯住他们不可。"

她瞧了我一眼,莫名其妙地笑了笑。然后她跳起来,冲向小狗,抱起它狂吻一阵,接着一阵风似地奔向厨房,好像那里有十几个大厨师正等着听她摆布呢。

"我在长岛那里拍了一些很好的照片。"麦基自信地说道。

汤姆茫然地看了他一眼。

"两幅装裱好的挂在楼下。"

"两幅什么?"汤姆问道。

"两幅专题作品。其中的一幅我题名为'蒙涛角——海鸥',另一幅的题名是'蒙涛角——大海'"。

威尔逊太太的妹妹凯瑟琳挨着我坐在沙发上。

"你也住在长岛上,是吗?"她问道。

"我住在西埃格。"

"真的吗?大约一个月之前,我参加了那里的一个聚会。在一个叫盖茨比的人家里。你认识他吗?"

"我就住在他家隔壁。"

"哟,人家说他是德国皇帝威廉·凯撒的侄子还是表弟什么的。他的钱全从那里来的。"

"真的吗?"

她点点头。

"我有点怕他,不喜欢跟他有什么牵扯。"

关于我邻居的这些引人入胜的消息,却被麦基太太打断了。她这时突然手指着凯瑟琳说道：

"切斯特，我想你可以给她拍一张。"她脱口而出，但是麦基先生只是不耐烦地点点头，把注意力转到汤姆身上。

"我想在长岛上开展业务，要是我有机会挤进那里的话。我只是要求有人开始时扶我一把。"

"你问梅特尔好了，"汤姆说道，并在威尔逊太太端着盘子进来时，不禁哄然大笑，"她会给你写一封介绍信。梅特尔，对不对？"

"干什么？"她问道，颇感诧异。

"你可以给麦基先生写一封介绍信去见你丈夫，这样他可以拍他的几张专题作品。"他在想照片的题名时，不出声地动了动嘴唇，然后念叨道："'乔治·威尔逊在加油站'，诸如此类的题名。"

凯瑟琳凑近我的耳朵，轻轻地说道：

"他们俩谁都受不了自己的那口子。"

"会吗？"

"受够了。"她看了看梅特尔，又看了看汤姆。

"我说的意思是，既然两人都受不了，何必还住在一起呢？假如我是他们的话，我就离婚，然后马上各自再结婚。"

"她也不喜欢威尔逊吗？"

对这个问题的回答出乎意料。回答来自梅特尔，说得既激烈，又粗俗。

"你看，"凯瑟琳得意地嚷起来，然后，她又把声音压得很低，"实际上是他的妻子把他们这一对隔开了。她是天主教徒，他们是不兴离婚的。"

黛西不是天主教徒，我对这个精心编织的谎话感到有点震惊。

"等到哪天他们结婚时，"凯瑟琳接着说，"他们要去西部住一阵子，直至烟消云散。"

"到欧洲去不是更稳妥吗？"

"噢，你喜欢欧洲吗？"她吃惊地高声说道，"我刚从蒙特卡洛①回来。"

"是吗？"

"就在去年。我是跟另外的一个女友一块儿去那里的。"

"待了很久？"

"没多久，我们到了蒙特卡洛就回来了。我们取道马赛②。我们出发时，带了一千二百多美元，但是我们在自己住的房间里仅两天钱就全部给偷光了。我可以告诉你，我们回来时非常狼狈。天哪，我恨死那个鬼地方！"

下午晚些时候，从窗户里望出去，天空颇为壮观，犹如地中海蔚蓝而甜蜜的海水——此时麦基太太尖细的声音又把我唤回到屋子里来了。

"我也差一点犯个大错！"她铿锵有力地说道。

"我差点嫁给了一个追了我好多年的犹太小子。我知道他配不上我。大家一再对我说：'露西尔，那家伙怎么也配不上你！'不过，要是我没有遇到切斯特，他就把我弄到手了。"

"是啊，但是你听我说，"梅特尔·威尔逊太太说道，一边不停地摇头晃脑，"好在你没有嫁给他。"

"我明白我不该嫁他。"

"唉，我可是嫁了，"梅特尔含糊其辞地说道，"这就是你和我情况不同的地方。"

"那你为什么要嫁给他，梅特尔？"凯瑟琳追问道，"没人逼你嫁

---

① 蒙特卡洛，摩纳哥公国城镇，位于法国东南部，著名赌城。
② 马赛，法国东南部海港城市。

给他。"

梅特尔想了想。

"我嫁给他，因为我当初认为他是位绅士，"她最后说道，"我以为他还懂点教养，实际上他连舔我的鞋都不配。"

"有一阵子你喜欢他都快发疯了。"凯瑟琳说。

"喜欢得快发疯！"梅特尔难以置信地叫起来，"谁说我喜欢他快发疯了？我对他的喜欢从来都没比对这个男人的喜欢多一点。"

她忽然用手朝我一指，于是大家都瞧起我来了，把气往我身上使。我竭力用我的表情告诉大家我不期望有谁疼爱我。

"说我疯了那就是我当初嫁给了他。当下我就知道自己犯了个错误。他借了人家的一套最好的西装结婚时穿上，压根儿没对我说起过。后来有一天在他不在家时，那人来要了。'哦，这是你的西装？'我说，'我还是第一次听说。'不过，我还是把西装给了他。我一头栽在床上，痛哭了一下午。"

"她真该离开他，"凯瑟琳又对我说，"他们住在那个汽车铺里十一年了。汤姆是她的第一个情人。"

这瓶威士忌酒——已是第二瓶了——在座的人都频频要求斟上，只是凯瑟琳没有要，因为她"感到不吃不喝反倒好受"。汤姆按铃要那个看门的人上来，叫他去买一种很出名的三明治，晚餐也全部在里面了。我几次想告辞，打算在温柔的暮色里往东走到公园那边去，但是每一次我想走时，总会有一场激烈的、难分难解的争论将我卷进去，像绳子一样把我拉回到椅子上。然而，在城市上空的这些亮着黄色灯光的窗户，也许会给那些在暮色苍茫的街道上行走的人增添几个人间隐私的故事。我看到了这么一位窥视者，正在仰头观望，在思忖。我现在既身在其中又身在其外，对生活的变幻无穷和多姿多彩，既感到陶醉又感到厌恶。

梅特尔把她的椅子拉到我的跟前,忽然间,她喷吐着微醺的气息向我叙说她第一次遇见汤姆的情形。

"事情发生在两个面对面的小座位上,火车上这种小座位总是空着没人要占的。那天我要去纽约看我妹妹,准备过一夜。他穿着一套礼服,一双漆皮皮鞋,我的眼睛一见他就移不动了,但是每次他瞧我时,我不得不假装在看他头顶上面的广告。火车到站我们下车时,他紧挨在我后面,他穿的雪白衬衣的前胸紧贴着我的胳膊。于是我对他说我要叫警察了,不过,他知道我在说假话。我激动得昏了头,竟跟着他上了一辆出租车,还没意识到没搭乘地铁。我脑子里一遍一遍问自己'能长相守吗? 能长相守吗?'"

她把身子转向麦基太太,她做作的笑声响彻整个屋子。

"亲爱的,"她大声说道,"我这身衣裳换下来就送给你,明天我要再买一套。我得把我要做的事情列一张单子。按摩、烫发、给狗买一个链子,还要买一个好看的烟灰缸,是那种一按弹簧就掐灭烟头的烟灰缸,再为我母亲的墓买一个花环,上面系黑丝带的,可用一个夏天。我得写一张单子,不然我会把要做的事全忘了。"

这时已经九点了,一转眼我再看自己的表时,发现已经十点了。麦基先生已倒在椅子上睡着了,双拳紧握攥在怀里,活像一张斗士的照片。我掏出手绢替他擦掉了干涸在他面颊上的那堆肥皂沫,它让我一下午都感到不舒服。

那只小狗蹲在桌上,睁着两只还什么也看不见的眼睛穿过烟雾四处观望,时不时地轻轻呻吟几声。屋里的人一会儿不见了,一会儿又出现了,忙着出发,然后又找不到对方,到处寻找,结果发现彼此就在眼前。快到半夜时,汤姆·布坎南和威尔逊太太面对面站着,在激烈地争论威尔逊太太有没有权利提黛西的名字。

"黛西! 黛西! 黛西!"威尔逊太太大声高叫,"我什么时候想叫就叫她,黛西! 黛……"

汤姆·布坎南稍一闪身,一巴掌过去就把她的鼻子打出了血。

于是浴室地板上满地都是沾血的毛巾,还有女人的责骂声,高悬在这一切混乱之上的是拖长声调的、时断时续的痛苦的嚎叫。麦基先生从瞌睡中醒了过来,恍恍惚惚向门口走去,走了一半,又折回来,瞪眼看着眼前的一幕——他妻子和凯瑟琳一边责骂一边安抚,同时在拥挤的家具中间跌跌撞撞地跑来跑去拿急救的药品。躺在沙发上的那个绝望的身影,血流不止,挣扎着要把一份《城市闲话报》摊在印有凡尔赛风景的织锦毯上。此时,麦基先生转过身,继续往门口走去,我从衣架上取下我的帽子,也跟着离开。

"改天一起吃顿饭。"在电梯里我们低声说话时,他提议道。

"什么地方?"

"随便什么地方。"

"不要碰电梯开关。"电梯工迸出一句话来。

"对不起,"麦基先生不失尊严地说道,"我不知道自己碰到了它。"

"好,"我表示同意,"我一定奉陪。"

……我站在麦基先生的床边,他从两层床单中间坐起来,穿着内衣内裤,手里拿着一本大相册。

"'美女和野兽'……'孤独'……'杂货铺老马'……'布鲁克林大桥'……"

之后,我在宾夕尼亚车站冷冰冰的地下候车室里躺了下来,半睡半醒,一边看着早晨刚出的《论坛报》,一边等着清晨四点的那班火车。

第 三 章

　　整个夏天的夜晚我邻居家的音乐声不绝于耳。在他的蓝色花园里，男男女女像飞蛾一般在笑语、香槟酒和星光之中来回晃悠。下午涨潮时，我看到他家的客人从搭在木筏上的高台上跳水，或者在晒得发烫的沙滩上晒日光浴，同时两条汽艇划破海湾的水面，拖着滑水板在飞溅的泡沫中破浪前进。每逢周末，他的那辆罗尔斯—罗伊斯轿车就成了公共汽车，从早上九点到深更半夜穿梭来往，接送从城里来的一批批客人，而他的那辆旅行车则像一只敏捷的黄色甲壳虫蹦来跳去接送所有的火车班次。到了星期一，八个仆人，外加一名园丁，用拖把、刷子、锤子和修枝剪苦苦干上一整天，收拾头天晚上留下的一片狼藉。

　　每到星期五，五箱橙子和柠檬从纽约的水果店运到这里，而到了星期一，这些橙子和柠檬没有了果肉，变成了半拉半拉的果皮，扔在厨房后门口，堆成了一座金字塔。在厨房里有一台果汁压榨机，可以在半小时内把二百个橙子压榨成汁，只要管家的大拇指在一个小按钮上按二百次就行了。

　　至少每两周一次，一大帮包办宴席的人从城里赶来，带来好几百英尺篷布和足够数量的彩灯，把盖茨比的大花园装饰得像一棵圣诞树。自助餐桌上摆满了各式冷盘，琳琅满目，一盘盘五香火腿四周放着五颜六色的色拉和烤得金黄透亮的乳猪与火鸡。在大厅里设有一个用真正的铜杆搭的酒吧，备有各种杜松子酒和烈酒，还有久已为人们忘怀的甘露酒,来的女宾客大多是年轻人,根本分不清这个那个的品牌。

七点钟之前乐队已经到来,绝不是只有五件乐器的小乐队,而是包括双簧管、长号、萨克斯管、大提琴、小提琴、短号、短笛、高音鼓和低音鼓等全套乐器的大乐队。现在最后一批客人已经从海滩上游泳回来了,正在楼上更换衣服;纽约开来的汽车五辆一排停在车道上。所有的厅堂、客室和阳台都变得五彩缤纷,女宾们的各式发型争奇斗妍,她们披的花色各异的纱巾使以生产纱巾闻名的卡斯蒂尔①也大为逊色。酒吧那边忙得热火朝天,一巡又一巡的鸡尾酒使整个花园里弥漫着酒香,直至到后来整个空气都活跃起来,充满了欢声笑语,充满了脱口而出、转眼便忘的打趣和寒暄,充满了从不相识的女人们之间热情无比的会见晤谈。

随着大地跟跟跄跄离开阳光,灯光显得越来越明亮,此刻乐团演奏起温馨的鸡尾酒乐曲。众人的声音像演唱歌剧一样也提高了一个音阶。越来越容易引来笑声,一句逗人的话就会引发哄然大笑,一发而不可收。人群的组合变化越来越快,忽而随着新来的客人而扩大,忽而散开又聚拢。已经有一些人开始来回游荡,还有一些厚脸皮的年轻女子在比较固定的人群里钻出钻进。一会儿在这个组里成为注意的中心,带来一阵热烈而欢快的气氛,过一会儿又得意洋洋地扬长而去。她们在不断变化的灯光下,在潮汐般起落的面孔、话语和色彩中间穿梭往来。

突然,这些像吉卜赛人一样的姑娘中有一个,浑身珠光宝气,随手抓了一杯鸡尾酒,为了壮壮胆子一口气喝了下去,然后学着弗里斯科②的样子挥了挥手,独自在篷布搭的舞池里手舞足蹈跳起来。沉静了片

---

① 卡斯蒂尔,西班牙一地区,以产头巾著名。
② 弗里斯科,西班牙一喜剧舞蹈演员。

刻之后,乐队指挥殷勤地为她变换了节奏,接着爆发出一阵唧唧喳喳的声音,因为有人误传她是"愚人舞蹈团"里当红舞星吉尔德·格雷①的替角。于是,晚会正式开始了。

我相信我自己第一次到盖茨比家去时,我是少数几个得到正式邀请的客人之一。一般来说,人们都没有受到邀请——他们去了就是。他们上了汽车,汽车把他们拉到长岛,然后便不知怎么的到了盖茨比的家门口。在那里只要有认识盖茨比的人引见一下,此后他们便根据游乐园的行为规则自行其是。有的时候,他们从来到走,压根儿没有见过盖茨比,他们就是一心奔着晚会来的,这颗心就是入场券了。

我是确实受到邀请的。那个星期六的清晨,一个身穿蓝绿色制服的司机穿过我的草坪,送来了一份他主人发出的请柬,措辞非常正式,说什么:如蒙大驾光临当晚的"小型聚会",他本人当感不胜荣幸。还说他曾数度见我,欲登门造访,却因种种原因,未能如愿,甚表遗憾等等。最后签名是杰伊·盖茨比,笔迹很有气派。

晚上七点刚过,我穿上白色的法兰绒便装走过他家的草坪赴会去了。在素不相识的滚滚人流中转悠,感到相当别扭,虽然偶尔也有一两张脸是我在上下班的火车上见过的。我感到惊讶的是到会的有不少年轻的英国人,他们都穿着考究,面露一点饥色,热切地在跟殷实的美国人低声交谈。我相信他们在推销什么东西:股票或保险或汽车。他们心急如焚,因为他们知道近在眼前就有唾手可得的钱,机不可失。他们坚信只要说上几句中听的话,大把的钱便到手了。

我一到就设法去找主人,可是问了两三个人,他们却用极其诧异的目光瞪着我,异口同声说他们不知道他的行踪。于是,我只好悄悄溜往供应鸡尾酒的桌子那里去——这是在整个花园里一个单身汉可以流连

---

① 吉尔德·格雷,当时纽约的一位舞星。

41

片刻而不显得无所事事和孤寂落寞的惟一的地方。

正当我想喝个一醉了之,摆脱百无聊赖之时,乔丹·贝克从屋子里走了出来,站在大理石台阶的最上层,身子微微向后仰,用轻蔑的神气看着花园里的一切。

不管人家欢迎不欢迎,我觉得必须给自己找一个伴,不然我会稀里糊涂向走过我身边的客人乱打招呼。

"哈罗!"我大喊一声,并往她那边走去。我的声音在花园里听起来大得很不自然。

"我想你会来的。"她心不在焉地回了一句,往我这边走来,"我记得你说你就住在隔壁……"

她满不在乎地握了握我的手,表示她待会儿再来关照我,转而侧耳去听两个穿着一模一样黄色连衣裙的姑娘说话,她们刚止步在台阶下面。

"哈罗!"她们异口同声地叫了起来,"很遗憾你没有赢!"

那是说高尔夫球比赛,她在前一个星期的决赛中输了。

"你不认得我们,"穿黄衣裙的姑娘中的一个说道,"但是我们大约在一个月前在这里见过你。"

"后来你们染了头发了。"乔丹说。我心中一愣,但是两个姑娘已经大大咧咧走了过去,所以她的这句话成了说给早早升起的月亮听了。毫无疑问,她的这句话就像当晚的菜肴一样从包办宴席人的篮子里随手捞出来的。乔丹用她纤细的、晒成金黄色的手臂挽着我,我们走下了台阶,在花园里漫步。一盘鸡尾酒朝我们端来,在暮色中犹如飘然而至。我们找了一张桌子坐下,同座的有两个穿黄衣裙的姑娘,还有三个男士,介绍给我们时每人都咕咕哝哝,听不清楚何姓何名。

"你常来参加这里的聚会吗?"乔丹问坐在她身边的女孩子。

"我上次来这儿就是见到你的那次。"姑娘回答道,声音显得很机

灵和自信,然后她转向她的同伴:

"露西尔,你是不是这样?"

露西尔也是这样。

"我喜欢来,"露西尔说,"我从不在乎干什么,只要玩得痛快就行。上次我来这里,在一张椅子上把裙子撕破了。他问了我的名字和地址——不到一个星期,我得到了从克罗里公司送来的一个邮包,里面是一件新的晚礼服。"

"你收下了吗?"乔丹问。

"当然。我本来今晚要穿着它来的,但是胸口那地方太大,得修改一下。衣服是浅蓝色,镶着淡紫色的珠子。二百六十五美元。"

"会这么办事情的人真是有点意思,"另一个姑娘急切地说道,"他不想惹任何人的麻烦。"

"谁不想惹?"我问道。

"盖茨比啊!有人告诉我……"

这两个姑娘和乔丹诡秘地靠拢到一块儿。

"有人告诉我说他杀过人。"

我们几个人都打了一个寒战。那三个叫不上姓的先生也把身子往前凑,急着听个究竟。

"我想并不是那么回事。"露西尔不以为然地辩解道,"多半是他在大战时当过德国间谍。"

三个男士中的一个点点头表示同意。

"我也听说过这一点,是从一个很了解他的人,一个从小跟他在德国一起长大的人那里听到的。"他肯定地对我们说。

"噢,不对,"第一个姑娘说,"不可能是那样,因为大战时他是在美国军队里。"看到我们又倾向于相信她的话,她热切地凑过来,"在他以为没有人注意他时,你瞧他一眼。我敢打赌他杀过人。"

她眯起眼睛,身子哆嗦起来。露西尔也哆嗦起来。我们都回过身来,四处张望,寻找盖茨比。有些人认为在这个世界上已没有多少事需要窃窃私语的了,而恰恰从他们那里引来了关于他的那么多的窃窃私语,这就足以证明他可以激起人们多少浪漫的遐想。

第一顿晚饭——午夜后还有一顿——此时开始了。乔丹邀请我跟她的一伙朋友坐在一起,他们都围坐在花园另一边的一张桌子上。一共有三对夫妇,外加乔丹的一位护花使者。他——一名执拗的大学生,情绪偏激,喜欢旁敲侧击,并且显然认为乔丹迟早会委曲求全,委身于他。这伙人不东扯西拉,而摆出骄矜的样子,俨然自封为庄重的乡间贵族代表——东埃格村屈尊莅临西埃格村,而又小心谨慎,提防灯红酒绿、寻欢作乐有损体面。

这样白白耗掉了半个小时之后,乔丹悄悄地对我说:"咱们走吧!这里对我太斯文了。"

我们两人站起身来。她向其他人解释说,我们要去找主人。她说我从来没有会见过主人,这使我一直感到很不安。大学生点点头,显出一副既玩世不恭又有点忧郁的样子。

我们先到酒吧去看看,那里挤满了人,可是盖茨比不在那里。她从台阶上向下看,找不到他,门廊那边也没有他的踪影。我们偶然推开一扇看上去很气派的门,走过一间高高的哥特式图书室,四壁镶的是雕花栎木,也许是从海外某处遗址整体搬过来的。

一个胖胖的中年人,戴着一副猫头鹰式的大眼镜,有点醉醺醺的样子坐在一个大桌子的边上,恍恍惚惚盯着书架上的书。听到我们走进去,他兴奋地把头转了过来,将乔丹从头到脚打量一番。

"你觉得怎么样?"他唐突地问。

"什么怎么样?"

他把手向书架一扬。

"关于这些书。其实你们不必再费神验证了，我都验证过了。它们全是真的。"

"这些书？"

他点点头。

"绝对真的——有版面有页码，应有全有。我原以为它们都只是好看耐用的空壳子。实际上，它们全是真的书，有版面有页码——让我拿一本给你瞧。"

他想当然地以为我们对这些书也存有怀疑，急忙跑到书架前，拿回来了一本《斯托达德演说集》①的第一卷。

"看！"他得意地嚷道，"这是一本货真价实的印刷品。它把我镇住了。这家伙是个地地道道的贝拉斯科②。太成功了。真是天衣无缝！惟妙惟肖！而且知道适可而止，恰到好处——连书页都没有裁开。你还要什么？你还指望什么？"

他从我手里把那本书一把夺过去，匆匆忙忙将它放回书架，嘴中念念有词：要是抽掉一块砖，整个图书室就会坍塌。

"谁带你们来的？"他追问道，"还是你们自己闯进来的？我是有人带进来的，大多数客人都是带进来的。"

乔丹机警地，却友好地瞧了瞧他，没有作答。

"我是一个名叫罗斯福的女人带来的，"他继续往下说，"克洛德·罗斯福太太。你们认识她吗？我昨天晚上在什么地方碰见她。我喝醉到现在快一个星期了，我想在图书室里坐坐可能会让我清醒过来。"

"醒过来了没有？"

---

① 约翰·斯托达德(1850—1931)，美国演说家，著作甚丰，有十卷本《斯托达德演说集》。

② 大卫·贝拉斯科(1859—1931)，美国剧作家、演员和剧院经理。

"我想好一点了。不过还说不上。我在这里才待了一个小时。我对你们说过这些书的事没有？它们全是真的。它们……"

"你对我们说过。"

我们一本正经地跟他握手后退了出去。

此时花园里人们在铺有篷布的地上开始跳舞了。上了年纪的男人拥着妙龄少女不停地转圈,姿态不甚雅致,自视清高的男女成双成对地拥抱在一起,踩着复杂时髦的舞步,守在舞池的边角。还有许多单身姑娘在跳单人舞,或者帮助乐队里的班卓琴手或鼓手敲打一会儿,让他们喘口气。到了午夜时分场面更加热烈。一位著名的男高音用意大利语引吭高歌,一名声名狼藉的女低音则唱了支爵士乐曲。其间在花园的各处很多人也纷纷表演起各自的"拿手好戏",一阵阵欢乐而空洞的笑声此起彼落,飘向夏日的天空。一对双胞胎演员——原来就是那两个穿黄颜色衣服的姑娘——也粉墨登场表演了一出儿童剧。香槟酒不断地端出来,用的是比洗手指用的碗还要大的玻璃杯。月亮升得更高了,一个像银色天秤样的三角形星座飘浮在海湾的上空,随着草坪上班卓琴生硬的节奏微微颤动。

我仍然和乔丹·贝克在一起。我们坐的一张桌子上还有一个年纪跟我差不多的男士和一个爱吵闹的年轻女孩儿,她动辄就放声大笑。我现在也自娱自乐起来。我已经喝了两大杯香槟。眼前的景色变得意味深长、质朴自然而又深奥莫测。

在文娱表演中场休息的时候,那位男士看了我一下,莞尔一笑。

"看你很面熟,"他很客气地说,"战争期间,你是不是在第一师?"

"怎么,是的。我在步兵二十八连。"

"我在十六连,一直待到一九一八年六月。我说好像在哪儿见到过你。"

我们谈了一会儿法国的这个那个的潮湿、灰暗的小村庄。显然,他住在这附近,因为他告诉我他刚买了一架水上飞机,准备明天上午去试飞一下。

"想跟我一块儿去吗,老兄? 就在海湾的岸边转转。"

"什么时候?"

"随便什么时候,对你合适便行。"

我正要问他叫什么名字,乔丹回过头来对我笑了笑。

"现在玩得开心了吧?"她问道。

"好多了。"我把头又转向我的新朋友,"这个聚会对我来说不同寻常。我到现在还没有见到主人。我住在那边——"我用手朝远处那道看不见的树篱指了指,"这位盖茨比先生派他的司机送来了一张请柬。"

他望着我好一会儿,仿佛没有听懂我的话。

"我就是盖茨比。"他突然说。

"什么!"我叫了起来。"噢,真对不起。"

"我以为你认识我,老兄。我怕我不是个好主人。"

他会意地笑起来——不仅仅是会意。这种微笑是极为罕见的微笑,带有一种令人无比放心的感觉,也许你一辈子只可能碰上四五次。一瞬间这种微笑面对着——或者似乎面对着整个永恒的世界,然而又一瞬间,它凝聚到你身上,对你表现出一种不可抗拒的偏爱。它所表现出的对你理解的程度,恰恰是你想要被理解的程度。相信你如同你乐意相信你自己那样,并且让你相信他对你的印象不多不少正是你最得意时希望留给别人的印象。就在此刻他的笑容消失了,我所看到的是一个风度翩翩的壮年男子,年纪约三十一二岁,说话措辞文雅,文绉绉得近乎滑稽可笑。在他做自我介绍之前,我强烈地感到他说话字斟句酌,谨小慎微。

正当盖茨比先生要说明自己身份的那一刻,一个男管家匆匆跑来,向他报告芝加哥来电话找他。他欠身告辞,依次向我们每个人微微躬身致歉。

"老兄,你要什么,尽管说,"他恳切地对我说,"对不起,过一会儿再来奉陪。"

他走后,我马上转向乔丹——急不可待地要告诉她我的惊诧。我本来以为盖茨比先生是一位红光满面、肥头大耳的中年人。

"他是谁?"我急切地问她,"你知道吗?"

"他不过就是一个叫盖茨比的人呗!"

"我是说,他是哪里人? 他是做什么的?"

"你现在倒也对这个题目感兴趣了,"她懒洋洋地一笑回答道,"好吧,我来说。记得他有一次告诉我他上过牛津大学。"

他的背景隐隐地显露出来了,但是听了她的下一句话这点又消失了。

"不过,我并不相信。"

"为什么不信?"

"我不知道,"她坚持己见,"我就是不相信他上过牛津。"

她说话的口气让我想起另外一个姑娘说的话:"我想他杀过人。"从而激起了我的好奇心。假如有人对我说盖茨比是从圣路易斯安娜州的沼泽地里走出来的,或者是从纽约东城贫民窟里冒出来的,我都会毫无疑问地接受,因为那是可以理解的。但是这么一个年纪轻轻的人不可能——至少依据我这个没见过世面的人来说,我不相信他会如此"酷",不知从什么地方飘然而至,在长岛海湾买下一座宫殿似的豪宅。

"不管怎么说,他经常举行大型聚会,"乔丹把话题突然一转,就像许多城里人那样对于具体的东西兴趣索然,"我喜欢大型聚会,大家亲亲热热。在小型的聚会上,让人觉得没有个人隐私。"

低音鼓轰隆隆一阵响,接着突然响起乐队指挥的声音,盖过了荡漾在花园上空的回响。

"女士们、先生们，"他喊道，"应盖茨比先生的要求，我们为大家演奏弗拉迪米尔·托斯托夫的最新作品，这部作品五月份在卡耐基大厅演奏时引起了极大的关注。如果各位看过报纸，就知道当时曾轰动一时。"他带着轻松、居高临下的神气微微一笑，又说："真是轰动一时！"听了这句话，大家哄然大笑。

"这支曲子，"他用洪亮的声音结束讲话，"叫做'弗拉迪米尔·托斯托夫的爵士乐世界史'。"

我没有专心听托斯托夫的乐曲，因为演奏一开始，我的眼睛就落到了盖茨比身上，他一个人站在大理石的台阶上，用赞许的目光从这一群人看到另一群人。他晒黑的皮肤紧绷在他的脸上，极有魅力；短短的头发看上去像是天天都修剪似的。我在他身上实在看不到有什么邪恶的东西。我不知道是不是他不喝酒而使他跟客人们的神形有所不同，因为在我看来大家玩得兴致越来越高，放浪形骸，而他变得越来越沉稳。当"爵士乐世界史"演奏结束时，有的姑娘像哈巴狗似的把头搁在男士们的肩上，有的姑娘身子后仰戏闹着晕倒在男人的怀里，有的甚至就往人堆里倒，因为她们以为一定会有人把她们扶住。不过，没有人倒在盖茨比身上，也没有法国式的短发触碰到盖茨比的肩头。再说盖茨比也没有在四人小合唱组里露个头，充个数。

"对不起。"

盖茨比的男管家突然站在了我们身边。

"贝克小姐吗？"他问道，"对不起，盖茨比先生想跟你单独说几句话。"

"跟我？"她惊讶地大声说。

"是的，小姐。"

她慢慢地站了起来，愕然地对我扬了扬眉毛，跟着男管家向屋子走去。我注意到她今晚穿着晚礼服，但她穿什么衣服都像穿运动服一样——她的动作轻快活泼，仿佛她当初是在空气清新的高尔夫球场上学走路的。

我又独自一人了。此时快两点了。有好一会儿，一阵阵乱哄哄的声音，从平台上面一间长长的、有着许多窗子的房间里传来，引起了大家的注意。陪伴乔丹前来的大学生此刻正跟两个合唱团的姑娘在大谈助产术，邀我过去一块儿聊，可是我溜掉了，走进屋子里去。

大房间里挤满了人。一个穿黄衣服的姑娘在弹钢琴，她身旁站着一个高个红头发的女郎在唱歌，她来自一个著名的合唱团。她喝了不少香槟酒，在唱歌的过程中，不合时宜地认定世上万事都是极悲惨的，因而她边唱边哭泣起来。每逢歌曲中有停顿的地方，她就大口大口地抽噎和断断续续地啜泣，然后再用震颤的女高音继续歌唱。眼泪顺着她的面颊往下淌——不过不是很顺畅地往下淌，因为泪水碰到她画得浓浓的眼睫毛，就变成了黑墨水，往下慢慢淌时，成了一道道黑色的小溪。有人逗趣，提议她唱一支用她脸上的音符谱的歌曲。听到这话她两手往上一甩，倒在一张椅子里，醉醺醺地呼呼大睡起来。

"她刚才跟一个自称是她丈夫的男人打了一架。"我身旁的一个姑娘解释道。

我环顾四周，一多半留下来未走的女客人都在跟她们称做丈夫的男人们吵架。连乔丹那伙来自东埃格村的四个组合，也因为意见不合而闹分裂了。男人中的一个正跟一个年轻的女演员聊得兴致勃勃，一往情深。他的妻子起初还保持尊严，装得若无其事，企图置之一笑，到后来也实在忍受不住了，从侧面向他发起了攻击——时不时地突然出现在他身体的一侧，像一条被惹怒的毒蛇，咬牙切齿地对着他的耳朵嘶喊："你作过保证！"

不愿意回家的不只是那些刚愎自用的丈夫。此时前厅里还有两个毫无醉意的男客和他们怒气冲天的太太。两位太太用稍稍升高的声音在互相倾诉：

"他一看见我玩得高兴，便吵着要回家。"

"这辈子从来没见过像他这么自私的家伙。"

"我们总是最先离开的人。"

"我们也是一样。"

"哎，今晚我们几乎成了最后的了，"其中的一位男客怯生生地说道，"乐队半个多小时以前就走了。"

尽管两位太太一致认为这样的故意拆台难以置信，这场面还是以短暂的搏斗结束了。两位先生各自抱起胡乱踢打的妻子消失在夜色中。

我在前厅等候取回帽子时，藏书室的门打开了，乔丹·贝克和盖茨比一起从里面走出来。他正在对她说最后一句话，但是当有几个人过来向他告别时，他原先殷切热烈的态度陡然收敛，变得一本正经，道貌岸然。

乔丹的一伙不耐烦地在门廊里叫唤她，但是她还是逗留了一会儿，才与我握手道别。

"我刚才听到一件非常惊奇的事情，"她悄悄地对我说，"我们在里面待了多久？"

"嗯，大约一个小时。"

"这实在……太令人惊奇了，"她讳莫如深地道，"可是我发过誓不说出去，现在却来吊你的胃口了。"她当着我的面优雅地打了一个呵欠。"有便来看看我……电话本……在西古奈·霍华德太太名下……电话本……"她边说边匆匆离去——她挥动晒得棕黑的手，轻快地敬了个礼，然后便融入在门口的她那一伙人群中去了。

我感到很羞愧，第一次来做客就待得这么晚，于是走到盖茨比的最后一批客人当中去,他们此时簇拥在他身边。我想向他解释当晚我很早就在寻找他,还要向他表示歉意在花园里竟然没有认出他来。

"不要客气,"他恳切地回答道,"别再想着它了,老兄。"这个亲昵的称呼比之他用手轻轻拍打我的肩膀让我心里感到更热乎,"别忘了明天上午九点我们要乘水上飞机上天哩!"

此时男管家来了,站在他背后。

"先生,费城来电话找你。"

"好的,等一下。告诉他们,我马上就来……晚安!"

"晚安!"

"晚安。"他微微一笑。突然之间,我发觉待到最后一批离开似乎有了某种令人愉快的意义,仿佛他是一直希望如此的,"晚安,老兄……晚安。"

但是,当我走下台阶时,我看到晚会并没有完全结束。在离大门五十英尺的地方,十几盏汽车头灯映照出一个奇怪混乱的场面。在路边的水沟里,一辆新的双门轿车横卧在那里,右侧向上,但一个轮子被撞掉了。这辆车离开盖茨比家的车道还不到两分钟的行程。围墙上有一个突出的棱角造成了车轮脱落的原因。现在有五六名司机正围在那里观看,可是,因为他们的车子停在路上堵住了路,后面的车子不断按喇叭,传来刺耳的嘈杂声,使本来已很混乱的场面变得更糟糕。

一个穿着长风衣的男人已经从撞坏的车子里爬了出来,此时站在路中央,从车子看到轮子,从轮子看到围观的人,神情既轻松自在又迷惑不解。

"瞧!"他解释道,"车开到沟里了。"

这个事实使他感到无比的惊讶。我开始只感到这种惊讶不同寻常,然后认出了这个人——就是早先光顾盖茨比藏书室的那个人。

"怎么回事?"

他耸了耸肩。

"我对于机械一窍不通。"他断然地说道。

"但是你怎么搞的？你撞到墙了没有？"

"不要问我，""猫头鹰眼镜"说，把这事推脱得一干二净，"我对开车知道得很少很少——几乎一无所知。事情就这么发生了。我知道的就这一点。"

"既然你不怎么会开车，你就不应该在夜里瞎使唤。"

"可是我连试也没试，"他愤愤不平地解释道，"我连试都没试。"

旁观的人惊愕得哑然无言。

"你想自杀吗？"

"算你运气好，只掉了一个轮子！不怎么会开车，还试都不试。"

"你们不了解，"这个闯了大祸的人解释道，"我没有开车。车里还有一个人。"

这句话引起的震惊招来了持续不断的"啊—啊—啊！"，同时那小轿车的门也慢慢地开启了。围观的人——此时已经是一大群人了——不由自主地往后退，而且当车门敞开时，顷刻之间一片死寂。接着，非常缓慢地，一个脸色苍白，身子东摇西晃的人从撞坏的汽车里跨了出来，下地时还用他那只大舞鞋试了几下。

这个幽灵般的人被车灯的光照得睁不开眼，又被汽车的喇叭声闹得稀里糊涂，站在那里晃了一会儿才看到那个穿风衣的人。

"怎么回事？"他镇静地问道，"是不是我们没油了？"

"瞧！"

六七根手指同时指向那个被撞落的车轮。他瞪眼看了它一会儿，然后抬头往上看，好像他怀疑轮子是从天上掉下来的。

"轮子掉了。"有人解释说。

他点点头。

"我起先还没注意到车子停下来了。"

沉静了片刻,他深深吸了一口气,挺了挺胸膛,用坚定的口气说:

"谁能告诉我哪儿有加油站吗?"

至少有十几个人——其中几个比他头脑清醒一点——向他说明轮子和车身早已分了家了。

"倒车,"过了一会儿,他提议,"把车子正过来。"

"可是轮子掉啦!"

他迟疑了一下。

"试试也无妨。"他说。

汽车喇叭的乱吼乱叫达到了高潮。于是我转身离开,穿过草坪回家去了。我回头张望过一次。一轮圆圆的月亮正照在盖茨比的别墅上,夜色依旧美好,花园依旧灯光灿烂,而欢声笑语已经消逝。一股突如其来的空虚似乎正从窗户和巨大的门里流泻出来,给予主人的身影一种完全离群孤寂的形象,他这时正站在门廊上,扬臂举手摆出正式道别的姿势。

我重读一遍以上所写的,我发现我已经给人这样的印象:几个星期里断断续续三个夜晚发生的种种事情已占据了我整个的身心。其实,恰恰相反,它们只不过是一个繁忙夏季里一些偶然的事件,而且在很久以后,我对它们的关注远不如对待我自己事情的关注。

我大部分时间都用在工作上。清晨,每当旭日东升,我就匆匆沿着纽约南部摩天大楼之间的白色夹缝去"诚记信托公司"上班。我跟公司里其他职员和年轻的债券推销员混得很熟,中午跟他们一起在阴暗、拥挤的饭店里进午餐,吃些小猪肉香肠、土豆泥,喝杯咖啡。我甚至跟一个姑娘有过一段短短的恋情。她住在纽约附近的泽西城,在会计部工作,可是她的哥哥对我投以鄙视的眼光,所以我趁她七月去休假时,悄悄同她吹了。

我通常在耶鲁俱乐部吃晚饭——说不上什么原因这是我一天中心情最糟的时光——饭后我去楼上图书室,用心学习一小时有关投资和证券方面的知识。通常周围总会有几个爱吵闹的人,但他们决不会来图书室,因此这里是一个学习的好地方。之后,如果天气宜人,我就沿着麦迪逊大街溜达,经过那家古老的默里山饭店,再穿过三十三号街走到宾夕法尼亚车站。

我开始喜欢纽约了,喜欢它夜晚的那种奔放冒险的情调;喜欢那川流不息的男男女女和车辆给应接不暇的目光带来的心满意足。我喜欢沿着五号大街漫步;从熙熙攘攘的人群中挑出几个风流女子,并想象几分钟之后我便进入她们的生活,但从不为人所知或遭人反对。有时候,在我脑海里,我跟着她们走到在僻静街角上她们所住的公寓,在她们走进家门前回眸一笑,然后消失在温馨的黑暗之中。在大都市迷人的夜色中,我有时感到一种难以排遣的孤独,同时也觉得其他人有此同感——那些穷困的小职员。他们在橱窗前不停徘徊,直等到独自上小饭馆去吃顿饭,打发掉夜晚和生活中最让人难熬的时光。

又到了晚上八点钟,四十几号街那一带昏暗的街巷里排满了响着马达声的出租车,五辆一排,都是驶向剧场区的。此时我心头感到一阵惆怅。出租车在路口暂停的时候,你可以依稀看到车子里人们依偎在一起,听到他们唱歌的声音,以及无法听见的说笑所引起的欢笑,还有点燃的香烟在车里吐出的一道道混浊的烟圈。幻想着我也在匆忙赶去寻欢作乐,分享他们的亲密和兴奋,于是我暗自为他们祝福。

我好一阵子没有见到乔丹·贝克了,到了仲夏时节才又找到她。起初我为自己陪着她东奔西跑颇感荣幸,因为她是个高尔夫球冠军,所有的人都知道她的大名。后来发现不是这么回事。我没有真的爱上她,但是我感到对她柔情犹存,极想探知她的一切。她对世人摆出的那张厌烦而高傲的面孔隐藏着某种东西——大多数装腔作势的背后总是隐藏某种东西，尽管在开始时并非都如此——有一天我发现了她隐藏的东西。当时我们两人一块儿到沃维克去参加一次家庭聚会。她把一辆借来的车子没拉上车篷停在雨里，然后撒谎，赖个一干二净。这件事顿时使我记起那天晚上我在黛西家里没想起的那件有关她的事。在她参加的第一个重大的高尔夫球联赛赛场上，发生过一场风波，差点儿要闹到登报。有人说在半决赛那一轮比赛时她挪动了一个处在不利位置的球。这事快要成为丑闻——后来没声没息了。一个球童撤回了他的证词，仅剩的另一个证人也改口说他也许当初搞错了。这件事和她的名字却一直留在我脑子里。

乔丹·贝克本能地避开聪明能干的男人，现在我明白了这是因为她认为同循规蹈矩的人打交道要安全得多。她自己不诚实到了无药可救的地步。她不能忍受处于劣势，而又不心甘情愿，于是我认为她在年纪很轻的时候就开始要弄花招，以便对世人保持那个冷漠傲慢的微笑，而又能满足她的坚实矫健躯体的要求。

这对我无所谓。女人不诚实，对此不必苛责——我偶感遗憾，但过后便忘了。就在那一次家庭聚会上我和乔丹作了一次关于开车的有趣交谈。因为她从几个工人身旁开过去，挨得太近，结果我们的挡泥板把一个工人外衣上的一颗纽扣蹭掉了。

"你车开得太粗心了，"我严肃地说道，"要不你得更小心些，要不就干脆别开车。"

"我很小心。"

"不对，你不小心。"

"哼，没什么，别人小心就是了。"她轻松地说道。

"这跟你开车有什么关系？"

"他们会给我让道，"她坚持己见，"双方不小心才会出事故。"

"要是你碰到一个跟你一样不小心的人呢?"

"我希望永远不会碰到这样的人,"她回答道,"我最不喜欢不小心的人。这也是为什么我喜欢你。"

她那双灰色的、被阳光照得眯成一条线的眼睛直直地盯着前方,但是她已经故意把我们两人的关系改变了,所以有一度我以为自己爱上了她。可是我是个思想迟钝的人,内心又有许多清规戒律像刹车一样制约着自己的欲望。我知道我首先要让自己从老家的那场纠葛中确确实实地解脱出来。我坚持每星期写一封信,信尾署上"爱你的,尼克",而我脑子里想的倒是那个打网球的姑娘,爱看她打球时在上嘴唇上渗出像小胡子一样细细的汗珠。不过,我心里有一个模糊不清的理解,我要自由自在就必须先巧妙地把那个纠葛解除。

每个人都会设想自己至少具有一个主要的美德,我的美德是:诚实。我是我所认识的为数不多的诚实人中的一个。

第 四 章

星期日上午，当教堂的钟声响彻海边的村子时，时髦社会里的男男女女又来到了盖茨比的别墅，在草坪上寻欢作乐。

"他是个贩卖私酒的，"年轻的女宾们在花园里来回走动，随兴闲聊，边喝着鸡尾酒，边观赏着奇花异草，"有一回他杀了一个人，因为那人发现他是兴登堡①的侄子，恶魔的表兄弟。递给我一朵玫瑰花，宝贝，再给我那只水晶杯里斟上一点儿酒。"

有一次我在一张时刻表的空白处填写上那年夏天来盖茨比别墅客人的名字。这是一张旧的时刻表，折缝处快要断开了，在它的上方写着："本表从一九二二年七月五日起生效。"不过，我还能依稀地看出那些人名。这对于读者来说也许比听我笼统地叙说可以更具体地知道，当初是哪些人接受了盖茨比的款待以及他们对一无所知的主人又报以何等微妙的敬意。

从东埃格村来的有切斯特·贝格夫妇和里奇夫妇，一个叫本森的男子，我在耶鲁时就认识他了，还有韦勃斯特·西维特医生，他在去年夏天在缅因州溺水死去。还有霍恩比姆夫妇、威利·伏尔泰夫以及叫布莱克巴克的一大家子，他们总是聚集在一个角落里，不管谁走近，他们都会像山羊一样翘起鼻子。此外，还有伊士梅夫妇、克里斯蒂夫妇

---

① 兴登堡(1847—1934)，德国元帅，第一次世界大战期间任德军总司令。

（更确切地说是赫伯特·奥尔巴哈陪同克里斯蒂的妻子），和埃德加·比弗，据说比弗的头发在一个冬天的下午无缘无故变得像棉花一样白了。

我记得克莱伦斯来自东埃格，他只来过一次，穿着一条白色的灯笼裤，还在花园里跟一个叫艾蒂的二流子干了一架。从小岛更远的地方过来的，有奇德勒夫妇和 O. R. P. 斯雷德夫妇、佐治亚来的斯通瓦尔·杰克逊·亚伯拉姆夫妇，还有菲希加德夫妇和里普利·斯奈尔夫妇、斯奈尔在进监牢前三天，喝得酩酊大醉倒在碎石车道上，结果尤里西斯·斯威特太太的车碾了他的右手。还有达西夫妇、年过六十的 S. B. 怀特贝特，以及莫里斯·A. 弗林克、汉姆海德夫妇、烟草进口商贝路加和他的几个女儿。

来自西埃格村的有波尔夫妇、马尔雷德夫妇、塞西尔·罗伯克、塞西尔·肖恩、州参议员古利克以及控制卓越电影公司的牛顿。奥基德、艾克豪斯特和克莱德·科恩、小唐·S.施沃兹和阿瑟·麦加蒂，所有这些人都与电影界有这样那样的联系。还有卡特利普夫妇、班姆堡夫妇和 G. 厄尔·马尔东，他就是后来把自己的妻子掐死的那个姓马尔东的人的兄弟。赞助商达·冯坦诺也来过，还有爱德莱格罗、詹姆斯。B.菲莱特（诨名"劣酒"）、德·琼夫妇和欧内斯特·利里——这一伙人都是来赌钱的。每当莫莱特溜到花园里去，就意味着他输得精光，联合运输公司的股票第二天一定会波动，帮他一把。

一个叫克利普斯普林格的是这里聚会的常客，所以人们都叫他"寄宿生"——我怀疑他根本没有家。戏剧界的人士有葛斯·威兹、霍勒斯·奥多诺万、莱斯特·迈尔、乔治·德克维德和弗朗西斯·布尔。来自纽约的还有克罗姆夫妇、贝克海森夫妇、丹尼克夫妇、罗素·贝蒂、科里根夫妇、凯利赫夫妇、杜厄夫妇、斯科里夫妇、S. W. 贝尔丘夫妇、斯默克夫妇、现在已离异的年轻的奎因夫妇，以及亨利·L. 帕默多，他后来在时代广场地铁站卧轨自尽了。

本尼·麦克莱纳亨总是带着四个姑娘一起来，每次来的都不是同一批人，不过她们模样都非常相像，所以看起来很像以前来过的。我忘了她们的名字——什么杰奎琳，或者康雪爱拉，或者葛洛丽亚，或者朱迪，或者琼等等。她们的姓不是美妙悦耳的花卉或月份名，就是令人肃然起敬的伟大的美国资本家的大姓，要是追问得凶，她们就会承认自己只是他们的远亲而已。

除了上述这些人之外，我还记得福斯蒂娜·奥布莱恩至少来过一次，还有贝达克姐妹和年轻的布鲁尔，他的鼻子在战争中被打掉了。还有阿尔布鲁克斯伯格先生和他的未婚妻海格小姐、阿迪泰·菲兹彼德以及曾经担任美国退伍军人协会负责人的 P. 朱厄特先生。还有克劳蒂亚·希普小姐和传闻是她司机的男伴，还有一个亲王什么的，我们都叫他公爵，他的名字就算我曾知道，现在也忘了。

所有这些人那年夏天都来过盖茨比的别墅。

七月下旬一天上午九点钟，盖茨比的豪华汽车沿着岩石铺砌的车道一路颠到我房子的门前，有三个音符的喇叭发出一阵悦耳的声响。这是他第一次来看我，而我已经两次参加了他的聚会，乘过他的水上飞机，而且在他热情的邀请之下不时光顾他的海滩。

“早啊，老兄！你今天要同我共进午餐，我想我们就同车进城吧！”

他站在汽车的踏脚板上，身体保持平衡，表现出美国人那种动作灵活敏捷的特点——我想，这是由于在年轻时，没有干重体力活，或者更可能是由于我们紧张激烈的运动练就了那种不拘一格的优美。他的这个品质不时以好动不安的形式表现出来，突破他拘谨的举止。他生性好动，一刻都不得安静，不是用一只脚轻轻地拍打什么地方，就是用一只手不耐烦地一张一合。

他看到我用羡慕的目光看着他的汽车,便跳下车来,好让我看个清楚。

"这车很漂亮吧,老兄?"他说道,"你以前见过这车吗?"

我见过。每个人都见过。车子是浓重的乳白色,镀镍部分闪闪发亮,长长的车身上这儿那儿的鼓突出来,是内设的放置帽子、食品和工具的暗箱,别具一格。成阶梯状的挡风玻璃,折射出十几个太阳,扑朔迷离。我们坐进车厢,坐在层层的玻璃后面,置身在绿色皮革装饰的温室里一般,开车向城里进发。

在过去的一个月里,我跟他交谈也许有六七次之多,但让我感到很失望,他似乎没有多少话可说,所以我最初认为他是一位了不起的大人物的印象,渐渐消退了,他变成只是邻近一家豪华的路边餐馆的老板而已。

随之就是那次令人窘迫的同车之行。我们到达西埃格村之前,盖茨比说话开始吞吞吐吐,文绉绉的句子还没说完,就戛然而止,同时犹豫不决地用手拍打着他淡褐色西装裤的膝盖处。

"我说,老兄,"他突然迸出这么一句话,让人一惊,"你到底对我怎么看法?"

我一下有点蒙了,只好含糊其辞回答他,搪塞一通。

"好吧,我来对你说说我的身世,"他打断我的话,"我不想让你因听信种种流言而对我产生错误的看法。"

原来在他客厅里流传的那些荒诞不经的流言蜚语,他并不是不知道。

"向上帝起誓,我告诉你事情的真相。"他突然举起右手,随时准备接受神的惩罚,"我是中西部的富家子弟——家里人全过世了。我在美国长大,而在英国牛津受的教育,因为我家祖祖辈辈都在那里受教育多年。这是家族的传统。"

他斜眼朝我望了望——我这才明白为什么乔丹·贝克曾认为他撒谎。他把"在牛津受的教育"这句话一带而过,或者说半吞半吐,哽哽噎噎,仿佛这句话以前曾使他犯过嘀咕。有了这个疑点,他所说的一切全站不住脚了,因此,我心想他身上是不是有点什么不可告人之处。

"你家在中西部的哪个地方?"我随便问了一句。

"旧金山①。"

"哦,我明白了。"

"我家里人全去世了,我继承了一大笔钱。"

他声音很严肃,仿佛想起一个家族的突然消亡仍然让他难受。有一会儿我怀疑他在耍弄我,但是瞥了他一眼后我又都信以为真了。

"此后我像一位东方的王子似的游遍欧洲的各大首都——巴黎、威尼斯、罗马——收藏珠宝,主要是红宝石,打打猎,学学画,一切都只是为了给自己消遣解闷,好让自己忘却以前发生过的伤心事。"

我好不容易才忍住没有笑出声来,因为他说的话实在叫人难以置信,都是些陈词滥调,在我脑子里只能浮现出这么个形象:在傀儡戏里,一个包着头巾的"角色"在布洛涅森林②里追打老虎,边跑身子里塞的木屑边往外漏。

"后来就打仗了,老兄。这倒是一个解脱的好机会。我千方百计想一死了之,但是我这条命好像有老天保佑一样。战争开始时,我接受了中尉军官的任命,在阿贡森林的战役中,我率领我们机枪营的残部直往前冲,结果长达半英里的两翼全无掩护,因为步兵没能赶上来。我们在那儿待了两天两夜,一百三十六人,十六挺刘易斯式机关枪。等到步兵开上来,他们在堆积如山的尸体中找到了三个德国师的徽记。我被

---

① 旧金山,美国加利福尼亚州一海港城市,位于太平洋沿岸,不属中西部。
② 布洛涅森林,法国巴黎郊外的一个公园,森林面积达两千多英亩。

提升为少校,每一个同盟国政府都授予我一枚勋章——就连蒙特尼格罗,就是那个亚德里亚海边的小国蒙特尼格罗,都给我授勋!"

小小的蒙特尼格罗!他说这两个字的时候故意提高了嗓音,并频频点头——还带着他特有的微笑。这微笑表示他理解蒙特尼格罗苦难的历史,同情蒙特尼格罗人民的英勇斗争。这微笑也表示他充分领会蒙特尼格罗民族的情结链,正是这个情结使它从小而温馨的心田里发出这个赞誉。我的怀疑此时已淹没在惊奇之中;就像在匆匆翻阅十几本杂志一样。

他把手伸进口袋,掏出一块系在一条缎带上的金属片,放到我的手掌心上。

"这就是蒙特尼格罗给的那一枚。"

我很惊奇,这玩意看上去像是真的。"丹尼罗勋章"上面的铭文写着,"蒙特尼格罗国王尼古拉斯"。

"翻过来。"

"颁赠杰伊·盖茨比少校,"我念道,"英勇卓越。"

"这是我一直随身带的另一件东西。牛津大学时代的一件纪念品。是在三一学院①校园里照的——在我左边的那个人现在是唐卡斯特伯爵。"

这是一张五六个年轻人的照片,身上穿着运动衣,在一个拱门里转悠,穿过拱门可以看到许多尖顶。其中有盖茨比,看上去比现在年轻一点,不过也年轻不了多少——手里拿着一根板球棒。

看来他说的都是真的。我仿佛看到了他在威尼斯大运河旁的豪宅,墙上挂着一张张虎皮,光彩夺目。我又仿佛看到他打开一箱红宝

---

① 英国牛津大学三一学院校园内的四方院子。牛津校舍大多为哥特式建筑,多尖顶塔。

石,用它们刻骨铭心的红光抚慰他那颗破碎的心的痛苦。

"今天我要请你帮个大忙,"他说道,同时把他的纪念品放回口袋里去,心满意足,"所以我想你该对我有些了解。我不希望你以为我是个来路不明的无能之辈。你知道,我通常总是在陌生人中间混,到处瞎逛,竭力想忘记心头的伤心事。"他犹豫了一下,"今天下午我会让你知道这一切。"

"吃午饭的时候?"

"不,今天下午,我凑巧知道你约了贝克小姐喝茶。"

"你是说你爱上了贝克小姐?"

"不,老兄,我没有。但是,贝克小姐欣然同意跟你谈谈这件事。"

我对"这件事"指的是什么,一无所知,不过我的厌烦情绪超过了对它的兴趣。我请乔丹喝茶不是为了讨论杰伊·盖茨比先生的事。我敢肯定他的请求会是件想入非非的事。有一阵子我真的悔不该当初踩上他的那方众人践踏的草坪。

他没有再说什么。我们离城越近,他显得越拘谨。我们经过罗斯福港,瞥见一艘船身中央漆了一圈红道的远洋轮,又驶过一个贫民窟,石子路的两旁排列着黑漆漆的酒吧,可还有人上那里去,它们是十九世纪褪色的镀金时代的产物。然后是那个垃圾谷,在我们两侧伸展,我从车上瞥见威尔逊太太在车铺加油机旁正在卖劲地给人加油,透出强烈的活力。

汽车的挡泥板像展开的翅膀一样,我们飞跑起来,给半个纽约皇后区的阿斯托里亚街区带来了光明——只是半个,因为当我们在高架铁路的支柱中间绕来绕去时,我听到了熟悉的摩托车的"哒—哒—劈啪"声,随即看到一个警察急匆匆地在我们旁边行驶。

"好了,老兄。"盖茨比大声说道。我们减慢了速度。他从皮夹掏出一张白色的卡片,在警察的眼前晃了一下。

"是,行了,"警察乖乖地应承,并且轻轻地碰了碰自己的帽檐,"下次认识你了,盖茨比先生。请原谅我!"

"那是什么?"我问,"是那张牛津的照片吗?"

"我给警察局长帮过一次忙,他每年都给我送一张圣诞卡。"

在大桥上,阳光穿过钢架照射在川流不息的车辆上闪闪发光,河对岸的城市拔地而起,白色的建筑物像糖块一样垒成一堆一堆,但愿它们都是用没有铜臭味的钱建造起来的。从皇后区大桥上远眺纽约市,看到的永远是这个城市的第一个印象,它要率先向人们展示世界上所有的神秘和瑰丽。

一辆装着死人的灵车从我们旁边开过,车上堆满了鲜花,后面跟着两辆窗帘拉紧的车,还有几辆载着亲友的车,车里的气氛较为轻松一些。这些送殡的亲友们透过车窗看着我们,从他们忧郁的眼神和薄薄的上唇来看,他们是东南欧人。我很高兴在他们肃穆的送殡队伍里还能见到盖茨比的豪华汽车。我们穿过布莱克威尔岛时,一辆高级轿车从我们车旁经过,开车的是个白人司机,里面坐着三个打扮入时的黑人,两男一女。他们带着一副蓄意较量一番的傲慢神气,冲着我们翻翻白眼,我看了忍不住笑出声来。

"过了这座桥,看来什么事情都可能发生,"我心里想,"没有什么事情不可能……"

所以,冒出这么个盖茨比来,无须大惊小怪。

赤日炎炎的中午。在四十二号街一家电扇大开的地下室餐厅里,我跟盖茨比相约共进午餐。从街上光亮中进来,我先眨眨眼睛适应一下,然后在休息厅里模模糊糊辨认出他来,他正在跟人说话。

"卡拉韦先生,这是我的朋友沃尔夫山姆先生。"

一个身材矮小、鼻孔扁平的犹太人抬起他的大脑袋打量了我一番,他的鼻孔里长着两撮浓密的鼻毛。过了一会儿，我才在半明半暗的光线中看见他的小眼睛。

"……就这样我瞧了他一眼，"沃尔夫山姆先生一边说，一边很热切地跟我握手，"你猜我做了什么事？"

"什么事？"我很有礼貌地问。

显然他这句话不是对我说的，因为他随即放下我的手，把他那个富有表现力的鼻子对准了盖茨比。

"我把那笔钱交给了凯兹保，同时我对他说：'就这样吧，凯兹保，他不闭上嘴就一分钱也不给他，'他马上就闭嘴了。"

盖茨比一手挽着他，一手挽着我，走进了餐厅，于是沃尔夫山姆先生把刚要说出来的话咽了下去，陷入一种似痴如梦的状态。

"要姜汁威士忌吗？"领班的侍者问。

"这个餐馆不错，"沃尔夫山姆先生说道，眼睛望着天花板上画的长老会美女，"但是我更喜欢街对面的那家。"

"好的，来点姜汁威士忌，"盖茨比应答了一声，转向沃尔夫山姆先生，"那边太热了。"

"又热又挤——是的，"沃尔夫山姆先生说，"可是充满了回忆。"

"是哪一家？"我问道。

"老大都会。"

"老大都会，"沃尔夫山姆先生若有所思地说道，"那里有逝去的面容。那里有永远逝去的朋友。我一辈子也忘不了他们开枪打死罗西·罗森塔尔的那个晚上。我们六人围坐一桌，罗西那天晚上开怀畅饮，天快亮时，侍者向他走来，表情诡秘地对他说，外面有人找他。'知道了。'他说完站了起来。我把他拉回到了椅子上。

"'罗西，那些狗崽子要找你，就让他们上这儿来，你千万不要离开这个房间。'

"那时已经清晨四点,要是我们当初拉起窗帘,就能见到天亮了。"

"他走了?"我天真地问道。

"他当然去了。"沃尔夫山姆狠狠地对着我掀了一下鼻子。

"他在门口转过身来说道,'不要让那侍者撤走我的咖啡!'然后他走到外面的人行道上,他们对着他吃饱喝足的肚子连开三枪后开车跑掉了。"

"他们中的四个人上了电椅处死了。"我记起这事,便接着说道。

"五个人,连贝克在内。"他鼻孔转向我,带着对我感兴趣的神情,"我听说你想找关系做生意。"

他把这两句话放在一起,让人一愣。盖茨比帮我回答:

"唔,不,"他高声说道,"不是他。"

"不是他?"沃尔夫山姆似乎有点失望。

"他只是一位朋友。我对你说过,我们另外再找时间谈那个。"

"对不起,"沃尔夫山姆说道,"我搞错人了。"

这时一道美味的菜上桌了,沃尔夫山姆先生忘掉了老大都会令人伤感的往事,津津有味地大吃起来。同时他的眼睛很慢地转动着,把眼前的房间扫视了一遍——他又转过身来把在他背后的人都仔细察看了一下,从而完成了一个大弧圈。我想要不是因为有我在场,他也许连我们桌子下面也要扫一眼。

"嗨,老兄,"盖茨比把身子靠近我说,"今天早上在车子里我恐怕惹你生气了吧?"

他脸上又堆起了那种笑容,但是这一次我没有理会他。

"我不喜欢这神秘兮兮的样子,"我回答道,"我不懂你为什么不开诚布公,告诉我你要的是什么。为什么都得通过贝克小姐呢?"

"噢,没有见不得人的东西,"他要我相信他,"贝克小姐是位大牌女运动员,她绝不会做不该做的事。"

突然间，他瞧了一下手表，跳了起来，匆匆走出屋子，把我和沃尔夫山姆留在餐桌上。

"他得去打电话，"沃尔夫山姆说道，眼睛尾随着他，"多好的人，是吗？英俊潇洒，地道的绅士。"

"是的。"

"他是狗津①人。"

"他上过英国狗津大学。你知道狗津大学吗？"

"我听说过。"

"它是世界上最著名的大学之一。"

"你认识盖茨比好久了吧？"我问道。

"好几年了，"他满心喜悦地回答道，"刚打完仗我便有幸认识他。但是，只是在我跟他谈了一个小时后，我才发现他是一个有良好教养的人。我对自己说，'他是那种你乐意把他带回家，介绍给你母亲和妹妹的人。'"他停顿了一下，"我注意到你在瞧我的袖扣。"

"我本来没有在瞧你的袖扣，现在倒瞧见了。它们是用象牙做的吧，看起来挺亲切。"

"是用精选的人的臼齿做的。"他告诉我。

"真不错！"我细看了一下，"那是一个极妙的主意。"

"是的。"他把衬衣袖子轻轻缩进上衣里面，"是的。盖茨比对女人很谨慎。他从不对朋友的妻子多瞧上一眼。"

说话间，那位凭直觉受到信任的主体回到了我们的餐桌旁坐了下来。沃尔夫山姆一口喝完了咖啡，站了起来。

"午餐吃得很高兴，"他说道，"我得快走，要不然你们年轻人要厌

---

① 原文为"Oggsford"系"Oxford"（牛津）的讹读，"oggs"音近"dogs"，此处译为"狗津"。

烦我了。"

"迈尔,别着急。"盖茨比无精打采地说。沃尔夫山姆先生举起手,做了一个祝福的姿势。

"你们很讲礼貌,不过我是属于另一辈的人了,"他一本正经地说,"你们在这儿再坐一会儿,谈谈你们喜爱的运动,你们的女友,你们的……"说话时他的手又挥动了一下,让你自己用想象力往下补充吧,"至于我已经五十岁了,我不愿再硬夹在你们中间。"

在他跟我们握手,转身出去时,他的那个感伤的鼻子在颤动。我在想是不是我刚才说的话冒犯了他。

"他有时变得非常多忧善感,"盖茨比解释道,"这是他伤感日子中的一天。他在纽约也是一个人物——百老汇的常客了。"

"他究竟是什么人,是个演员?"

"不是。"

"牙科医生?"

"你是问迈尔·沃尔夫山姆? 不,他是一个赌徒。"盖茨比迟疑了一下,然后轻描淡写地又说了一句,"他就是在一九一九年幕后操纵美国世界棒球冠军赛的那个人。"

"幕后操纵世界棒球冠军赛?"我重复了一遍。

这种说法使我一怔。我当然记得一九一九年的棒球冠军赛被人操纵一事,但是如果我想起这件事,我也只会把它看成发生过的一件事,是一连串必然事件的结果。我从来想不到一个人能把五千万人戏弄了——像撬保险柜的盗贼,一个人独行其是搞成了。

"那么他怎么搞成的呢?"过了一会儿我问道。

"他瞄准了机会。"

"那他现在怎么不坐牢呢?"

"他们逮不住他,老兄,他是个绝对精明的人。"

我抢着去付账。在侍者给我找钱时，在这个人头攒动的房间对面我看到了汤姆·布坎南。

"跟我来一下，"我说道，"我要去跟一个人打个招呼。"

当汤姆看到我们时蹦了起来，三步并作两步朝我们走来。

"你这阵子上哪儿去了？"他急促地问道，"黛西因你不打电话来，气得要死。"

"布坎南先生，这位是盖茨比先生。"

他们敷衍了事地握了握手，盖茨比的脸上显露出局促不安，颇不自然的神态。

"你一直在哪儿啊？"汤姆追问我，"你怎么跑这么远来吃饭？"

"我一直同盖茨比先生在一起吃午饭。"

我转向盖茨比先生，但他已不知去向。

一九一七年十月的一天——

（那天下午乔丹·贝克坐在旅馆广场茶室里一张靠背很直的椅子上开始讲述。）

——我在路边从这里走到那里，一只脚走在人行道上，另一只脚走在草地上。我更喜欢走在草地上，因为我穿着一双从英国带来的鞋子，鞋底上有橡皮的小疙瘩，咬住柔软的地面。那天我还穿了一件新的方格呢裙。只要裙子在风中微微飘动，那么在各家房子前面的红的、白的、蓝的旗子也都伸展开来，发出啧—啧—啧—啧的响声，仿佛有点不心甘情愿的样子。

旗子中最大的旗子和草坪中最大的草坪都是属于黛西·费伊家的。她那时才十八岁，比我大两岁，但是在路易斯维尔的姑娘中风头最足，尽人皆知。她一身白色的衣服，有一辆白色的双座敞篷小跑车。她家里的电话从早到晚响个不停，驻在泰勒军营里的年轻军官一个个都迫不及待地要求那天晚上能有幸同她独处。"无论如何给一个小时吧！"

那天上午我来到她家的对面时，她的白色跑车就停在路边。她跟一名我以前从未见过的中尉军官坐在车里。他们两人都全神贯注地看着对方，直到我离他们只有五英尺远时他们才看到我。

"你好，乔丹，"她出其不意地大声叫我，"请过来。"

她竟然要我跟她说话，我感到有点受宠的感觉，因为她是比我大的女孩中我最爱慕的一个。她问我是否我要去红十字会去做绷带。我说我要去。那么，我可否对他们说一下她那天不去了，行吗？那位军官在黛西讲话的时候盯着她看，那种神态是年轻姑娘们巴不得人家有时会这样看她们的。由于这一情景是那么浪漫，至今我还记忆犹新。那个军官的名字叫杰伊·盖茨比。从那以后四年多，我没有再见到他，即令那次在长岛遇到了他，我仍然没想到他就是同一个人。

那是一九一七年。第二年，我自己也有了几个追逐我的男朋友了，而且我参加了联赛，所以我不经常见到黛西。她总是同比她年纪大一些的一群人来往——要是她同谁还来往的话。关于她的传闻四起——说什么她母亲如何在一个冬天的夜晚发现她在收拾行装，准备去纽约向那个要去海外的士兵道别。她被阻拦了下来，结果她就跟家里闹得几个星期不说话。从此后她就不再跟当兵的玩耍了，而是跟城里几个因平足近视不能参军的男孩子玩耍。

第二年秋天，她情绪好转，像以前那样兴高采烈。停战后，举办了她初次进入社交生活的活动。二月她与新奥尔良来的一个人订婚了。六月她与芝加哥的汤姆·布坎南结婚，场面的豪华阔绰为路易斯维尔前所未有。陪他来的客人有上百人，搭乘四节包车，又包租了穆尔巴赫饭店的整个一层楼面。在婚礼的前一天，新郎赠给新娘的一串珍珠价值高达三十五万元。

我是伴娘。在婚宴前半个小时我到她房间去，发现她躺在床上，穿着缀着花的衣服，和衣而睡，样子像六月的夜晚一样可爱，喝得烂醉如泥。她一手拿着一瓶索泰尔纳酒，一手拿着一封信。

"祝……贺……我，"她哼哼道，"从来没碰过酒，啊，今天喝得好痛快。"

"黛西，怎么回事？"

我吓坏了。说真的，我从来没看见过一个姑娘醉成这副模样。

"给你，我的宝贝，"她在拿到床上的废纸篓里翻腾，拉出来了那串珍珠，"拿到楼下去，是谁的就还给他。告诉他们黛西改变主意了，说'黛西改变了主意了'。"

她开始号啕大哭，哭个不停。我冲出去找到她母亲的女仆。我们一起把房门锁上，给她洗了个冷水澡。她不放开手中的信，把它带到了浴缸里，捏成一个湿纸团，直到她看到它化成雪花一样的纸屑，才让我把它放到肥皂碟里。

可是她不开口说话。我们让她闻阿摩尼亚精，把水放在她额头上，然后给她穿上衣裳。半小时后，当我们走出房间时，那串珍珠已套在了她的脖子上，这场风波过去了。次日下午五点钟她跟汤姆·布坎南结婚，顺当得连嗝都没打一个。接着他俩动身去南太平洋做了三个月的旅行。

他们回来后我在加州的圣巴巴拉见到了他们。我想我从未见过一个女人对她的丈夫爱得如此痴迷。如果他离开房间一会儿，她便不安地四处寻找，问："汤姆到哪儿去了？"同时脸上挂起一副茫然无措的表情，直至她看到汤姆走进门来。她常常坐在沙滩上，他的头依偎在她怀里，她用手指轻轻地摩挲他的眼睛，以无限欣喜的眼光瞧着他，这样一坐就是一个来小时。看到他俩在一起的情景真让人心动——它让你黯然神往，哑然一笑。那是在八月。我离开圣巴巴拉后的一个星期，一天夜里汤姆在凡图拉公路上与一辆货车相撞,把他的车子的一只前轮撞掉了。他同车的姑娘上了报纸,因为她的一只胳膊被撞断了——她是圣巴巴拉饭店里的一个打扫房间的女用人。

第二年四月黛西生了一个小女孩,随即他们去法国待了一年。有一年的春天我在夏纳①见到他们,后来又在多维尔②见过,再后来他们回到芝加哥定居了。你知道的,黛西在芝加哥很是风光。他们固定跟一帮人交往,这些人都是些年轻人,富裕又放荡,但是她的名声始终清清白白,也许这是她滴酒不沾的缘故。在爱喝酒的人中间不喝酒的人占了一个大便宜。你可以保持缄默,而且趁其他人喝得人仰马翻时,你稍稍有点越轨的行为也无妨,因为那时他们要么视而不见,要么满不在乎。也许黛西从来对风流轶事不感兴趣,然而在她的声音里面你总可闻到那么点味道……

后来,大约六个星期以前,她好多年来第一次听到了盖茨比这个名字。这就是那次我问你——你记得吗?——是否认识西埃格村的盖茨比。你回家之后,她跑到我房里来,把我叫醒,问我"哪个盖茨比?"我半睡半醒,把他形容了一番。她听了之后,用一种十分怪异的声调说,一定是她过去认识的那个人。直到那时我才把这个盖茨比跟坐在她白色跑车里的军官联系起来。

等到乔丹·贝克把上面这段故事讲完,我们离开广场饭店已经有半个小时,两人乘着一辆敞篷马车穿过中央公园。太阳已经落在西城五十几号街那一带电影明星们居住的公寓大楼后面。这时女孩子们像草地上的蟋蟀一样聚集在一起,她们清脆的声音在炎热的暮色中响起。

---

① 夏纳,法国南部海港,旅游胜地。
② 多维尔,法国西北部旅游胜地。

> 我是阿拉伯的酋长，
>
> 你的爱情归我所有。
>
> 深夜当你安然入睡，
>
> 我悄悄爬进你的帐篷——

"这真是奇怪的巧合。"我说道。

"但是这根本不是巧合。"

"为什么不是?"

"盖茨比买那幢房子，就是因为黛西在海湾的对面嘛。"

这么说来那个六月的晚上他仰望的不仅仅是天上的星星。对我来说他一下变得活灵活现了，仿佛他突然从那毫无目的恣意挥霍的子宫里分娩了出来。

"他想知道，"乔丹继续说，"你愿不愿意某天下午邀请黛西到你家，然后让他也过来转一下。"

这个要求真是微不足道，反倒使我大吃一惊。他苦等了五年，买了一座豪宅，在那里把星光施与来来往往的飞蛾——目的只是在某天下午到一个陌生人的花园里"转一下"。

"非得我知道这一切之后，他才能提这区区小事吗?"

"他有点怕，他等待得太久了。他以为你会不高兴。你知道他根底里还是一个好人。"

我有些担心。

"为什么他不请你安排一次会面呢?"

"他要她去看看他的房子，"她解释道，"你的房子恰好在他隔壁。"

"噢!"

"我想他原先企盼她哪一天会翩然而至，光临他的聚会，"乔丹接着说，"但是她从来没有光临过。随后他开始向人们打听是否认识她。我是他找到的第一个人。就在那天跳舞时他派人来找我，你一定听说

76

过他是怎么精心策划的。当然,我马上建议在纽约一起吃顿午餐——不料他急得像要发疯似的:'我不想把事情做得过分!'他继续说道,'我在隔壁见见她就行了。'

"在我提到你是汤姆的一个不同寻常的朋友时,他开始放弃原来的想法。他对汤姆不怎么了解,虽然他说几年前他在读一份芝加哥报纸时,非常凑巧扫上了黛西的名字。"

这时天黑了。在我们钻进一座小桥下面时,我搂住了乔丹晒成金黄色的肩膀,把她拉近我,请她一块吃饭去。忽然间我想到的不再是黛西和盖茨比,而是这个清爽、坚强、不好对付的人。她对一切持怀疑的态度,而她又恰好快乐地倚靠在我的臂弯里。此时,在我耳朵里响起了一句话,让人飘飘然似神仙:"有的只是被追逐的和追逐的,繁忙的和倦怠的。"

"黛西在她生命中应该拥有一些东西。"乔丹对我低声说道。

"她想不想见盖茨比?"

"她还不知道这件事。盖茨比不想要她知道。你就邀请她来喝茶就行了。"

我们经过一排黑漆漆的树林,然后是第五十九号街的街面,微弱灰暗的光线射进了公园。不像盖茨比和汤姆·布坎南,我没有什么情人,也就没有隐藏不见的面容在幽黑的屋饰和耀眼的招牌上缥缈浮动。我把我身边的姑娘拉得更近一些,胳膊搂得更紧一些。她嘴角边浮起一丝有气无力而又轻蔑的微笑。我把她搂得更紧,这一次一直贴到我的脸上。

第 五 章

那天夜里我回到西埃格的时候，有一会儿我害怕我的房子着火了。那时已半夜两点，但远远望去半岛的整个一角光焰闪耀，亮光照在灌木丛上使之虚幻不实，照在路旁电线上变成一条条细长的闪光。车子转弯后，我才看出原来是盖茨比的别墅，从顶楼到地窖灯火通明。

起初我还以为又是一次聚会，一次纵情的狂欢，把整个别墅统统敞开，大家正在玩捉迷藏或"罐头沙丁鱼"之类的游戏。可是一点声响都没有，只有树丛中的风声作响，风把电线吹动，灯光忽暗忽明，好像房子在对着黑夜眨眼。当我搭乘的出租汽车哼哼唧唧开走的时候，我看到盖茨比穿过草坪朝着我走过来。

"你家院子看上去像世界博览会一样。"我说。

"是吗？"他心不在焉地转过头去望了一眼，"我到几间屋子瞧了瞧。咱俩到康尼岛去玩吧，老兄。坐我的车去。"

"时间太晚了。"

"那么，到游泳池里泡一泡怎么样？我一个夏天还没下去过哩。"

"我得睡觉去了。"

"好吧。"

他等待着，望着我，极力按捺住急切的心情。

"我和贝克小姐谈过了，"我等了一会儿才说，"我明天打电话给黛西，请她过来喝茶。"

"哦,那好嘛,"他漫不经心地说,"我不希望给您添麻烦。"

"哪天对您合适?"

"哪天对您合适?"他马上纠正了我的话,"我不希望给您添麻烦,你明白。"

他考虑了一会儿。然后,他勉强地说:"我要叫人把草地修剪一下。"

我们俩都低头看了看草地——在我的参差不齐的草地和他那一大片剪得整整齐齐的、郁郁葱葱的草坪之间有一条很清楚的分界线。我猜他指的是我的草地。

"还有一件小事。"他含混地说,然后犹疑了一会儿。

"你是不是想往后推几天?"我问道。

"哦,跟那个没关系。至少……"他不知怎么往下说,"呃,我猜想……呃,我说,老兄,你挣钱不多,是吧?"

"不太多。"

这似乎使他放下心来,于是他更有信心地继续说了下去。

"我猜想你挣钱不多,如果你原谅我的……你知道,我附带做点小生意,算是副业,你明白。我也想到既然你挣钱不多……你在推销债券,老兄,是吧?"

"试着做。"

"那么,你也许会对这事感兴趣。占不了你很多时间,你就可以挣一笔可观的钱。不过这是一件相当机密的事。"

我现在才意识到,如果当时处境不同,那次谈话可能会是我一生中的一个转折点,但是,他的这个提议说得太露骨,太唐突,明摆着是为了酬谢我给他帮的忙,我别无选择,当场把他的话打断了。

"我手头工作很忙,"我说,"非常感激,可是我不可能再承担更多的工作。"

"你用不着跟沃尔夫山姆打任何交道。"显然他以为我想躲避午饭时提到的那种"关系",但我对他说他误解了。他又等了一会儿,希望我再跟他聊聊别的话题,但是我的心思完全不在上面,没有答理,结果他悻悻然回家去了。

这一晚使我感到很高兴,飘飘欲仙。我猜想我一走进自己的大门就倒头大睡了,因此我不知道盖茨比究竟有没有去康尼岛,也不知他又花了几个小时"到几间屋子瞧了瞧",同时他的房子继续灯火辉煌。第二天早晨我从办公室给黛西打了个电话,请她过来喝茶。

"别带汤姆来。"我告诫她。

"什么?"

"别带汤姆来。"

"谁是'汤姆'?"她装傻地问道。

我们约定的那天大雨倾盆。上午十一点钟,一个男的身穿雨衣,拖着一架割草机,敲敲我的大门,说是盖茨比先生派他过来帮我割草的。这使我想起我忘了叫我那芬兰女佣过来,于是我就开车到西埃格镇上去,在湿淋淋的、两边是白石灰墙的小巷子里找她,同时买了一些茶杯、柠檬和鲜花。

花是多余的,因为下午两点从盖茨比家里送来了一温室的鲜花,连同无数插花的器皿。一小时以后,大门被人战战兢兢地打开,盖茨比一身白法兰绒西装,银色衬衫,金色领带,匆匆跑了进来。他脸色苍白,眼圈发黑,看得出他一夜没睡好。

"一切都准备好了吗?"他进门就问。

"如果你指的是草地,看上去很漂亮。"

"什么草地?"他茫然地问道,"哦,你院子里的草地。"他从窗子里向外看,可是从他的表情看来,我相信他什么都没看见。

"看上去很漂亮,"他含糊地说,"有份报纸说雨在四点左右会停,大概是《纽约日报》。呃,喝——喝茶所需要的东西都齐全了吗?"

我把他带到食品储藏室里去,他用挑剔的目光朝那个芬兰女佣望了一眼。我们一起把从甜食店里买来的十二块柠檬蛋糕细细检查了一番。

"这行吗?"我问道。

"当然行,当然行!很好!"然后他又莫名其妙地叫了一声,"老兄!……"

三点半左右雨渐渐小了,变成了湿雾,不时还有几滴雨水像露珠一样在雾里飘着。盖茨比漫不经心地翻阅着一本克莱的《经济学》,每当芬兰女佣的脚步震动厨房的地板时,他就一惊,并且不时朝着模糊的窗户外面张望。仿佛一系列看不见却又让人心动的事件正在外面发生。最后他站了起来,用犹疑的声音对我说,他要回家了。

"那是为什么?"

"没有人来喝茶啦。时间太晚了!"他看了看他的表,仿佛别处还有紧急的事等着他去办,"我不能在这里等一整天。"

"别犯傻,现在四点还没到,还差两分钟呢。"

他苦着脸坐了下来,仿佛我硬按了他坐下似的,正在这时传来一辆汽车拐进我家车道的声音。我们俩都跳了起来,然后我自己也有点慌张地跑到院子里去。

一辆加长的敞篷车,从滴着雨水、没有开花的紫丁香树下开上了车道。车子停了。黛西戴着一顶三角形的浅紫色的帽子,脸侧向我们一边,带着一抹灿烂的微笑朝我看着。

"你确确实实是住在这儿吗,我最亲爱的?"

她那悠扬的嗓音在雨中让人听了心旷神怡。我得先倾听那抑扬顿挫的声音,然后才能听明白她所说的话。一缕潮湿的头发贴在她面颊上,像抹了一笔青色的颜料一样。我搀扶她下车的时候,看到她的手也被晶莹的水珠打湿了。

"你是爱上我了吧，"她悄悄在我耳朵边说，"要不然为什么非得我一个人来呢？"

"那是雷克兰特古堡①的秘密。叫你的司机到别处去，过一个小时再来。"

"过一个小时再回来，弗迪。"然后她煞有介事地低声说，"他的名字叫弗迪。"

"汽油味影响他的鼻子吗？"

"我想并不影响，"她天真地说，"为什么？"

我们走进屋子里。使我大为惊异的是起居室里空无一人。

"哎，这真滑稽。"我大声说。

"什么滑稽？"

此时大门上有人郑重其事地轻轻敲了一声，她转过头去看。我走到外面去开门。盖茨比面如死灰，两只手像两件笨重的东西一样揣在上衣口袋里，两只脚站在一摊水里，瞪着看我的眼睛，神色凄惶。

他从我身边擦肩而过，大步走进门廊，手还揣在上衣口袋里，像受牵线操纵的木偶一样骤然一转身，走进起居室不见了。那样子一点也不滑稽。我意识到自己的心也在怦怦地猛跳。我伸手把大门关上挡住外面下大了的雨。

有半分钟之久，一点声音也没有。然后我听到从起居室里传来哽咽的低语声，偶尔伴有笑声，接着是黛西的清脆而做作的声音：

"又见到你，我真高兴极了。"

一阵沉寂。时间长得叫人难以忍受。我在门廊里没事可做，于是

---

① 雷克兰特古堡，十八世纪英国女作家埃奇沃斯写的神秘恐怖小说《雷克兰特古堡》的故事发生地。

我走进屋子。

盖茨比正斜倚在壁炉架上，两手仍然揣在口袋里，强装出一副悠然自得，甚至慵懒厌烦的样子。他的头极力往后仰，一直碰到一台早已废弃不用的大座钟的钟面上。他从这个位置用那双神情迷惘的眼睛向下凝视着黛西。她坐在一张硬背椅子的边上，神色惶恐，姿态却很优美。

"我们以前见过。"盖茨比咕哝着说。他瞥了我一眼，嘴唇张开想笑又没笑出来。幸好在这一刻那座钟受不了他头的压力晃动起来，摇摇欲坠，他连忙转过身来用颤抖的手指把钟抓住，扶正放好。然后他坐了下来，正襟危坐，胳臂肘放在沙发扶手上，手托住下巴。

"对不起，把钟碰了。"他说。

我自己的脸也火辣辣的，像被热带的太阳晒过那样。我从脑袋里装的那么多的客套话里，竟然找不出一句来应对。

"那是一台摆设的老钟。"我呆头呆脑地告诉他们。

我想有一会儿我们大家都相信那台钟已经在地板上砸得粉碎了。

"我们多年不见了。"黛西说，她的声音尽可能显得以事论事。

"到十一月整整五年。"

盖茨比脱口而出的回答至少使我们大家又愣了一分钟。本来我急中生智，建议他们帮我到厨房里去预备茶，他们俩已经站了起来，可就在这时可恶的芬兰女佣用托盘把茶端了进来。

忙着接茶杯、送蛋糕乱了一阵子，忙乱之中却建立了一种有形而体面的格局。盖茨比退隐一边，当我跟黛西交谈时，他用紧张而痛苦的眼睛全神贯注地在我们两人之间看来看去。然而，平静本身并不是目的，我一有机会就找了个借口，起身溜走。

"你上哪儿去？"盖茨比马上惊慌地问道。

"我就回来。"

"你走以前，我有话要跟你说。"

他发疯似的跟我走进厨房，关上了门，然后很痛苦地低声说："啊，天哪！"

"怎么啦？"

"这是个大错，"他一边说一边来回摇头，"大错而特错。"

"你不过感到有点窘罢了，没别的。"幸好我又补了一句，"黛西也很窘。"

"她也很窘？"他大不以为然地重复了我的话。

"跟你同样感到窘。"

"声音不要那么大。"

"你的行为举止像个小孩子，"我不耐烦地苛责道，"再说，你也很没礼貌。让黛西一个人孤零零坐在那里。"

他举起手来阻止我再讲下去，带着令人难忘的怨气看了我一眼，然后战战兢兢地打开了门，又回到那间屋子里去。

我从后门走了出去——就像半小时前盖茨比那样也从这里出去，精神紧张地绕着房子转了一圈——然后跑向一棵黑黝黝的、布满节瘤的大树，茂密的树叶充当了一块挡雨的篷布。此刻雨又哗哗地下大了，我那片不成形的草地，虽然被盖茨比的园丁修剪得很整齐，现在却满是小泥潭，很像史前年代的沼泽地。从树底下望出去，除了盖茨比的那座豪宅之外，没有别的东西可看，于是我盯着它看了足足半个小时，好像康德①盯着看他的教堂尖顶一样。这座房子是十年前一位酿酒商在那个"仿古热"初期建造的，并且还有一个传闻，说他曾答应为所有邻近的别墅付五年的地产税，只要房主肯在屋顶上铺层茅草。也许他们的拒绝使他"创建家业"的计划受到了致命的打击——他从此一蹶不振。门上还挂着志丧的花圈，他的子女后来就把房子卖了。美国人虽然心

---

① 康德(1724—1804)，德国哲学家。

甘情愿,乃至渴望去当农奴,可是一向是坚决不肯当乡下佬的。

半小时以后,太阳又出来了。食品店的送货车沿着盖茨比家的车道拐弯,送来他的仆人做晚饭用的原料——我敢肯定他本人一口也吃不下。一个女佣开始打开楼上的窗子,在每个窗前出现片刻,然后,从正中的大窗户探出身子,若有所思地向花园里啐了一口唾沫。该是我回去的时候了。刚才雨淅淅沥沥下个不停,仿佛是他们俩窃窃私语的声音,随着感情的迸发起起落落,但是在这新的静寂中,我觉得房子里面也是一片肃静了。

我走了进去——故意在厨房里做出一切可能的响声,就差把炉灶掀翻了——但我相信他们什么也没听见。他们两人分坐在长沙发两端,面面相觑,仿佛有什么问题提了出来,或者悬而未决,一切窘迫的迹象都已消失了。黛西满面泪痕,我一进来她就跳了起来,用手绢对着一面镜子擦起脸来。但是盖茨比身上却发生了一种令人费解的变化。他简直是满面红光。虽然没有说一句话,也没有任何表示欣喜的姿势,但一种新的幸福感从他身上散发出来,充塞了整个小房间。

"嗨,您好,老兄。"他说,仿佛他有好多年没见过我了。有一会儿我以为他还要跟我握手哩。

"雨停了。"

"是吗?"等他明白我说的是什么时,他也发觉房间里充满了阳光一闪一烁的小圈圈。他像一个气象预报员,又像一个欣喜若狂的光明守护神似的露出了笑容,把消息报告给黛西,"你看多有趣,雨停了。"

"我很高兴,杰伊。"她的声音既优美又哀切动人,可是她表露的只是她的惊喜之情。

"我要你和黛西一起到我家里来,"他说,"我很想领她参观参观。"

"你真的要我一块儿去吗?"

"绝对,绝对,老兄。"

黛西上楼去洗脸——我想起了我的毛巾,羞惭得无地自容,但为时太晚了——盖茨比和我在草坪上等候。

"我的房子看上去还不错吧,是不是?"他问道,"你瞧它整个正面朝阳。"

我表示同意,房子确实很漂亮。

"是的。"他两只眼睛把房子溜了一遍,每一扇拱门、每一座方塔都看到了,"挣买房子的钱只花了我三年工夫。"

"我还以为你的钱是继承来的。"

"不错,我继承了一笔遗产,老兄,"他脱口而出,"但是我在大恐慌期间损失了一大半——就是战争引起的那次大恐慌。"

我猜想他自己也不大知道他在说些什么,因为等我问他做的是什么生意时,他回答:"那是我的事。"话说出口他才意识到这个回答很不得体。

"哦,我做过好几种生意,"他改口说,"我做药品生意,后来又做过石油生意。可是现在我这两种生意都不做了。"他专注地看着我,"那么说你考虑过那天晚上我提的那件事了?"

我还没来得及回答,黛西就从房子里出来了,她衣服上的两排铜纽扣在阳光中闪烁。

"是那边那座大房子吗?"她用手指着大声问。

"你喜欢吗?"

"我太喜欢了,但是我不明白你怎么能一个人住在那儿。"

"我那里总是宾客盈门,不分昼夜,都是些有意思的人,名流名家。"

我们没有抄近路沿海边过去,而是绕到大路上,从巨大的后门进去的。黛西用她那迷人的低语,对见到的一切,赞不绝口,见到由天空衬托着的中世纪城堡的黝黑的轮廓,她赞叹不已。然后,她一边走一边赞赏花园,赞赏长寿花散发的香味,山楂花和梅花飘逸的香味,还有淡金色"吻别花"的清香。真奇怪,走到大理石台阶前,我看不到穿着华丽时装的人们从大门口进进出出,而且除了树上鸟儿的啼鸣,听不到一点声音。

到了里面,我们漫步穿过玛丽·安托万内特①式的音乐厅和王政复辟时期②式样的小客厅,我觉得每张沙发、每张桌子后面都藏着客人,奉命屏息不动等待我们从他们前面走过。当盖茨比关上"默顿学院藏书室"③的门时,我敢起誓我听到了那个戴猫头鹰眼镜的人突然发出的幽灵般的笑声。

我们走上楼,穿过一间间古色古香的卧室,里面铺满了玫瑰色和淡紫色的绸缎,摆满了色彩缤纷的鲜花,穿过一间间更衣室和浴室——有的浴池是镶嵌在地下的——闯进一间卧室,看见里面有一个人,不修边幅,穿着睡衣,正在地板上做俯卧撑。那是"寄宿生"克利普斯普林格先生。那天早上我看到过他无精打采地在海滩上徘徊。最后我们来到盖茨比本人的套房,包括一间卧室、一间浴室和一间小书房。我们在书房里坐下,喝了一杯他从壁柜里拿出来的荨麻酒。

他一刻不停地看着黛西。我想他是在把房子里的每一件东西都按照那双他所钟爱的眼睛里作出的反应重新估价。偶然他也用茫然的目光环视一下他所拥有的这一切,仿佛她真切的、意想不到的到来使得他所有的这些东西就没有一件是真实的了。有一次他差点从楼梯上滚了下去。

----

① 玛丽·安托万内特(1755—1793),法国国王路易十六的王后,在大革命中被送上断头台。

② 英国十七世纪中叶第一次资产阶级革命失败后,英王理查二世于一六六〇年复辟。

③ 默顿学院,英国牛津大学的一个学院,以藏书丰富而著名。

他自己的卧室是所有屋子中最简朴的一间——只有梳妆台上摆设着一副纯金的梳妆用具。黛西高兴地拿起了一把刷子，刷了刷自己的头发，引得盖茨比坐下来用手遮住眼睛笑了起来。

"太有意思了，老兄，"他笑嘻嘻地说，"我简直不能……每当我想起……"

显而易见，他已经历了两种精神状态，现在正进入第三种。他起初局促不安，继而大喜若狂，目前又由于她意想不到地出现在眼前而使他感到心力交瘁。这件事他长年朝思暮想，梦寐以求，咬紧了牙关苦等着，可以说感情强烈到不可思议的程度。此刻，由于反作用，他像一只发条上得太紧的时钟一下子支持不住了，精疲力竭。

过了一会儿，精神恢复之后，他为我们打开了两个名牌厂家制造的特大衣橱，里面装满了他的西装、晨衣和领带，还有许许多多的衬衣，一摞一摞像砖头一样码得十几层高。

"我有一个人在英国专替我买衣服。每年春秋两季开始的时候，他都挑选一些东西送来。"他拿出一堆衬衫，开始一件一件扔在我们面前，薄麻布的、厚丝绸的、细法兰绒的，统统都抖散开来，五颜六色摆满了一桌。在我们欣赏着的时候，他又继续抱来更多的衬衫，这个柔软贵重的衬衣堆堆得越来越高——条子的、花纹的、方格的，珊瑚色的、苹果绿的、浅紫色的、淡橘色的，还有印着深蓝色组合字母的。突然之间，黛西发出了一声憋了很久的声音，并猛然把头埋进衬衫堆里，号啕大哭起来。

"这些衬衫多美！"她呜咽地说，她的声音在厚厚的衣堆里变得闷声闷气的，"我看了很伤心，因为我从来没见过这么——这么美的衬衫。"

看过房子之后，我们本来还要去看看庭园和游泳池、水上飞机和仲夏的繁花——但是窗外又下起雨来了，因此我们三人就站成一排远眺水波荡漾的海面。

"要不是有水雾,我们可以看见海湾对面你家的房子,"盖茨比说,"你家码头的尽头总有一盏通宵不灭的绿灯。"

黛西蓦地伸出胳臂去挽着他的胳臂,但他似乎还沉浸在他方才所说的话里。可能他突然想到那盏灯的巨大意义现在永远消失了。跟将他和黛西分开的遥远距离相比较,那盏灯似乎离她很近,近得几乎碰得着她,就好比一颗星离月亮那么近。现在它又只是码头上的一盏绿灯罢了。他为之神魂颠倒的事物减少了一件。

我开始在房间里随便走走,在半明半暗的光线中观看各种各样模糊不清的摆设。挂在他书桌上方墙上的一张大相片引起了我的注意,相片上是一个身穿游艇服的上年纪的男人。

"这是谁?"

"那个?那是丹·科迪先生,老兄。"

那名字听着有点耳熟。

"他已经死了。多年前他是我最好的朋友。"

五斗柜上有一张盖茨比本人的小相片,也是穿着游艇服的——盖茨比昂着头,一副满不在乎的神气——显然是十八岁左右照的。

"我真喜欢这张相片,"黛西嚷嚷道,"这个大背头的发型!你从来没告诉我你留过大背头发型,也没告诉我你有一艘游艇。"

"来看这个,"盖茨比连忙说,"这里有好多剪报——都是关于你的。"

他们俩并肩站着细看那些剪报。我正想要求看看他收藏的红宝石,电话忽然响了,盖茨比拿起了听筒。

"是的……噢,我现在不便谈……我现在不便谈,老兄……我说的是一个小城镇……他一定知道什么是小城镇……得啦,他对我们没什么用处,如果底特律就是他心目中的小城镇……"

他把电话挂上。

"到这儿来,快!"黛西在窗前喊道。

雨还在下,可是西边的乌云已经散开,海湾上空翻滚着几朵粉红色和金色的彩云。

"瞧那个,"她低声道,过了一刻又说,"我真想采一朵那粉红色的彩云,把你放在上面推来推去。"

我这时想要走了,可是他们说什么也不答应。也许有我在场他们更可以心安理得地待在一起。

"我知道我们做什么好了,"盖茨比说,"我们让克利普斯普林格弹钢琴。"

他走出屋子喊了一声"艾温",又过了几分钟才回来,带来一个神色窘迫、面容憔悴的年轻人,一副玳瑁边眼镜,稀稀的金黄色头发。他现在衣服穿得像样了一些,穿着一件敞领的运动衫、一双运动鞋和一条说不清什么颜色的帆布裤。

"我们刚才打扰您做体操了吗?"黛西有礼貌地问。

"我在睡大觉,"克利普斯普林格先生情急之中脱口而出,"我是说,我本来在睡觉。后来我起床了……"

"克利普斯普林格会弹钢琴,"盖茨比打断了他的话说,"是不是,艾温,老兄?"

"我弹得不好。我不会……谈不上会弹。我好久没有练……"

"我们到楼下去。"盖茨比打断了他的话。他轻轻按了一个开关。整个房子立刻大放光明,灰暗的窗户都不见了。

在音乐厅里,盖茨比只打开钢琴旁边的一盏灯。他划了一根火柴,抖抖索索地点燃了黛西的香烟,然后和她一道坐在屋子那边远远的一张长沙发上,那里除了地板上从过道里反射过来的一点亮光之外没有其他光线。

克利普斯普林格弹完了《爱情的安乐窝》之后,在长凳上转过身来,不快地在幽暗中寻找盖茨比。

"我好久没弹了,你看。我告诉你我不会弹。我好久没有弹……"

"别说那么多,老兄,"盖茨比命令道,"弹吧!"

> 在早晨,
>
> > 在夜晚,
> >
> > > 我们玩得快乐开怀……

外面风刮得呼呼的,海湾上传来一阵隐隐的雷声。此刻西埃格所有的灯都亮了。电气火车满载回家的乘客,在雨中从纽约风驰电掣疾驰开来。此时是人们的思绪起伏、发生变化的时刻,空气中洋溢着兴奋的情绪。

> 有一件事千真万确,
>
> > 富的生财,穷的生仔。
> >
> > > 此时彼时,
> > >
> > > > 两者之间……

走过去告辞的时候,我看到那种惶惑的表情又出现在盖茨比脸上,仿佛他对眼下的幸福有点怀疑。几乎五年了!那天下午一定有过一些时刻,黛西远不如他的梦中想象的那样——这并不是由于她本人的过错,而是由于他的梦幻过高过大。他的梦幻超越了她,超越了一切。他以一种创造性的激情投入了这个梦幻,不断地增光添彩,用迎面飘来的每一根绚丽的羽毛加以缀饰。再多火热的激情或青春活力都难以消除在一个人凄苦忧郁的心里所能集聚的一切情思。

我注视着他的时候,看得出来他在悄悄使自己适应眼前的现实。他伸出手去抓住她的手。她低低在他耳边说了点什么,他听了就感情冲动地转向她。我看最使他着迷的是她那富有旋律、激越昂扬的声音,因为那是无论怎样梦想都不可能企及的——那声音是一曲永恒的歌。

他俩已经把我忘了，但黛西抬起头来瞥了一眼，伸出了手。盖茨比此刻根本不认识我了。我又看了他俩一眼，他们也看看我，茫然若失，远在天涯，深陷于强烈的感情之中。我随即走出屋子，走下大理石台阶，走进雨里去，留下他们两人在一起。

第 六 章

大约在这个时候,有一天上午,一名雄心勃勃的年轻记者从纽约赶来,登门访问盖茨比,请他发表一些看法。

"关于什么的看法?"盖茨比很客气地问道。

"呃——随便谈谈。"

在莫名其妙地谈了五分钟之后事情才弄清楚。原来这个人在他的报馆里听人提到盖茨比的名字,可是却不肯透露为什么会提到他,或许他也不很明白。这天适逢他休息,于是主动加班加点跑出城来"看看"。

这是瞎猫捉老鼠,瞎碰碰,然而这位记者的直觉却是对的。盖茨比的名声在这个夏天越来越大,差一点就要成为新闻人物了,那都是成千上百在他家做过客的人替他宣扬的结果,他们都成了他身世经历的权威。当时的各种传奇,像"通往加拿大的地下管道"之类,都和他挂上了钩,还有一个长期流传的谣言,说他根本不是住在一座房子里,而是住在一艘船上,那船看上去像座房子,沿着长岛海岸秘密地来回游弋。但究竟为什么北达科他州的詹姆斯·盖兹能从这些谣言中得到满足,却不容易回答。

詹姆斯·盖兹——这是他的真名实姓,至少是他法律上的姓名。他是在十七岁时改名换姓的,也是在他一生事业开端的那个特定时刻改的——当时他看见丹·科迪先生的游艇在苏必利尔湖①上最险恶的

①　苏必利尔湖(Lake Superior),美国五大湖之一,位于美国中北部和加拿大南部。

沙洲上下锚。那天下午正是这个詹姆斯·盖兹在沙滩上闲逛,身穿一件破旧的绿色运动衫和一条帆布裤,后来他借来了一条小船,划到托洛美号游艇那边去警告科迪,半小时之内可能会起大风颠翻他的船,也在此时他已经是杰伊·盖茨比了。

我猜想,早在那个时候他已把这个名字想好了。他的父母是终日操劳、一事无成的庄稼人——在他的思想里从来没有真正承认他们是自己的父母。实际上长岛西埃格的杰伊·盖茨比是他自己的柏拉图式理念的产物。他是上帝之子——这个词语,如果有什么意义的话,就是它字面的意思——那就是他必须为他的主效命,致力于追求一种博大的、世俗的、虚饰的美。因此他虚构的那样一个杰伊·盖茨比恰恰是一个十七岁的男孩很可能会虚构的理念,然而他始终不渝地忠于这个理念。

一年多来,他沿着苏必利尔湖南岸闯荡,或是捕鲑鱼,或是捞蛤蜊,或是做任何其他活计以求温饱。他晒得黝黑、结实的身体自然地经受了在那些催人振奋的日子里,时而拼命时而懒散的工作。他早就跟女人有了交往,女人们对他的过分宠爱使他瞧不起她们。他瞧不起年轻的处女,因为她们愚昧无知,他也瞧不起其他女人。她们常常为一些事情歇斯底里大发作,而由于他咄咄逼人的自以为是的态度,在他看来那些事情都是理所当然的。

但是他的内心一直躁动不安,心猿意马。夜晚躺在床上的时候,各种离奇怪诞的幻想不时侵扰他。一个难以形容的浮华世界展现在他脑海里,与此同时洗脸架上的小钟在滴答滴答地响着,乱扔在地上的衣服沉浸在湿润的月光里。每夜他都给他那些幻想的构图添枝加叶,直至睡意袭来,让忘却的拥抱把他想象中的一个个栩栩如生的场面覆盖起来。有一段时间,这些幻梦为他的想象力提供了一个发泄的途径:它们令人信服地暗示现实是不真实的,它们也表明世界的基石是牢牢地维系在仙女的翅膀上的。

几个月以前，一种追求飞黄腾达的本能促使他前往明尼苏达州南部路德教的一座小学院——圣奥拉夫学院。他在那里只待了两个星期，一方面由于学院对他擂响的命运之鼓听而不闻，他感到很沮丧；另一方面他不屑为了支付学费去做勤杂工的工作。后来他东奔西走又回到了苏必利尔湖，那天他还在找点什么活儿做的时候，丹·科迪的游艇在湖边的浅滩上抛锚停泊了。

科迪当年五十岁，他是一八七五年以来每一次淘金热的产物，从内华达州的银矿到育空地区①的金矿都能见到他的身影。他在蒙大拿州做铜的生意时发了大财，挣了好几百万，结果虽然身体仍然健壮，可是脑子已经开始糊涂。无数的女人对这个情况有所觉察，于是想方设法使他放手不管钱。那个名叫埃拉·凯的女记者抓住他的弱点扮演了德曼特农夫人②的角色，怂恿他乘游艇去航海。她所耍的那些不太体面的手腕是一九〇二年耸人听闻的报刊争相报道的新闻。

他沿着海岸航行了五年，岸边的居民都非常殷勤好客，就在这一天他来到了"少女湾"，这成了詹姆斯·盖兹命运的转折点。

年轻的盖兹，两手支在船桨上，抬头望着有栏杆围着的甲板。在他眼中，那艘船代表了世界上所有的美和魅力。我猜想他对科迪笑了一笑——他大概早已发现他笑的时候很讨人欢喜。不管怎样，科迪问了他几个问题（其中之一引出了这个崭新的名字），发觉他聪明伶俐而且雄心勃勃。几天之后他把他带到德卢恩③城，给他买了一套水手服、六条白帆布裤子和一顶游艇帽。等到托洛美号启程前往西印度群岛和巴

① 育空地区，加拿大西部地区，十九世纪末叶发现新金矿。
② 德曼特农夫人，十七世纪法国国王路易十四的情妇，后秘密成婚。
③ 德卢恩，苏必利尔湖上的一个港口。

巴巴平海岸①的时候,盖茨比也跟着走了。

他以一种不太明确的身份在科迪手下工作——先后当过服务生、大副、船长、秘书,甚至还当过监守,因为清醒时的丹·科迪知道喝醉时的丹·科迪什么挥金如土的傻事都干得出来,因此他越来越信赖盖茨比,以防止这类意外事故的发生。这种情况延续了五年,在这期间那艘船环绕美洲大陆三次——本来可能会无限期地继续下去,要不是一天晚上船在波士顿靠岸时,埃拉·凯上了船,一星期后丹·科迪便不通人情地溘然长逝。

我记得他那张挂在盖茨比卧室里的相片,一个头发花白、服饰花哨的老头子,一张外表刚毅、内心空虚的面容——一个沉湎酒色的拓荒者,他在美国生活的某一阶段把边疆妓院和酒馆的粗犷和狂暴带回到了东部沿海地区。盖茨比酒喝得极少,这得间接地归因于科迪。在欢闹的聚会上,酒酣耳热时有的女人会把香槟酒揉进他的头发,他却独善其身,养成滴酒不沾的习惯。也正是从科迪那他继承了一笔钱——两万五千美元的遗赠。但他并没拿到一分钱。他始终没有弄明白人家是用什么法律手段来对付他的,但是留下来的千百万财产通通归了埃拉·凯。他得到的是那独特而实际的教育:杰伊·盖茨比的模糊轮廓已经逐渐充实,成为一个有血有肉的人了。

这一切都是他好久以后才告诉我的,但是我在这里写下来,是为驳斥早先那些关于他的身世来历的荒唐谣言,全是捕风捉影,没有一点根据。再说,他告诉我的时候我正心乱如麻,关于他的种种传闻我将信将疑,捉摸不定。所以我现在利用这个间歇,就好比让盖茨比有个喘口气的机会,澄清一下这些以讹传讹的东西。

在我和他的交往之中,这段时间也是一个间歇。有好几个星期我

_____

① 巴巴平海岸,埃及以西的北非伊斯兰教地区。

既没和他见面,也没在电话里听到过他的声音——大部分时间我都跟着乔丹在纽约四处跑,同时极力讨好她那位年老体衰的姑妈——不过我终于在一个星期日下午到他家去了。我待了还没两分钟就有一个人把汤姆·布坎南带来喝酒。我自然吃了一惊,但是真正令人诧异的是布坎南以前竟然还没有来过这里。

他们一行三人是骑马来的——汤姆和一个姓斯隆的男人,还有一个身穿棕色骑装的漂亮女人,以前来过。

"我很高兴见到你们,"盖茨比站在门廊里说,"欢迎光临。"

仿佛他们还在乎他高兴不高兴,欢迎不欢迎呢!

"请坐,请坐。抽香烟还是雪茄。"他在屋子里跑来跑去,忙着打铃喊人,"我马上让人给你们送点喝的来。"

汤姆的到来使他内心直折腾。不过,在他招待他们喝点什么之前,他忙这忙那,顾不上别的,因为他隐约意识到他们上门来只是为了歇脚喝水。斯隆先生什么都不要。来杯柠檬水? 不要,谢谢。来点香槟吧? 什么都不用,谢谢……对不起……

"你们骑马骑得很开心吧?"

"这一带的路很好。"

"大概路上汽车……"

"是嘛。"

此刻盖茨比突然情不自禁地转过脸来对着汤姆,而刚才介绍的时候,只当彼此是初次见面。

"我相信我们以前在哪儿见过面,布坎南先生。"

"噢,是的,"汤姆生硬而有礼貌地说,他显然并不记得,"我们是见过的,我记得很清楚。"

"大概两个星期以前。"

"对啦。当时你跟尼克在一起。"

"我认识你太太。"盖茨比接下去说,几乎有一点挑衅的意味。

"是吗?"

汤姆转过脸来问我。

"你住在这附近吗,尼克?"

"就在隔壁。"

"是吗?"

斯隆先生没有参加谈话,而是大模大样地仰靠在椅子上。那个女的也没说什么——直到两杯姜汁威士忌下肚之后,她忽然变得有说有笑了。

"盖茨比先生,我们都来参加你下次的聚会,"她提议说,"你看好不好?"

"当然好了。你们能来,我太高兴了。"

"那很好吧,"斯隆先生说,没有一点感谢之意,"呃——我看该回家了。"

"请不要忙着走。"盖茨比劝他们。他现在已经能控制自己,并且他要多看看汤姆,"你们何不——你们何不就在这儿吃晚饭呢?说不定纽约还有一些别的人会来。"

"还是你到我家来吃晚饭吧,"那位太太热烈地说,"你们俩都来。"

这包括了我。此时斯隆先生站起身来。

"我是当真的,"她坚持说,"我真希望你们来。有的是地方。"

盖茨比心存疑问地看着我。他想去,而又看不出斯隆先生打定了主意不让他去。

"我恐怕去不了。"我说。

"那么你来。"她极力怂恿盖茨比一个人。

斯隆先生凑近她耳朵咕哝了几句。

"我们如果马上就走,不会晚的。"她固执地大声说。

"我没有马，"盖茨比说，"我在军队里骑过马，但是我自己从来没买过马。我只好开车跟你们走。对不起，等一下我就来。"

我们其余几个人走到外面门廊里。斯隆和那位太太站在一边，开始气冲冲地交谈。

"我的天，我相信这家伙真的要来，"汤姆说，"难道他不知道她并不想要他来吗？"

"她说她要他来的嘛。"

"她要举办一个盛大的宴会，他在那儿一个人都不会认得的。"他皱皱眉头，"我真纳闷他到底在哪儿认识黛西的。天晓得，也许我的思想不合潮流，但是这年头女人家到处乱跑，我可看不惯。她们会遇上各式各样的怪人。"

忽然间斯隆先生和那位太太走下台阶，随即上了马。

"来吧，"斯隆先生对汤姆说，"我们已经晚了。我们一定得走了。"然后对我说，"请你告诉他我们不能等了，行吗？"

汤姆跟我握握手。我们其余几个人彼此冷冷地点了点头，他们就骑着马沿着车道小跑起来，很快消失在八月浓密的枝叶里。这时，盖茨比手里拿着帽子和薄大衣，正从大门里走出来。

汤姆对于黛西单独四处乱跑显然放不下心，因为下一个星期六的晚上他和黛西一起来参加了盖茨比的聚会。也许是由于他的在场，那次聚会有一种特殊的沉闷气氛——它鲜明地留在我记忆里，与那个夏天盖茨比的其他聚会迥然不同。还是那些同样的人，或者至少是同一类的人，同样的源源不绝的香槟，同样的五花八门、七嘴八舌的喧闹，可是我觉得无形中有一种不愉快的感觉，弥漫着一种以前从没有过的反感。要不然，或许是我本来已经逐渐习惯于这一套，逐渐认为西埃格是一个独立完整的世界，自有它独特的标准和大人物。它首屈一指，因为它跟谁相比都不会感到相形见绌，而现在我却要通过黛西的眼睛去重新审视这一切。要通过新的眼睛去审视那些你已经花了很多气力才适应的事物，那总是令人难受的。

他们在黄昏时刻到达，然后当我们几人漫步走到几百名珠光宝气的客人当中时，黛西的声音在她喉咙里耍起了呢喃作哕的花样。

"这些东西真叫我兴奋，"她低声说，"如果你今晚任何时候想吻我，尼克，你让我知道好了，我一定高兴为你安排。只要提我的名字就行，或者出示一张绿色的卡片。我正在散发绿色的……"

"四面看看。"盖茨比敦促她。

"我正在四面看啊。我真开心极……"

"你一定看到许多你听说过的人物的面孔。"

汤姆傲慢的眼睛向人群一扫。

"我们平时不大外出，"他说，"实际上，我刚才正在想这里我一个人都不认识。"

"也许你认得那位小姐。"盖茨比指着一位端坐在一棵白梅树下，如花似玉的美人。汤姆和黛西目不转睛地看着她，眼睛里流露出一种难以置信的神情，他们认出来这是一位一向只在银幕上见到的大明星。

"她可爱极了。"黛西说。

"站在她身边弯着腰的是她的导演。"

盖茨比依照礼仪领着他们向一群又一群的客人做介绍。

"布坎南夫人……布坎南先生，"踌躇片刻之后，他又补充说，"马球健将。"

"不是的，"汤姆连忙否认，"我可不是。"

但是盖茨比显然喜欢这个名称的含意，因为以后整个晚上汤姆就一直是"马球健将"。

"我从来没见过这么多名人，"黛西兴奋地说，"我喜欢那个人……他叫什么名字来着？鼻子有点发青的那个。"

盖茨比说出了那人的姓名,并说他是一个小制片人。

"哦,我反正喜欢他。"

"我宁愿不做马球健将,"汤姆愉快地说,"我倒宁愿以……以一个默默无闻的人的身份看看这么多有名的人。"

黛西和盖茨比跳起了舞。我记得我当时看到他跳着优雅的老式狐步舞感到很诧异——我以前从未见过他跳舞。后来他俩溜到我家,在台阶上坐了半个小时。应她的要求我在园子里替他们望风。"万一着火或是发大水,"她解释道,"或是什么天灾啦。"

我们正在一起坐下来吃晚饭时,汤姆又从"默默无闻"中出现了。"我跟那边几个人一起吃饭,行吗?"他说,"那边有一个家伙讲的东西挺有意思。"

"去吧,"黛西和颜悦色地回答,"如果你要留下几个人的住址,这里是我的小金铅笔。"……过了一会儿,她四面张望了一下,对我说那个女孩"很俗气,可真漂亮",这时我明白除了她单独跟盖茨比待在一起的半小时之外,她玩得并不开心。

我们这一桌的人喝得特别醉。这全怪我不好——盖茨比被叫去听电话,加之两星期前我刚跟这些人玩过,觉得挺有意思,但是当初我觉得好玩的东西现在变得索然无味,令人恶心了。

"你感觉怎么样,贝达克小姐?"

我同她说话的这个姑娘正想慢慢倒在我的肩上,可是没有成功。听到这个问题,她坐起身来,睁开了眼睛。

"什么?"

一个大块头、懒洋洋的女人,本来一直在怂恿黛西明天到本地俱乐部去和她一起打高尔夫球的,现在来为贝达克小姐辩白了:

"噢,她现在好多了。她每次喝下五六杯鸡尾酒,总是这样大喊大叫。我跟她说她不应当喝酒。"

"我没有喝酒。"受到指责的那个人无力地辩解道。

"我们听到你嚷嚷,于是我跟这位希维特医生说:'医生,那里有人需要您帮忙。'"

"我相信她非常感激,"另一位朋友用并不感激的口气说,"可是你把她的头按到游泳池里去,把她的衣服全弄湿了。"

"我最恨的就是把我的头按到游泳池里,"贝达克小姐咕哝着说,"有一回在新泽西州他们差一点没把我淹死。"

"那你就不应当喝酒嘛。"希维特医生堵她的嘴说。

"说你自己吧!"贝达克小姐声嘶力竭地喊道,"你的手发抖。我才不会让你给我开刀哩!"

情况就是这样。我记得差不多最后的一件事是我和黛西站在一起望着那位电影导演和他的"大明星"。他们仍然在那棵白梅树下,他们的脸快要贴到一起了,中间只隔着一线淡淡的月光。我想起他整个晚上大概一直在非常非常缓慢地弯下腰来向她靠近,终于和她靠得这么近。在我望着的这一刹那,我看见他弯到了零距离,最后吻上了她的面颊。

"我喜欢她,"黛西说,"我觉得她可爱极了。"

但是其他的一切她都讨厌——而且是无法跟她论理的,因为这并不是一种姿态,而是一种感情。她十分厌恶西埃格,这个在长岛的一个渔村里繁衍出百老汇的一个没有先例的"地方"——厌恶它那原始的生命力在传统的温文儒雅的外表下面躁动;厌恶它那突兀的命运引导它的居民沿着一条捷径白手起家,买空卖空。她正是在这种她所不了解的单纯之中看到了什么可怕的东西。

他们在等车开过来的时候,我和他们一同坐在大门前的台阶上。前面一片漆黑,只有敞开的门向幽暗的黎明投下十平方英尺的亮光。有时楼上化妆室的百叶窗上有一个人影掠过,接着又出现一个人影,那是不断有人对着一面从外面看不见的镜子在涂脂抹粉。

"这个姓盖茨比的究竟是谁?"汤姆突然质问我,"一个大私酒贩子?"

"你在哪儿听来的?"我问他。

"我不是听来的。我猜想的。你知道这样的暴发户中很多人是大私酒贩子。"

"盖茨比可不是。"我简短地说。

他沉默了一会儿。汽车道上的小石子在他脚底下喀嚓作响。

"我说,他一定费了很大的工夫才搜罗到这么一大帮牛头马面。"

一阵微风吹动了黛西的毛茸茸的灰皮领子。

"至少他们比我们认得的人有趣。"她勉强凑上一句。

"看上去你并不怎么感兴趣嘛。"

"噢,我很感兴趣。"

汤姆哈哈一笑,把脸转向我。

"当那个女孩让她给自己冲凉水澡的时候,你有没有注意到黛西的脸?"

黛西跟着音乐低声唱了起来,声音沙哑而有节奏。她把歌词中的每个字都唱出了前无古人后无来者能唱出的意境。当曲调升高的时候,她的嗓音也跟着改变,悠扬婉转,一派女低音的唱腔,而且每一点变化都在空气中散发出一点她那温暖的、富有人情味的魅力。

"来的人里有好多并不是邀请来的,"她忽然说,"那个女孩子就没有受到邀请。他们干脆闯上门来,而他又太客气,不好意思谢绝。"

"我很想知道他是什么人,又是做什么的,"汤姆固执地说,"并且我一定要去打听清楚。"

"我马上就可以告诉你,"她答道,"他开了几家药房,好多家药房,都是他一手创办起来的。"

姗姗来迟的豪华轿车沿着汽车道开了上来。

"晚安,尼克。"黛西说。

她匆匆瞥了我一眼,然后把目光移往台阶顶端灯光照亮的地方,在那里《凌晨三点钟》——一支当年流行的哀婉动人的小华尔兹舞曲——正从敞开的大门传来。毕竟,只有在盖茨比聚会的这种轻松随便的气氛中,才有可能找到自由浪漫的情调,而在她自己的世界中是绝对不可能有的。那支曲子究竟隐藏的是什么东西?它似乎在呼唤她回去。此时在这幽暗的、难以预测的时辰里又究竟会发生什么事情呢?也许会出现一位令人难以置信的客人,一位千载难遇的、沉鱼落雁的佳人,一位真正艳丽夺目的少女,只要对盖茨比看上一眼,只要一瞬间双方目光魔术般地碰撞,就可以把五年来坚贞不移的深情一笔勾销。

那夜我待到很晚,盖茨比要我待到他可以抽出身来,于是我就在花园里徘徊,一直待到惯常来游泳的客人,又寒冷又兴奋,从黑黝黝的海滩上跑上来,一直等到楼上各间客房里的灯都灭了。等到他最后走下台阶时,我看见他脸上晒得黝黑的皮肤比往常绷得更紧,眼睛明亮而有点困倦。

"她不喜欢这个聚会。"他马上就说。

"她当然喜欢啦。"

"她不喜欢,"他固执地说,"她玩得不开心。"

他沉默不语,但我猜想他有满腔说不出的郁闷。

"我觉得离她很远,"他说,"很难使她理解。"

"你是说跳舞吗?"

"跳舞?"他弹了一下手指,把他所有跳过的舞都勾销了,"老兄,跳舞是无关紧要的。"

他要求黛西的不下于要她跑去跟汤姆说:"我从来没有爱过你。"等她用那句话把四年一笔勾销之后,他俩就可以决定需要采取哪些更加实际的步骤。其中之一就是,等她恢复了自由,他俩就回路易斯维尔去,重新从她家里出嫁——就仿佛是五年以前一样。

"可是她不理解,"他说,"在过去她是能够理解的。我们往往在一起坐上几个钟点……"

他忽然停住不说了,在一条遍地是果皮、丢弃的小礼物和踩烂的鲜花的小道上走来走去。

"我看对她不宜要求过高,"我冒昧地说,"你不能重温旧梦。"

"不能重温旧梦?"他大不以为然地喊道,"哪儿的话,我当然能够!"

他狂躁地东张西望,仿佛他的旧梦就隐藏在这里,就在他房子的阴影里,几乎一伸手就可以抓到。

"我要把一切都安排得跟过去一模一样,"他说,一面坚决地点点头,"她会看到的。"

他滔滔不绝地大谈往事,因此我揣测他想要重新获得一点什么东西,也许是关于他自己的某种理念,使他爱上黛西的某种东西。从那时以来,他的生活一直是混乱无序,但是假如他一旦能够回到某个出发点,慢慢地重新再走一遍,他可以发现那东西是什么……

……五年前,一个秋天的夜晚,落叶纷纷的时候,他俩走在街上,走到一处没有树的地方,人行道被月光照得发白。他们停了下来,面对面站着。那是一个凉爽的夜晚,那是一年两度季节变换的时节,夜空中洋溢着那种神秘的兴奋。家家户户宁静的灯火在对着外面的黑暗低声吟唱;天上的星星你来我往,一片繁忙。盖茨比从他的眼角看到,一段段的人行道仿佛组成了一架梯子,通向树顶上空一个秘密的地方——他可以攀登上去,如果他独自攀登的话,一登上去他就可以吮吸生命的浆液,大口吞下那无与伦比的神奇的琼浆玉液。

当黛西洁白的脸贴近他的脸时,他的心越跳越快。他知道他跟这个姑娘亲吻,便把他那些不可言喻的憧憬与她的生命气息永远结合在一起了。他的心像上帝的心一样要专一,绝不可驰心旁骛。因此他等着,再倾听一会儿那已经在一颗星上敲响的音叉。然后,他亲吻了她。经他的嘴唇一碰,她就像一朵鲜花一样为他绽放,于是这个理想的化身就完成了。

他诉说的这一切,以及他黯然神伤的表情,使我回想起一点什么……我很久以前在什么地方听过的一个迷离恍惚的音调,几句零落的歌词。过了一会儿,有一句话快到了嘴边,我的两片嘴唇却像哑巴一样张开,仿佛除了一小股受震荡的气流之外还有别的什么在上面挣扎着要出来。但是嘴唇发不出声音,因此我几乎想起的东西就永远无法表达了。

第 七 章

就在人们对盖茨比的好奇心达到顶点的时候,有一个星期六晚上他别墅里的灯都没有亮——于是,他作为古罗马大宴宾客的特里马尔乔①的生涯结束了。当初莫名其妙地开始,现在同样莫名其妙地终止了。我发觉那些乘兴而来的一辆辆汽车,稍停片刻之后又扫兴地开走了。我疑心他是否病了,于是走过去看看——一个满脸横肉的陌生仆人从门口满腹狐疑地斜着眼看我。

"盖茨比先生病了吗?"

"没有。"停了一会儿他才慢吞吞地、好不情愿地加了一声"先生"。

"我好久没看见他了,很不放心。告诉他卡拉韦先生来过。"

"谁?"他粗鲁地问。

"卡拉韦。"

"卡拉韦。行,我告诉他。"

他粗鲁地砰的一声关上了大门。

我的芬兰女佣告诉我,盖茨比早在一个星期前就辞退了家里的所有仆人,重新找了五六个人来顶替,这些人从来不到西埃格村去采购,从那里的商人身上捞点外快,而是打电话订购数量不多的日用品。据食品店送货的伙计说,厨房看上去脏得像个猪圈,而村里人一般的看法

————————
① 特里马尔乔,古罗马作家皮特罗尼斯作品《讽刺篇》中一个大宴宾客的暴发户。

是,这些新人根本不是什么仆人。

第二天盖茨比打电话给我。

"准备出门吗?"我问。

"没有,老兄。"

"我听说你把所有的仆人都辞了。"

"我要的不是爱搬嘴弄舌的人。黛西三天两头过来——一般都在下午。"

原来如此。由于她看不顺眼,不赞成,而这座大酒店就像纸牌搭的房子一样轰然倒塌了。

"他们是沃尔夫山姆要帮忙的人,都是他的哥儿们姐儿们。他们开过一家小旅馆。"

"我明白了。"

黛西要他给我打电话——问我明天愿不愿意到她家吃午饭,还说贝克小姐会去的。半小时之后,黛西亲自打电话来,似乎因为知道我答应去而感到宽慰。一定出了什么事。然而我不能相信他们竟然会选这样一个场合来大闹一场——更想不到会是盖茨比早先在花园里勾画过的那种尴尬难堪的场面。

次日,天气酷热,尽管夏天几乎要结束了,然而这天无疑是夏天中最热的一天。当我乘的火车从地道里钻出来驶进阳光里时,只有全国饼干公司闹哄哄的汽笛声打破了中午闷热的寂静。车座上的草垫子热得几乎要着火了。坐在我旁边的一个女人起初纹丝不动地让汗水渗透她的白色套裙,后来她捏在手里的报纸也变潮了。她长叹一声,在酷热中颓然地往后一倒。她的钱包啪的一声掉到了地上。

"哎哟!"她吃惊地喊道。

我困倦地弯下腰把它捡了起来,然后伸长了手臂,捏着钱包的一小角,递还给了她,表示我并无非分的意图——可是附近的每一个人,包括那女人，照样怀疑我。

"热!"查票员对面熟的乘客说，"这个鬼天气! 太热……太热……太热……你觉得热吗? 热吗? 你觉得……"

他递还给我季票时，我发现上面留下了他手上的黑汗渍。在这种酷热的天气里还有谁去管他吻了哪个人煽情的嘴唇，管他哪个人的脑袋偎依在他怀里，弄湿了他睡衣胸前的口袋!

……盖茨比和我在门口等开门的时候，一阵微风吹过布坎南住宅的门厅，传来电话铃的声音。

"要老爷的身体?"男管家大声向话筒里嚷道，"对不起，太太，可是我们不能提供——今天中午太热了，没法碰!"

实际上他讲的是:"是……是……我去瞧瞧。"

他放下了话筒，朝我们走过来，头上冒着汗珠，接过我们的硬壳草帽。

"夫人在客厅里等您哩!"他喊道，一面不必要地指着方向。在这种难耐的酷热中，每一个多余的手势都是对生命储备的浪费。

这间屋子外面安有遮篷，室内幽暗却凉爽。黛西和乔丹躺在一张巨大的长沙发上，好像两尊银像压住自己的白色衣裙，不让电扇的风把衣裙吹舞起来。

"我们动不了了。"她们一起说道。

乔丹的手晒得黝黑，在上面搽了一层白粉。她把一只手放在我手里搁了一会儿。

"体育家托马斯·布坎南①先生呢?"我问。

就在同时我听见了他的声音，粗犷、低沉、沙哑，正在用门厅的电话与什么人通着话。

_____

① 托马斯·布坎南即汤姆·布坎南。托马斯系汤姆的正式名称，而汤姆系昵称。

盖茨比站在绯红的地毯中央,兴味十足地四处张望。黛西看着他,发出了她那甜蜜、动人的笑声。一缕香粉轻轻地从她胸口飘入空中。

"据说,"乔丹悄悄地说,"电话的那一头是汤姆的情人。"

我们都不说话。门厅里的声音因气恼而高起来:"那好吧,我决定不把车卖给你了……我根本不欠你什么情……至于你在午饭时候为了这点事来打扰我,我可受不了!"

"挂着话筒说话。"黛西冷嘲热讽地说。

"不,他不是。"我向她解释道,"这是一笔确有其事的交易。我碰巧知道这件事。"

汤姆蓦地推开了门,他粗壮的身躯顿时堵住了门,然后急匆匆走进了屋子。

"盖茨比先生!"他伸出了他那宽大、扁平的手,巧妙地掩饰住了对盖茨比的厌恶,"我很高兴见到您,先生……尼克……"

"给我们弄点冷饮来吧!"黛西大声说。

他又离开屋子以后,她站起身来,走到盖茨比面前,扳下他的脸,亲吻他的嘴。

"你知道我爱你。"她喃喃地说。

"你忘了还有一位女客在座。"乔丹说。

黛西故意装傻回过头看看。

"那你也跟尼克接吻吧。"

"多不要脸的女孩子!"

"我不在乎!"黛西大声说,同时在砖砌的壁炉前跳起舞来。后来她想起了天气那么热,又不好意思地在沙发上坐了下来。这时一个收拾得很干净的保姆拉着一个小女孩走进房间来。

"亲爱的——我的宝贝——"她嗲声嗲气地说,一面伸出她的胳臂,"过来,让疼你的妈咪亲亲你。"

保姆一撒手,小孩儿就从房间那头跑过来,羞答答地一头埋进她母亲的衣裙里。

"亲爱的——我的宝贝——啊!妈咪有没有把粉弄到你黄黄的头发上了?站起来,对大家说声好。"

盖茨比和我先后弯下腰来,拉了拉她不情愿地伸出的小手。然后他惊奇地盯着孩子看。我想他以前从来没有真正相信过有这个孩子的存在。

"我在午饭前就穿好衣服了。"孩子说,急切地把脸转向黛西。

"那是因为妈咪要显摆你。"她低下头来把脸伏在女儿白嫩的小脖子上惟一的皱凹里,"你啊,你这个小美人儿。你这个天使般的小美人儿。"

"是的,"小孩儿平静地答应,"乔丹阿姨也穿了一件白衣裳。"

"你喜欢妈咪的朋友吗?"黛西把她转过来,让她面对着盖茨比,"你觉得他们漂亮吗?"

"爸爸在哪儿?"

"她长得不像她父亲,"黛西解释说,"她长得像我。她的头发和脸型都像我。"

黛西朝后靠在沙发上。保姆走上前一步,伸出了手。

"来吧,帕咪。"

"再见,宝贝!"

小孩儿很听话,依依不舍地回头看了一眼,抓着保姆的手,被拉出了门。正好汤姆回来,领着用人端来了四杯杜松子利克酒,里面装满了冰块叮当作响。

盖茨比接过一杯酒来。

"看上去一定很凉。"他说,看得出来他有点紧张。

我们迫不及待地大口大口地喝起来。

"我在什么地方看到过,说太阳一年比一年热,"汤姆很和气地说,"又说地球不久就会掉进太阳里去——等等——恰恰相反——太阳一年比一年冷。"

"到外面来吧,"他向盖茨比提议,"我想请你看看我这个地方。"

我跟他们一起到了外面游廊上去。在绿色的海湾上,海水在酷热中像死水一样纹丝不动,一条小帆船慢慢向较清新的海域移动。盖茨比的眼光顷刻间跟踪上了这条船。他举起了手,指着海湾的对面。

"我的家就在你的正对面。"

"可不是嘛。"

我们的眼睛掠过玫瑰花圃,掠过发烫的草坪,掠过海滩边在酷暑期狂长的乱草丛。只见那条小船的白帆在蔚蓝清凉的天际的背景上慢慢地移动。再往前是波光粼粼的海洋和星罗棋布的小岛。

"那是多么好的运动,"汤姆点着头说,"我真想跟那条船出去,在那边玩上个把钟头。"

我们在餐厅里吃的午饭,里面也遮得很阴凉,凉啤酒把大家强作的欢笑也一起喝下肚去。

"我们今天下午做什么好呢?"黛西大声说,"还有明天,还有今后三十年?"

"不要这样病态,"乔丹说,"到了秋天,天高气爽,生活就又重新开始了。"

"可是现在天热得要命,"黛西固执地说,差点儿要哭出来了,"一切都乱糟糟的。咱们都进城去吧!"

她的声音继续在热浪中挣扎,横冲直撞,把无知觉的热气打造成各种形状。

"我听说过把马厩改做车库,"汤姆在对盖茨比说,"但是我是第一个把车库变成马厩的人。"

"谁愿意进城去?"黛西执拗地问道。盖茨比的眼睛慢慢朝她看过去。"啊,"她喊道,"你看上去真酷。"

他们的眼光相遇了。他们彼此目不转睛地看着对方,超然物外。她好不容易才把视线转回到餐桌上。

"你看上去总是那么酷。"她又说了一遍。

她已经告诉他她爱他。汤姆·布坎南也看出来了。他大为震惊。他的嘴微微张开,看看盖茨比,又看看黛西,仿佛他刚刚认出她是他很久以前就认识的人。

"你很像广告里那个人,"她娇憨地继续说,"你知道广告里那个人……"

"好吧,"汤姆赶紧打断了她的话,"我非常乐意进城去。走吧——我们大家都进城去。"

他站了起来,他的眼睛还是在盖茨比和他妻子之间闪来闪去。谁都没动。

"走啊!"他有点冒火了,"到底怎么回事?要进城,那就走吧。"

他的手因竭力控制自己而在发抖。他战战兢兢地把杯中剩下的啤酒送到唇边。黛西的声音促使我们站了起来,走到外面炽热的石子汽车道上。

"我们马上就走吗?"她不以为然地说,"就像这样?难道我们不让人家先抽支烟吗?"

"吃饭的时候不是大家一直都在抽嘛。"

"哦,咱们开开心心玩儿吧,"她央求他,"天太热,甭闹了。"

他没有回答。

"随你的便吧,"她说,"来吧,乔丹。"

她们上楼去做好准备。我们三个男的就站在那儿用脚把滚烫的小石子踢来踢去。一弯银月已经悬在西天。盖茨比刚开口说话,又改变了主意，想闭上嘴巴，但就在这时汤姆转过身来，面对着他等他说话。

"你的马厩是在这里吗?"盖茨比勉强地问道。停了一会儿。

"我真不明白进城去干什么,"汤姆怒气冲冲地说,"女人总是心血来潮……"

"我们带点儿什么东西喝吗?"黛西从楼上窗口喊道。

"我去拿瓶威士忌。"汤姆答道。他走进屋子里去。

盖茨比挺直身子转过来对我说:

"我在他家里不能说什么,老兄。"

"她说话很不谨慎,"我说,"话音里充满了……"我犹疑了一下。

"她话音里充满了金钱。"他忽然说。

正是这样。我以前从来没有领悟过。确实是充满了金钱——这正是她说话的声调高高低低带有无穷无尽的魅力,那里有金钱的叮当声,铙钹击打的响声……在高高的白色宫殿里,国王的女儿,黄金女郎……

汤姆从屋子里走出来,一面把一夸脱一瓶的酒用毛巾包起来,后面跟着黛西和乔丹,两人都戴着金属丝编织的又小又紧的帽子,手臂上搭着薄纱披肩。

"大家都坐我的车去好吗?"盖茨比提议,他摸了摸滚烫的绿皮坐垫,"我应当把它停在树荫里的。"

"这车是标准排挡吗?"汤姆问。

"是的。"

"好吧,你开我的小轿车,让我开你的车进城。"

这个建议不合盖茨比的口味。

"恐怕汽油不多了。"他表示不同意。

"汽油多得很,"汤姆粗声大气地说,他看了看油表,"如果用光了,我可以找一个药房停下来。这年头药房里什么东西你都买得到。"

听了这句似乎没有什么意义的话之后,大家都没做声。黛西皱着眉头瞧瞧汤姆,同时盖茨比脸上也显露出一种难以形容的表情,既十分陌生又似曾相识。这种表情我以前只是听人用言语描述过。

"走吧,黛西,"汤姆说,一面用手把她推到盖茨比的车跟前,"我带你坐这辆马戏团的花车。"

他打开车门,但她从他手臂弯里挣了出去。

"你带尼克和乔丹去。我们开小轿车跟在你们后面。"

她紧挨着盖茨比走,用手摸摸他的上衣。乔丹、汤姆和我坐进盖茨比车的前座,汤姆试着扳动了几下不熟悉的排挡,接着我们就冲上了火辣辣的马路,把他们甩在后面看不见的地方。

"你们看到了没有?"汤姆问。

"看到什么?"

他敏锐地看着我,明白了我和乔丹肯定一直就知道内情。

"你们以为我很傻,是不是?"他说,"也许我是傻,但是有时候我有一种——几乎是一种第二视觉,它告诉我该怎么办。也许你们不相信这个,但是科学……"

他不往下说了。眼前的任务刻不容缓,把他从理论深渊的边缘拉了回来。

"我已经对这个家伙做了一番小小的调查,"他继续说,"我大可以调查得更深入一些,要是我知道……"

"你是说你找过一个巫师吗?"乔丹幽默地问。

"什么?"他摸不着头脑,瞪眼看着我们哈哈笑,"巫师?"

"去问盖茨比的事。"

"问盖茨比的事!不,我没有。我刚才说我已经对他的来历做过一番小小的调查。"

"结果你发现他是牛津大学校友。"乔丹帮忙地说。

"牛津大学校友!"他完全不相信,"他要是才他妈的怪哩!看他穿的那套粉红色的衣服。"

"不过他还是上过牛津的。"

"新墨西哥州的牛津镇吧,"汤姆嗤之以鼻地说,"或者类似的地方。"

"我说,汤姆,你既然那么势利眼,为什么还请他吃午饭呢?"乔丹气恼地质问道。

"黛西请他的。她是在我们结婚以前认识他的——天晓得在什么地方!"

啤酒的酒性已过,大家现在都感到口燥心烦,因为意识到这一点,我们就一声不响地开了一会儿车。然后当 T. J. 艾克尔伯格医生暗淡的眼睛在大路的前方出现时,我想起了盖茨比提出的关于汽油不够的警告。

"我们有足够的汽油开到城里。"汤姆说。

"可是这里就有一家车行,"乔丹提出了反对,"我可不要在这种大热天抛锚。"

汤姆不耐烦地把两个刹车都踩了,车子扬起一阵尘土,突然在威尔逊的招牌下面停了下来。过了一会儿老板从车行的里面走了出来,两眼呆呆地盯着看我们的车。

"给我们加点汽油!"汤姆粗声大气地叫道,"你以为我们停下来干什么——观赏风景吗?"

"我病了,"威尔逊说道,身子站着不动,"病了一整天啦。"

"怎么啦?"

"我身体都垮了。"

"那么我要自己动手吗?"汤姆问,"你刚才在电话里听上去还挺好的嘛。"

威尔逊很吃力地从门口阴凉的地方走出来,喘着大气把汽车上的油箱盖拧了下来。在太阳里他的脸色发青。

"我并不是有意在午饭时打扰你,"他说,"可是我急需用钱,因此我想知道你那辆旧车打算怎么办。"

"你喜欢这一辆吗?"汤姆问,"我上星期才买的。"

"好漂亮的黄车。"威尔逊说,一面费劲地握住加油嘴的把手。

"想买吗?"

"没门儿,"威尔逊淡淡地一笑,"不想买这个,可是我可以在那辆车上赚点钱。"

"你要钱干什么,有什么突然的需要?"

"我在这儿待得太久了。我想离开这里。我老婆和我想搬到西部去。"

"你老婆想去。"汤姆吃惊地叫道。

"她说要去,说了有十年了。"他靠在加油机上休息了一会儿,用手搭在眼睛上遮住阳光,"现在她真的要去了。不管她想不想去,我要让她离开这里。"

小轿车从我们身边疾驰而过,扬起了一阵尘土,车上有人挥了挥手。

"该付多少钱?"汤姆粗鲁地问道。

"就在这两天我才发现了一点蹊跷的事情,"威尔逊说,"这就是我为什么要离开这里的原因。这就是我为什么为那辆车打扰你的原因。"

"我该付你多少钱?"

"一元二十分。"

无情的热浪一波接一波,已经开始搞得我头昏眼花。我有一会儿感到很不舒服,然后才意识到,到那时为止他的疑心还没落到汤姆身上。他发现了梅特尔背着他在另外一个世界里有她自己的生活。这个震动使他的身体病倒了。我盯着他看，又盯着汤姆看看，他在不到半小时以前也有了同样的发现——我突然想到人们在智力或种族方面的任何差异都远不如病人和健康人二者之间的差异那么深刻。威尔逊病得那么厉害，看上去好像犯了什么罪孽，不可饶恕的罪孽——仿佛他刚刚把一个可怜的姑娘的肚子搞大了。

"我把那辆车卖给你吧，"汤姆说，"我明天下午给你送来。"

那一带地方一向隐隐约约使人感到心神不安，甚至在下午耀眼的阳光里也一样，因此现在我掉过头去，仿佛有人要我提防背后有什么东西。在灰土堆上方，T.J.艾克尔伯格医生的巨眼在守望着，但是过了一会儿我觉察另外一双眼睛正在从不到二十英尺以外聚精会神地注视着我们。

在车行上面一扇窗户面前，窗帘向旁边拉开了一点儿，梅特尔·威尔逊正在向下窥视着这辆车。她那样全神贯注，所以她毫不觉察有人在注意她，一种又一种的表情在她脸上慢慢显露出来，好像物体在一张冲洗的底片上慢慢显影。她的表情熟悉得有点蹊跷——这是我时常在女人脸上看到的表情。可是在梅特尔·威尔逊的脸上，这种表情似乎毫无意义而且难以理解，直到我明白她那两只睁得大大的、充满了妒火和惊恐的眼睛并没盯在汤姆身上，而是盯在乔丹·贝克身上，原来她误认为乔丹是他的妻子。

一个简单的头脑一旦陷入慌乱，那就非同小可。等到我们的车开走的时候，汤姆感到一阵惊慌，像被灼热的鞭子鞭挞一样。他的妻子和情妇，直到一小时前还是安安稳稳、不容侵犯的，现在却猛不防正从他的控制下溜走。本能促使他猛踩油门，以达到赶上黛西和把威尔逊抛在脑后的双重目的。于是我们以每小时五十英里的速度向阿斯托里亚飞驰而去。直到在高架铁路蜘蛛网似的钢架中间，我们才看见那辆自由自在的蓝色小轿车。

"五十号街附近那些大电影院很凉快,"乔丹提议道,"我爱夏天下午的纽约,人都跑光了。有一种肉质感——熟透了,好像各种奇异的果实纷纷掉落到你手里。"

"肉质感"这个词使汤姆越发感到心猿意马,但他还没来得及找出话来表示反对,小轿车已经停了下来。黛西打着手势叫我们开上去停靠在一起。

"我们上哪儿去?"她喊道。

"去看电影怎样?"

"太热了,"她抱怨道,"你们去吧。我们去兜兜风,过会儿再和你们碰头。"她又勉强说了两句俏皮话,"我们约好在某个路口和你们碰头。我就是那个抽着两支香烟的男人。"

"我们不能待在这里争论,"汤姆不耐烦地说,这时我们后面有一辆卡车的司机在拼命按喇叭,"你们跟我开到中央公园南边'广场饭店'前面。"

有好几次他掉过头去向后看,找他们的车,如果路上的交通把他们耽误了,他就放慢速度,直到他们重新出现。我想他生怕他们会钻进一条小街,从此永远从他的生活里消失。

可是他们并没有消失。而我们大家都采取了这个更难理解的步骤——在"广场饭店"租用了一间套房的客厅。

这场长时间的、吵吵嚷嚷的争论,终于以把我们都赶进那间客厅而告终。我现在也弄不清是怎么回事了,虽然我清清楚楚记得,在这个过程中,我的内衣像一条湿漉漉的蛇一样在我的大腿之间爬行,同时汗珠隔一会儿就涔涔地从后背往下淌。这个主意开始是黛西提议的,她要我们租五间浴室洗冷水澡,后来才改为这个更具体的方案——找个"喝杯凉薄荷酒的地方"。我们每一个人都反反复复地说这是个"傻主意"——大家七嘴八舌跟一个左右为难的旅馆职员讲话,自认为或者假装认为,我们很开心……

那间房子很大,但是很闷,虽然已经是四点了,打开窗户吹进来的只是从公园灌木丛那里吹来的热风。黛西走到镜子前面,背朝我们站着,梳理她的头发。

"这个套间真高级。"乔丹毕恭毕敬地低声说,引得大家都笑了起来。

"再打开一扇窗户。"黛西命令道,连头也不回。

"没有窗户可开了。"

"那么我们顶好打电话要把斧头……"

"心静自然凉,"汤姆不耐烦地说,"像你这样唠唠叨叨只会热得你更难受。"

他打开毛巾拿出那瓶威士忌来放在桌上。

"何必不随她去呢,老兄?"盖茨比说,"是你自己要进城来的。"

沉默了一会儿。电话簿从钉子上滑落下来,啪的一声掉到地上,于是乔丹低声说:"对不起。"但是这一次没人笑了。

"我去捡起来。"我抢着说。

"我捡起来了。"盖茨比仔细看看断开的绳子,然后表示很关心的样子"哼"了一声,把电话簿往椅子上一扔。

"那是你的口头禅吗?"汤姆很不客气地问。

"什么?"

"张口闭口都是'老兄'。你是从哪里捡来的?"

"你听着,汤姆,"黛西说,一面从镜子前面掉转身来,"如果你搞人身攻击,我马上离开。打个电话要点冰来做薄荷酒。"

汤姆拿起话筒时,压缩的热空气突然爆发出响声。我们听到门德尔松《婚礼进行曲》华美庄严的和弦从底下舞厅里传上来。

"想一想这么热的天竟然还有人结婚!"乔丹很难受地喊道。

"还会有的——我就是在六月中旬结婚的,"黛西回忆道,"还是路易斯维尔的六月! 有一个人昏倒了。昏倒的是谁,汤姆?"

"毕洛克西①。"他简慢地答道。

"一个姓'毕洛克西'的人。'木头人'毕洛克西,他是做'盒子'的——这是事实——他又是田纳西州毕洛克西市的人。"

"他们把他抬到我家里,"乔丹补充说,"因为我们住的地方和教堂隔着两家的距离。他一住就住了三个星期,直到爸爸叫他走路。他走后第二天爸爸就死了。"过了一会她又加了一句话说,"两件事并没有什么联系。"

"我从前也认识一个孟菲斯②人叫比尔·毕洛克西。"我说。

"那是他堂兄弟。他走以前我对他的整个家史都一清二楚了。他送了我一根打高尔夫球的轻击棒,我到今天还在用。"

婚礼一开始音乐就停了,此刻从窗口又飘进来一阵很长的欢呼声,接着又是一阵阵"好啊——好啊——"的叫喊,最后响起爵士乐的声音,跳舞开始了。

"我们都老了,"黛西说,"如果还年轻的话,我们就会站起来跳舞的。"

"别忘了说毕洛克西,"乔丹提醒她,"你是在哪儿认识他的,汤姆?"

"毕洛克西?"他聚精会神想了一会儿,"我不认识他。他是黛西的朋友。"

"他才不是哩,"她否认道,"我在那以前从来没见过他。他是坐你

① 毕洛克西(Biloxi)与木头人(blockheads)和盒子(box)在英语里是谐音。
② 孟菲斯,田纳西州西南部城市,位于密西西比河上。

包的专车来的。"

"对啦,他说他认识你。他说他是在路易斯维尔长大的。阿莎·伯德在最后一分钟把他带来,问我们是否还有地方让他坐。"

乔丹笑了一笑。"他多半是不花钱搭车回家。他告诉我他在耶鲁是你们的班长。"

汤姆和我彼此茫然地对看。

"毕洛克西?"

"首先,我们压根儿没有班长……"

盖茨比的脚不耐烦地在地板上连敲了几声,汤姆立刻瞧了他一眼。

"说起来,盖茨比先生,我听说你是牛津校友。"

"不完全是那样。"

"哦,是的,我听说你上过牛津。"

"是的,我上过那儿。"

停顿了一会儿。然后是汤姆的声音,带有怀疑和侮辱的口吻:

"你一定是在毕洛克西上纽黑文的时候去牛津的吧。"

又停顿了一会儿。一个服务员敲门,端着薄荷叶和敲碎了的冰走进来,但是他的一声"谢谢"和轻轻的关门声也没打破沉默。这个关系重大的细节终于要澄清了。

"我跟你说过了我上过那儿。"盖茨比说。

"我听见了,可是我想知道在什么时候。"

"是一九一九年,我只待了五个月。这就是为什么我不能自称是牛津校友的原因。"

汤姆瞥了大家一眼,看看我们脸上是否也反映出同他一样的怀疑。但是我们都在看着盖茨比。

"那是停战以后他们为一些军官提供的机会,"他继续说下去,"我们可以上任何英国或者法国的大学。"

我真想站起来拍拍他的肩膀。我又一次对他充满完全的信任,以前我也有过这种体验。

黛西站了起来,微微一笑,走到桌子前面。

"打开威士忌,汤姆,"她命令道,"我给你做一杯薄荷酒。然后你就不会觉得自己那么蠢了……你看这些薄荷叶子!"

"等一会儿,"汤姆厉声道,"我还要问盖茨比先生一个问题。"

"请问吧。"盖茨比很有礼貌地说。

"你到底想在我家里闹腾个什么?"

他们终于把话挑明了,盖茨比倒也满意。

"他没闹腾个什么,"黛西惊惶地看看这一个又看看那一个,"你在闹腾。请你自制一点儿。"

"自制!"汤姆不能置信地重复道,"我想最新的怪事大概是装聋作哑,让来历不明的小子跟你老婆做爱。哼,如果你说的是那个意思,你可以把我除外……这年头人们开始对家庭生活和家庭制度冷嘲热讽,再下一步他们就该抛弃一切,搞黑人和白人通婚了。"

他满口胡言乱语,脸涨得通红,俨然以站在文明最后堡垒上的惟一人自居。

"我们这里大家都是白人嘛。"乔丹咕哝着说。

"我知道我不得人心。我不举行盛大的晚会。看来你非得把自己的家搞成猪圈才能交朋友——在这个现代社会里。"

尽管我和大家一样感到很气愤,每次他一张口我就忍不住想笑。一个花花公子竟然摇身一变就成了道学先生。

"我也有话要对你说,老兄……"盖茨比开始说。但是黛西猜到了他的意图。

"请你不要说!"她无可奈何地打断了他的话,"咱们都回家吧。咱们都回家不好吗?"

"这是个好主意。"我站了起来,"走吧,汤姆。没有人要喝酒。"

"我想知道盖茨比先生有什么话要告诉我。"

"你妻子不爱你,"盖茨比说,"她从来没有爱过你。她爱我。"

"你一定是疯了!"汤姆脱口而出。

盖茨比猛地跳了起来,因激动而变得生龙活虎。

"她从来没有爱过你,你听见了吗?"他喊道,"她跟你结了婚,只不过是因为我穷,她等我等得不耐烦了。那是一个大错,但是她心里除了我从来没有爱过任何人!"

这时乔丹和我都想走,但是汤姆和盖茨比争先恐后地阻拦,硬要我们留下,仿佛两人都没有什么不可告人的事,也仿佛跟他们一起感受一下他们的感情也是一种特殊的荣幸。

"坐下,黛西,"汤姆竭力装出父辈的口吻,可是并不成功,"这是怎么一回事?我要听听整个经过。"

"我已经告诉过你是怎么一回事了,"盖茨比说,"已经五年了——而你却不知道。"

汤姆霍地转向黛西。

"你五年来一直和这家伙见面?"

"没有见面,"盖茨比说,"不,我们见不了面。可是我们俩在那整个期间彼此相爱,老兄,而你却不知道。我以前有时发笑,"——但是他眼中并无笑意,"想到你并不知道。"

"哦——原来不过如此。"汤姆像牧师一样把他粗壮的手指轻轻一拍合拢在一起,然后往椅子上一靠。

"你发疯了!"他破口大骂,"五年前发生的事我没法说,因为当时我还不认识黛西——可是我真他妈的想不通你怎么能沾到她的边,除非你是杂货店送货的,送食品到她家后门。至于你其余的话都是他妈的胡扯。黛西跟我结婚时她是爱我的,现在她还爱我。"

"不对。"盖茨比摇摇头。

"不管你怎么说,她确实爱我。问题是她有时想入非非,不知道她自己在做什么。"他点点头,一副料事如神的样子,"再说,我也爱黛西;逢场作戏,我也有胡闹的时候,干点蠢事,不过我总是回头,而且我心里始终是爱她的。"

"你真叫人恶心!"黛西说。她转身向着我,她的声音降低了一个音阶,使整个屋子充斥了咄咄逼人的鄙夷轻蔑气氛。"你知道我们为什么离开芝加哥吗?我真奇怪人家没给你讲过那次小胡闹的故事。"

盖茨比走过来站在她身边。

"黛西,那一切都过去了,"他认真地说,"现在没什么关系了。就跟他说真话——你从来没爱过他——一切就永远勾销了。"

她茫然地看着他。"是啊——我怎么会爱他——怎么可能呢?"

"你从来没有爱过他。"

她犹疑不决。她的眼光哀诉似地落在乔丹和我的身上,仿佛她终于认识到她正在干什么——仿佛她一直并没打算做任何事,但是现在事情已经做了,为时太晚了。

"我从来没爱过他。"她说道,但看得出很勉强。

"在夏威夷凯皮奥兰尼时也没爱过吗?"汤姆突然质问道。

"没有。"

从下面的舞厅里,低沉而闷人的乐声随着一阵阵热气飘了上来。

"那天我把你从'潘趣博'号游艇上抱下来,好让你鞋子不沾湿,那时你也不爱我吗?"他沙哑的声音流露着柔情,"黛西?"

"请别说了。"她的声音是冷淡的,但积怨已消。她看看盖茨比。"唉,杰伊!"她说。可是她要点支烟时手却在发抖。突然她把香烟和点着的火柴都扔到地毯上。

"啊,你的要求太过分了!"她对盖茨比喊道,"我现在爱你——难道这还不够吗?过去的事我没法挽回。"她无可奈何地抽抽噎噎哭了起来。"我一度爱过他——但是我也爱过你。"盖茨比的眼睛张开又闭上了。

"你也爱过我?"他重复道。

"连这个都是瞎话,"汤姆恶狠狠地说,"她根本不知道你还活着。要知道,黛西和我之间有许多事你永远也不会知道,我俩永远也不会忘记。"

他的话刺痛了盖茨比的心。

"我要跟黛西单独谈谈,"他执意说,"她现在太激动了⋯⋯"

"单独谈我也不能说我从来没爱过汤姆,"她用伤心的声调吐露道,"那么说不是真话。"

"当然不是真话。"汤姆附和道。

她转身对着她丈夫。

"就好像你还在乎似的。"她说。

"当然在乎。从今以后我要更好地照顾你。"

"你还不明白,"盖茨比说,有点慌张了,"你没有机会再照顾她了。"

"我没有机会了?"汤姆睁大了眼睛,放声大笑。他现在有能力控制自己了。"什么道理呢?"

"黛西要离开你了。"

"胡说八道。"

"不过我确实要离开你。"她显然很费劲地说。

"她不会离开我的!"汤姆突然对盖茨比破口大骂,"反正绝不会为了一个江湖骗子离开我,一个连套在她手指上的戒指也得去偷来的江湖骗子。"

"我可受不了啦!"黛西喊道,"啊呀,咱们走吧。"

"你到底是什么人?"汤姆嚷了起来,"你是围着迈尔·沃尔夫山姆的那帮狐群狗党里的货色,这一点我碰巧知道,我对你的事儿做了一番小小的调查——明天我还要进一步调查。"

"悉听尊便,老兄。"盖茨比镇定地说。

"我早已发现你那些'药房'是搞什么名堂的。"他转过身来对着我们很快地说,"他和那个叫沃尔夫山姆的家伙在这里和芝加哥买下了许多小街上的药房,不用处方就把酒精卖给人家。那是他要的许多小把戏中的一个。我第一回看见他就认定他是个私酒贩子,我猜的还差不离哩。"

"那又该怎么样呢?"盖茨比很有礼貌地说,"你的朋友瓦尔特·蔡斯和我们合伙并不觉得丢人嘛。"

"你们还把他坑了,是不是? 你们让他在新泽西州坐了一个月监牢。天啊! 你应当听听瓦尔特怎么数落你的那些话。"

"他找上我们的时候是个穷光蛋。他很高兴赚几个钱,老兄。"

"你别叫我'老兄'!"汤姆喊道。盖茨比没搭腔,"瓦尔特本来还可以告你违犯赌博法的,但是沃尔夫山姆一恐吓,他便闭上了嘴。"

那种不熟悉可又似曾相识的表情又在盖茨比的脸上出现了。

"那个开药房的事儿不过是小意思,"汤姆慢慢地接着说,"但是你们现在又在搞什么花样,瓦尔特不敢告诉我。"

我看了黛西一眼。她吓得目瞪口呆地看看盖茨比,又看看她丈夫,再看看乔丹——她似乎又开始在下巴尖上专心致志地顶着一件看不见的东西,玩平衡术了。然后我回过头去看盖茨比——看到他的表情,我大吃一惊。他看上去活像刚"杀了人"的样子——我说这话可与他花园里的那些流言蜚语毫不相干。可是一刹那间,他脸上的表情恰恰可以用那种荒唐的字眼来形容。

这种表情过去以后,他激动地对黛西说开了,矢口否认一切,竭力为自己的名声辩护,驳斥那些还没向他提出控告的罪名。但是他说得越多,她就越往后缩,置身事外,不理不睬。结果他只好不说了,惟有那个死去的梦随着下午的消逝在继续挣扎,拼命想触摸到那不再摸得着的东西,向着缩在房间那头此时无声无息的声音痛苦地但并不绝望地哀求。

那个声音出声了,再次央求要走。

"求求你,汤姆!我再也受不了啦。"

她惊惶的眼睛表露出,不管她曾经有过什么意图,有过什么勇气,现在肯定都已消失殆尽。

"你们两人动身回家吧,黛西,"汤姆说,"坐盖茨比先生的车。"

她看着汤姆,大为惊恐。但他故作大度以示侮蔑,坚持要她跟盖茨比走。

"走吧。他不会麻烦你的。我想他明白那自以为是的小小调情已经结束了。"

他们俩走了,一句话也没说,倏忽而去,来无影去无踪,像一对鬼影,孤立无援,甚至也没得到我们的怜悯。

过了一会儿汤姆站了起来,开始用毛巾把那瓶没打开的威士忌包起来。

"来点儿这玩意吗?乔丹?尼克?"

我没搭腔。

"尼克?"他又问了一声。

"什么?"

"来点儿吗?"

"不要……我刚才记起来今天是我的生日。"

我三十岁了。新的十年在我面前伸展,那是一条布满荆棘的、凶多吉少的道路。

等到我们跟汤姆坐上小轿车动身回长岛时，已经是七点钟了。汤姆一路上不停地说话，得意洋洋，哈哈大笑，但他的声音显得非常遥远，对乔丹和我来说就好像人行道上嘈杂的人声和头顶上高架铁路轰隆隆的车声一样。人类的同情心是有限度的，因此我们也乐于让他们那些可悲的争论和向后掠去的城市灯火一道逐渐消失。三十岁——等待着我的可能是十年的孤寂，相知的单身汉逐渐稀少，热烈的感情逐渐冷淡，头发逐渐稀疏。不过我身边有乔丹，她跟黛西大不一样，少年老成，不会把早已忘怀的梦一年又一年地藏在心里。我们驶过漆黑的铁桥时她苍白的脸懒洋洋地靠在我的肩上，她紧紧握住我的手，驱散了我三十岁生日的巨大冲击。

我们在渐渐凉快下来的暮色中向死亡驶去。

年轻的希腊人米凯利斯在灰土堆旁边开了一家小咖啡馆，他是后来案件审理时的主要见证人。那天下午因天太热，他午觉睡到五点以后才起来，溜到车行里，发觉乔治·威尔逊在他的办公室里病倒了——真的病了，面色和他本人苍白的头发一样苍白，浑身都在发抖。米凯利斯劝他上床去睡觉，但威尔逊不肯，说那样就要错过不少生意。这位邻居正在劝说他的时候，楼上忽然大吵大闹起来。

“我把我老婆锁在上面，”威尔逊平静地解释说，“让她在那儿一直待到后天，然后我们就搬走。”

米凯利斯大吃一惊。他们做了四年邻居，威尔逊从来不像是一个能说出这种话来的人。通常他总是一个筋疲力尽的人：不干活的时候，他就坐在门口一把椅子上，呆呆地望着路上过往的人和车辆。不管谁跟他说话，他总是和和气气、无精打采地笑笑。他听他老婆支使，自己没有一点主张。

因此，米凯利斯很自然地想了解发生了什么事，但威尔逊一个字也不肯说——相反地，他却用古怪的、怀疑的目光端详起这位客人来，并且盘问他某些日子某些时间在干什么。正在米凯利斯已经感到不自在的时候，有几个工人从门口经过，朝他的餐馆走去，他就乘机脱身，打算过一会儿再回来。但是他并没有再来。他想他大概忘了，并没别的原因。七点过一点儿他再到外面来，才想起了这番谈话，因为他听见威尔逊太太在破口大骂，就在楼下车铺里。

"打我吧！"他听见她嚷嚷，"把我摔倒吧，狠狠地揍吧，你这个臭婊子养的胆小鬼！"

过了一会儿她就冲出门来向暮色中奔去，一面挥手一面叫喊——他还没来得及离开自己的门口，事情就已经发生了。

那辆"肇事车"——这是报纸上的提法——停都没停。车子从昏暗的暮色中突然出现，出事后稍稍犹疑了片刻，然后在前面的拐弯处不见了。马弗罗·米凯利斯连车子的颜色都说不准——他告诉第一个警察说是浅绿色。另一辆车，开往纽约的那一辆，开到一百码以外停了下来，开车的赶快跑回出事地点。梅特尔·威尔逊惨死在公路当中，她双膝跪在地上，那发黑的浓血和尘土混合在一起。

米凯利斯和这个人最先赶到她身旁，但等他们把她汗湿的衬衣撕开时，看见她左边的乳房已经松松地耷拉着，因此也不用再去听那下面的心脏了。她的嘴张得大大的，嘴角撕破了一点儿，仿佛她在释放出长期储存在身体里的旺盛精力时喉咙突然被哽住了。

我们离出事地点还有一段距离时，就看见三四辆汽车和一大群人。

"撞车了！"汤姆说道，"那很好。威尔逊终于有一点儿生意了。"

他把车放慢下来，但并没打算停，直到开得更近一点，车铺门口那群人屏息敛容的神情才使他不由自主地把车刹住。

"我们去看一眼，"他犹疑不定地说，"看一眼就走。"

我这时听见一阵阵空洞的哀号声从车铺里传出来,等我们下了小轿车走向车铺门口时,才听出其中翻来覆去、上气不接下气地喊出的"我的上帝啊"几个字。

"这儿出了什么大乱子了。"汤姆激动地说。

他踮起脚从一圈人头上向车铺里望去,车铺里只有一盏发黄光的电灯,摇摇晃晃地悬挂在头上方的铁丝罩里。他吼了一声,接着他用两只有力的手臂猛然向前一推,挤进了人群。

被扒开的圈子又合拢起来,同时传出一阵咕咕哝哝的劝告声。有一两分钟我什么也看不见。后来新到的人又挤乱了圈子,忽然间乔丹和我被挤到里面去了。

梅特尔·威尔逊的尸体裹在一条毯子里,外面又包了一条毯子,仿佛在这炎热的夜晚她还怕冷似的。尸体陈放在墙边一张工作台上,汤姆背对着我们正低头看着,一动也不动。在他旁边站着一名骑摩托车来的警察,正往小本子上抄人名,一面流汗一面写了又涂改。起初我找不到那些在空空的车铺里回荡的高昂的呻吟声的来源——后来我才看见威尔逊站在他办公室高高的门槛上,身体前后摆动着,双手抓着门框。有一个人在低声跟他说话,不时想把一只手放在他肩上,但威尔逊既听不到也看不见。他的目光从那盏摇晃的电灯慢慢地下移到墙边那张停着尸体的桌子上,然后又突然转回到那盏灯上,同时他不停地发出他那高亢的、可怕的呼号:

"哎哟,我的天哪! 哎哟,我的天哪! 哎哟,天……哪! 哎哟,我的天……哪!"

过了一会儿汤姆猛地一甩,抬起头来,用呆滞的目光扫视了一下车铺,然后对警察含糊不清地说了一句话。

"马弗——"警察在说,"奥——"

"不对,罗——"那人更正说,"马——弗——罗——"

"你听我说!"汤姆凶狠地低声说。

"弗——"警察说。

"罗——"

"罗——"此时汤姆的大手猛地落在他肩膀上。他随即抬起头来,"你想干什么,伙计?"

"出了什么事? ——这就是我想要知道的。"

"汽车撞了她,当场死亡。"

"当场撞死。"汤姆重复道,两眼发直。

"她跑到了路中间。狗娘养的连车都没停。"

"当时有两辆车,"米凯利斯说,"一来,一去,明白吗?"

"去哪儿?"警察机警地问。

"一辆车去一个方向。喏,她,"他的手朝着毯子的方向举起来,但半路上就打住,又放回到身边,"她跑到外面路上,纽约来的那辆车迎面撞上了她,车的时速有三四十英里。"

"这地方叫什么名字?"警察问道。

"没有名字。"

一个面色灰白、穿得很体面的黑人走上前来。

"那是一辆黄色的车,"他说,"大型的黄色汽车,新的。"

"看到事故发生了吗?"警察问。

"没有,但是那辆车在路上从我旁边开过,速度不止四十英里,有五六十英里。"

"过来,让我们把你的名字记下来。让开点。我要记下他的名字。"

这段对话一定有几句话传到了站在办公室门口摇晃的威尔逊耳朵里,因为忽然在他揪心的哀号中出现了新的内容:

"你不用告诉我那是一辆什么样的车! 我知道那是辆什么样

的车!"

我注视着汤姆,看见他肩膀后面那团肌肉在上衣下面紧绷起来。他急忙朝威尔逊走过去,然后站在他面前,一把抓住他的上臂。

"你一定得镇定下来。"他说,生硬的声音中带有一点安慰。

威尔逊的眼光落到了汤姆身上。他先是一惊,脚尖一踮,往前冲去,要不是汤姆及时扶住他的话,差点儿跪倒在地上。

"你听我说,"汤姆说,一面轻轻地摇摇他,"我刚才到这里,从纽约过来的,正准备去把我们谈过的那辆小轿车给你送来。今天下午我开的那辆车不是我的——你听见了吗?后来我整个下午都没看到它。"

只有那个黑人和我靠得近,可以听到他讲的话,但那个警察也听出他声调里有问题,于是用严厉的目光向这边扫过来。

"怎么回事?"他质问道。

"我是他的朋友。"汤姆回过头来,但两手还紧紧扶住威尔逊的身体,"他说他认识肇事的车……是一辆黄色的车。"

警察隐隐感到有些蹊跷,怀疑地看看汤姆。

"那么你的车是什么颜色呢?"

"是一辆蓝色的车,一辆小轿车。"

"我们是刚从纽约来的。"我说。

有一个一直在我们后面不远开车的人证实了这一点,于是警察就掉过头去了。

"好吧,请你让我再把那名字正确地……"

汤姆把威尔逊像玩偶一样提起来,提到办公室里去,放在一把椅子上,然后自己又回来。

"来个人到这儿陪他坐着。"他用发号施令的口吻说。他张望着,这时站得最近的两个人彼此望望,勉强地走进那间屋子。然后汤姆在他们身后关上了门,跨下仅有一级的台阶,他的眼睛躲开那张陈尸的桌子。他经过我身边时低声道："咱们走吧。"

在他那双不容违抗的胳膊开路下,我们不自在地从还在不断增多的人群中硬挤出去,碰到一位匆匆赶来的医生,手里拎着皮包,那是半个钟头以前抱着一线希望去请的。

汤姆开得很慢,直到拐过那个弯之后他的脚才使劲踩下去,于是小轿车就在黑夜里飞驰而去。过了一会儿我听见低低的一声呜咽,接着看到他泪流满面。

"该死的胆小鬼!"他呜咽着说,"他连车都没停。"

布坎南家的房子忽然在黑幽幽、瑟瑟作响的树木中间浮现在我们眼前。汤姆在门廊旁边停下,抬头望望二楼,那里在蔓藤中间有两扇窗户透着通亮的灯光。

"黛西到家了。"他说。我们下车时,他看了我一眼,又微微皱皱眉头。

"我应当在西埃格村让你下车,尼克。今晚我们没有什么事可做了。"

他身上起了变化,说话很严肃,而且很果断。当我们穿过满地月光的石子道走向门廊时,他三言两语利索地处理了眼前的情况。

"我去打个电话叫一辆出租车送你回家。等车的时候,你和乔丹最好到厨房去,让他们给你们做点晚饭——要是你们想吃的话。"他推开了大门,"进来吧。"

"不啦,谢谢。可是要麻烦你替我叫辆出租车,我在外面等。"

乔丹把她的手放在我胳膊上。

"你进来不好吗,尼克?"

"不啦,谢谢。"

我心里觉得有点儿不好受,我想一个人单独待着,但乔丹滞留了一会儿。

"现在才九点半。"她说。

我说什么也不肯进去了。一整天跟他们几个人在一起我受够了，忽然间觉得和乔丹也待够了。她一定在我的表情中多少看出了一点端倪，因为她猛地掉转身，跑上门廊的台阶，走进屋子里去了。我两手抱着头坐了几分钟，直到我听见屋子里有人打电话，又听见男管家的声音在叫出租车。随后我就沿着汽车道慢慢从房子前走开，准备到大门口去等。

我还没走上二十码就听见有人叫我的名字，接着盖茨比从两个灌木丛中间走出，来到小路上。我当时一定感到既神秘又可怕，因为我脑子里什么都想不起来，只记起他那套粉红色的衣服在月光下闪闪发光。

"你在这儿做什么？"我问道。

"就在这儿站着，老兄。"

不知为什么，他看上去像是想干什么可耻的勾当。说不定他准备马上去抢劫这一家哪。这时要是我看到许多狰狞的面孔，什么"沃尔夫山姆那伙人"的面孔，躲在他背后黑黝黝的灌木丛中，我也不会感到奇怪的。

"你在路上看见出什么事了吗？"他过了一会儿问道。

"看见了。"

他迟疑了一下。

"她撞死了吗？"

"死了。"

"我当时就料到了。我对黛西说了我的想法。各种打击一起来，反倒好些。她表现得挺坚强。"

他这样说，仿佛黛西的反应是惟一要紧的事情。

"我从一条小路开回西埃格去，"他接着说，"把车子停在我的车库里。我想没有人看到过我们，当然我也不是很有把握。"

到这时我已经十分厌恶他，因此我觉得没有必要告诉他，他想错了。

"那个女人是谁?"他问道。

"她姓威尔逊。她丈夫是那个车铺的老板。这事到底怎么会发生的?"

"呃，我想把驾驶盘扳过来的……"他突然打住，我也忽然猜到了真相。

"是黛西在开车吗?"

"是的，"他过了一会儿才说，"但是，当然我要说是我在开。是这样的:我们离开纽约的时候，她神经非常紧张，她以为开车可以使她镇定下来——后来这个女人向我们冲了出来，此时正好迎面开来一辆车和我们会车。前后不到一分钟的事，但我觉得她想跟我们说话，以为我们是她认识的人。呃，黛西先是把车从那个女人那边闪开，转向那辆车，接着她惊慌失措又转了回去。我的手一碰到驾驶盘，我感到车子一震——一定是当场把她撞死的。"

"把她撞得很惨，五脏六腑……"

"别跟我说这个，老兄。"他脸部肌肉抽搐了一下，"总而言之，黛西拼命踩油门。我要她停下来，但她停不了，我只得拉上了紧急刹车。这时她晕倒在我膝盖上，我就接过来向前开。"

"明天她就会好的，"他过了一会儿又说，"我只是在这儿等等，看他会不会因为今天下午那件不愉快的事跟她过不去。她把自己锁在自己房间里了。假如他有什么野蛮的举动，她就会把灯关掉后再打开。"

"他不会碰她的，"我说，"他现在想的不是她。"

"我不信任他，老兄。"

"你准备等多久!"

"有必要的话，整宵。至少，等到他们都去睡觉。"

我忽然有了一个新的看法。假定汤姆知道了开车的是黛西，他可能会看出其中的关联——他什么都会想得出来的。我看看那座房子，楼下有两三扇窗户亮着灯，二楼黛西的房间里透出粉红色的灯光。

"你在这儿等着，"我说，"我去看看有没有什么动静。"

我沿着草坪的边缘走了回去，轻轻跨过石子车道，然后踮起脚尖走上回廊的台阶。客厅的窗帘是拉开的，因此我看到屋子里是空的。我穿过我们三个月以前那个六月的晚上吃过晚餐的门厅，来到一小片长方形的灯光前面，我猜那是食品间的窗户。百叶窗拉了下来，但我在窗台上找到了一个缝隙。

黛西和汤姆面对面坐在厨房的桌子两边，两人中间放着一盘冷的炸鸡，还有两瓶啤酒。汤姆正隔着桌子聚精会神地跟她说话，说得那么热切，他用手盖住了她的手。她不时抬起头来看看他，并且点头表示同意。

他们并不是快乐的，两人都没碰鸡和啤酒——然而他们也不是不快乐的。这幅图画清清楚楚表现出一种很自然的亲密气氛，任何人也都会说他们俩在一同阴谋策划。

当我踮着脚尖走下门厅时，我听见我的出租车慢慢地沿着漆黑的车道往这里开过来。盖茨比还在车道上我刚才和他分手的地方等着。

"那上面一切都安静吗？"他焦急地问。

"是的，一切都安静。"我犹疑了一下，"你最好也回家去睡觉吧。"

他摇了摇头。

"我要在这儿一直等到黛西上床睡觉。晚安，老兄。"

他把双手插在上衣口袋里，热切地掉转身去察看那座房子，仿佛我的在场有碍于他神圣的守望。于是我走开了，留下他站在月光下——空守着。

第 八 章

我彻夜难眠。向船只发出起雾警报的雾笛在海湾上空不停地呜呜作响。我像病人一样躺在床上辗转反侧，游离于怪异的现实与可怕的噩梦之间。拂晓时分，我听见一辆出租车开上盖茨比家的汽车道，我马上跳下床穿上衣服——我觉得我有话要跟他说，给他提些警告，等到早晨会太迟了。

我穿过他的草坪，看见他的大门还开着。他在门厅里靠着一张桌子站着，由于沮丧或者困倦而显得疲惫不堪。

"什么事也没发生，"他有气无力地说，"我一直等到四点钟左右，她走到窗前，站了一会儿，然后把灯关了。"

那天夜里，我们俩穿越那些大房间寻找香烟的时候，他的别墅对我来说似乎从来没有显得如此巨大。我们推开帐篷布似的厚门帘，摸着似乎没有尽头的、漆黑一片的墙壁缓缓前行，寻找电灯开关——有一次我被一架幽灵似的钢琴绊了一脚，轰隆一声摔在键盘上。到处都是不知从哪儿来的那么多灰尘，所有的房间都散发着霉味，好像有很多日子没通过风似的。我在一张不熟悉的桌子上找到了一个烟盒，里面还有两支变了味的、干乎乎的纸烟。我们把客厅的落地窗打开，坐下来对着外面的黑夜抽烟。

"你应当离开，"我说，"他们肯定会追查你的车。"

"现在离开，老兄？"

"到大西洋城①去待一个星期,或是往北到蒙特利尔②去。"

他不愿考虑。在他知道黛西下一步准备怎么办之前,他绝不可能离开。他在抓着最后一线希望不放,我也不忍心叫他撒手。

就在这天夜里,他把年轻时他跟丹·科迪之间的离奇故事告诉了我,因为"杰伊·盖茨比"已经像玻璃一样被汤姆恶狠狠的敌意砸得粉碎,那出漫长的秘密狂想剧也演完了。我想他这时什么都可以毫无保留地承认,但他只想谈黛西的事。

她是他所认识的第一个"大家闺秀"。他以前曾以各种未透露的身份与其他的名门淑女接触过,但每次总有一道无形的藩篱横在中间。他觉得她是最值得追求的一位。他到她家里去,起先和泰勒营的其他军官一起去,后来单独前往。她的家使他惊奇不已——他从来没进过这样漂亮的住宅,但是其所以具有这样一种屏气息声的紧张气氛却是因为她住在那里——对于她来说,住在这房子里就像他待在军营的帐篷里一样习以为常,不足为奇。这所房子带有一种引人入胜的神秘感,仿佛暗示楼上的卧室比其他卧室更漂亮、更凉爽,暗示走廊里到处都是层出不穷的赏心悦目的乐事,还有许多风流轶事——不是霉烘烘的、用熏香草保存起来的,而是生动的、有血有肉的浪漫史,使人联想到今年的雪亮的汽车,联想到鲜花还没凋谢的舞会。很多男人曾经爱过黛西。这一点也使他激动——这抬高了她在他眼中的价值,他感到他们存在于她家的每个角落里,空气中弥漫着他们仍在颤动的感情的回声和他们的身影。

但是,他明白他之所以能出入黛西家里纯粹是出于偶然,不管他作为杰伊·盖茨比会有何等的锦绣前程,目前他只是一个默默无闻、一文

---

① 大西洋城,美国新泽西州一城市,旅游胜地。
② 蒙特利尔,加拿大东南部一港市。

不名的青年人,而且他军服外面看不见的斗篷随时都可能从他肩上滑落下来。于是,他充分利用他的时间,占有他所能得到的东西,狼吞虎咽,肆无忌惮——终于在一个静寂的十月的夜晚,他占有了黛西,占有了她的身体,因为他知道他并没有真正的权利去碰她的手。

他也许应该鄙视自己,因为他确实用欺骗的手段占有了她。我不是说他利用了他那虚幻的百万家财。但是他有意给黛西造成一种安全感,让她相信他来自于跟她同一个社会阶层——相信他完全有能力照顾她。实际上,他并没有这种能力——他背后没有生活优裕的家庭做后盾,而且只要全无人情味的政府一声令下,他随时都可以被调到世界上任何地方去。

但是他并没有鄙视自己,事情的结果也出乎他的意料。他起初很可能只打算玩玩而已,然后一走了之——但是现在他发现他已经把自己献身于追求一种理想。他知道黛西不同寻常,但是他并没认识到一位“淑女”究竟会多么不同寻常。她悄然不见了,回到她那豪华的住宅里,回到她那富裕充实的生活里,留下盖茨比一个人——一无所有。他觉得他已经和她结婚了,如此而已。

两天之后,当他们再次见面时,盖茨比显得十分紧张,似乎是他受欺骗了。她家的门廊沐浴在灿烂的星光里。她转身让他吻她那张奇妙、可爱的嘴时,时尚的柳条长靠椅发出吱吱的响声。她着了凉,她的声音比平时更沙哑,更动人。盖茨比深切地体会到财富怎样帮助人们拥有和保存青春与神秘,体会到一套套服装怎样使人保持清新靓丽,体会到财富怎样使黛西像白银一样熠熠发光,安然高踞于穷苦人激烈的生存斗争之上。

“我没法向你形容我发现自己爱上了她以后感到多么惊讶,老兄。有一阵我甚至希望她把我甩掉,但她没有,因为她也爱我。她认为我懂得很多,因为我懂的和她懂的不一样⋯⋯唉,我就是那样,把雄心壮志撇在一边,陷进了情网之中,且越陷越深,忽然之间什么都不在乎了。如果我能够告诉她我打算去做些什么,并从中得到更大的快乐,那么又何必去做什么大事呢?”

在他动身到海外之前的最后一个下午,他搂着黛西默默地坐了很长的时间。那是一个寒冷的秋日,屋子里生了火,她的两颊通红。她不时活动一下。他也微微挪动一下胳臂,有一次他还吻了吻她那乌黑光亮的头发。那天下午使他们平静了一会儿,仿佛为了在他们记忆中留下一个深刻的印象,也为第二天即将开始的漫长的离别做好准备。她用无言的嘴唇擦过他上衣的肩头,或者他温柔地碰一碰她的指尖,仿佛她是在睡梦之中。他俩在这一个月的相爱中从没有如此亲密过,也从来没有如此深深地心心相印。

他在战争中表现卓越。上前线之前他已是一名上尉,阿贡战役之后他晋升为少校,当上了师机枪连的指挥官。停战以后他迫不及待地要求回国,但是由于情况复杂或者出于误会,他被送到了牛津。他现在心急如焚——因为黛西的信里流露出既紧张又绝望的情绪。她不明白他为什么不能回来。她开始感觉到外界的压力,因此她需要见他,需要他陪在她身边,需要他安慰她,对她说她所做的一切全然没错。

黛西毕竟还年轻,在她那个虚饰的世界里洋溢着兰花的香味,充满社交的欢乐和管弦乐队的愉悦——正是这些乐队定下了当年的节奏,用新的曲调总结人生的哀愁和启示。萨克斯管通宵演奏着《比尔街爵士乐》忧郁的曲调,同时上百双金银舞鞋扬起闪亮的灰尘。每天晚茶时分,总有一些房间由于这种低沉而甜蜜的狂热乐曲而不停地震颤,同时鲜亮的面庞飘来飘去,好像是被哀怨的萨克斯管吹落在舞池里的玫瑰花瓣。

在这个朦胧的大千世界里，黛西随着社交季节的开始又活跃了起来。忽然间她每天又有五六次约会，跟五六个男人相会，直到破晓才昏昏沉沉入睡，缀满珠子和薄绸饰物的晚礼服同凋零的兰花缠在一起，扔在她床边的地板上。在这整个期间，她内心深处渴望做出一个决定。她现在要安排好自己的一生，定下终身大事，刻不容缓——而且这个决定必须依靠近在手边的一股外力来做出——爱情也好，金钱也好，总之要实实在在地唾手可得的东西。

那股力量在春天过去一半的时候，随着汤姆·布坎南的到来而出现了。他的身材和身价都很有分量，因此黛西也觉得很光彩。毫无疑问，她有过一番思想斗争，后来就如释重负。盖茨比收到信时还在牛津。

这时长岛上已是黎明，我们走过去把楼下其余的窗子也都打开，让屋子里充满渐渐由银白转成金黄的光线。一棵树的影子突然横投在露水上，同时幽灵般的鸟儿在蓝色的树叶中开始歌唱。空气中有一种慢慢的愉快的动静，还说不上是风，预示着凉爽宜人的天气。

"我相信她从来没爱过他，"盖茨比从一扇窗前转过身来，用挑战的神气看着我，"你一定得记住，老兄，她今天下午非常紧张。他跟她讲那些话的方式把她吓唬住了——他把我说成是一个一文不值的骗子，结果她几乎不知道自己在说些什么。"

他闷闷不乐地坐了下来。

"当然，在他们刚结婚的时候，她可能爱过他一阵子——就在那时也更加爱我，你明白吗？"

忽然间他说出了一句很奇怪的话。

"无论如何，"他说，"这只是个人的事。"

怎么理解这句话呢？只能把它猜测为他对这件事的看法中有一种无法估量的强烈感情。

他从法国回来后,汤姆和黛西还在蜜月旅行,他痛苦不堪,不由自主地用他仅剩的军饷到路易斯维尔去了一趟。他在那里待了一个星期,走遍当年他俩在十一月的夜晚并肩散步的街道,又重访他俩当年开着她那辆白色跑车去过的那些偏僻地方。正如黛西家的房子在他看来一向比别的房子更加神秘和欢乐,现在路易斯维尔这个城市本身,虽然她已一去不回,对他来说仍然弥漫着一种忧郁的美。

他离开的时候,一直觉得假使他更努力地去找的话,他也许会找到她的——而现在他却留下她走了。他坐的硬席车厢很热——他现在一文不剩了。他走到连接车厢的通廊上,在一张折叠椅上坐下,眼看着车站从旁边掠过去,一幢幢陌生的建筑物的背影后退过去。接着驶过春天的田野,和一辆黄色的电车在那里并排驶了一会儿工夫,电车上可能有人无意间在街头巷尾看见过她那张楚楚动人的脸庞。

铁轨拐了一个弯,列车现在背着太阳行驶,落日的余晖普照大地,仿佛在为这个慢慢消逝的、曾与黛西息息相关的城市祝福。他绝望地伸出手去,仿佛只想抓住一缕轻烟,从那个因为她而使他认为是最可爱的地方留下一丝半缕。但是在他模糊的泪眼前面一切都跑得太快了,他知道他已经失去了其中的那一部分,最新鲜最美好的部分永远失去了。

我们吃完早饭走到外面门廊时已经九点钟了。一夜之间天气骤然变了,空气中已经秋意萧瑟。一名园丁,他是盖茨比家以前用人中的最后一名,来到台阶前面。

“我今天准备把游泳池的水放掉,盖茨比先生。很快树叶要开始掉了,那样下水管道经常会堵的。”

“今天不要放水。”盖茨比回答。他含有歉意地转身对着我,“老兄,你知道吗,我整个夏天从来没用过那个游泳池!”

我看了看表,站起身来。

"还有十二分钟我的那班车要开了。"

我并不愿意进城去。我也没有心思做一点像样的工作,然而更重要的是——我不愿意离开盖茨比。我误了那班车,又误了下一班,然后才勉强离开。

"我给你打电话吧。"我最后说。

"一定,老兄。"

"我中午前后给你打电话。"

我们慢慢地走下了台阶。

"我想黛西也会打电话来的。"他神色不安地看着我,仿佛他希望我证实他的话。

"我想她会的。"

"那么,再见吧。"

我们握握手,然后我就走开了。快走到树篱前时,我想起了一件事,于是又掉转身来。

"他们一伙全是混蛋,"我隔着草坪喊道,"他们那一伙全放在一块都比不上你。"

我后来一直很高兴我说了那句话。那是我对他说过的惟一的一句恭维话,因为我自始至终都不赞成他。他起先有礼貌地点点头,随后笑逐颜开,露出一种会心的微笑,仿佛我们俩在这件事上早已狼狈为奸,勾结在一起了。他那套华丽的粉红色衣服衬托在白色的台阶上,构成一片鲜艳的色彩,于是我联想起三个月前,我初次来访他的古色古香的别墅的那个晚上。当时他的草坪和汽车道上人头攒动,纷纷揣测着他的劣迹罪愆——而他站在台阶上向他们挥手告别,心中蕴藏着他那永葆清纯的梦想。

我感谢了他的殷勤招待。我们——我和其他的人——总是对此向他道谢。

"再见，"我喊道，"谢谢你的早饭，盖茨比。"

到了城里，我试着整理了一会儿那些没完没了的股票行情表格，后来就在我的转椅里睡着了。中午前不久电话把我吵醒，我吃了一惊，脑门上汗珠直冒。是乔丹·贝克打来的。她时常在这个时间打电话给我，因为她行踪不定，在大饭店、俱乐部和私人住宅之间穿梭来往，我很难用任何其他办法找到她。通常她打电话的声音总是清新悦耳，仿佛一小块草皮从绿茵茵的高尔夫球场上缓缓飞进了办公室的窗口，但是今天上午她的声音听上去却生硬枯燥。

"我离开了黛西家，"她说，"我此刻在亨普斯特德①，今天下午要到南安普敦②去。"

也许她离开黛西家是很明智的，但是她的做法却使我不高兴。接着她下面一句话更叫我生气了。

"昨晚你对我不怎么好。"

"在那种情况下，这又算得了什么呢？"

她沉默了片刻，然后又说道：

"反正……我想见你。"

"我也想见你。"

"那么我就不去南安普敦，下午进城来，好不好？"

"不好……我想今天下午不行。"

"随你的便吧。"

"今天下午实在不可能。许多……"

我们就这样说了一会儿，后来突然间我们俩都不再说话了。我不

_____

① 亨普斯特德，纽约州东南长岛西部一小镇。
② 南安普敦，美国弗吉尼亚州的一个县。

148

知道我们俩是谁把电话啪的一下挂断，只知道我毫不在乎。我那天下午实在不可能跟她面对面喝茶聊天，即使她从此永远不再跟我说话。

几分钟以后我打电话到盖茨比家去，但占线，我一连打了四次，最后一次，一个不耐烦的接线员告诉我，这条线路在专等底特律的长途电话。我拿出火车时刻表来，在三点五十分那班车上画了个小圆圈。然后我靠在椅子上，想思考一下。这时才是中午。

那天早上乘火车路过灰土堆时，我特意走到车厢的另外一边去。我料想那儿整天都会有一群好奇的人围观，有小男孩们在尘土中寻找黑色的血斑，还有一个爱唠叨的人翻来覆去讲出事的经过，一直说到连他自己也觉得越来越不真实，而说不下去了。梅特尔·威尔逊的悲惨结局也就被人遗忘了。现在我要追述一下前一晚上我们离开车铺后那里发生的情况。

他们好不容易才找到了她的妹妹凯瑟琳。她那天晚上一定是破了她自己不喝酒的规矩，因为她到那儿的时候已经喝得昏头昏脑了，怎么也无法理解救护车已经开到弗勒兴区去了。等他们终于让她明白了这一点，她马上就晕了过去，仿佛这是整个事件中最令人难以忍受的部分。有个人，或是出于好心或是出于好奇，让她上了他的车，跟在她姐姐的遗体后面一路开过去。

直到午夜过后很久，还不断有人来，聚集在车铺前面，同时乔治·威尔逊在里面长沙发上不停地前后摇晃。起先办公室的门是开着的，到车铺来的人都忍不住往里面张望。后来有人说这太不像话了，才把门关上。米凯利斯和另外几个男人轮流陪着他。起先有四五个人，后来剩下两三个人。再到后来，米凯利斯不得不要求最后一个陌生人等十五分钟再走，好让他回自己铺子里去煮一壶咖啡。那以后，他独自一个人待在那儿陪着威尔逊一直到天亮。

凌晨三点钟左右,威尔逊语无伦次的喃喃话语发生了变化——他渐渐安静了下来,开始提到那辆黄色的汽车。他说他有办法查出来这辆黄色汽车是谁的。然后他又脱口而出,说他老婆两个月前有一次从城里回来时,一脸淤血,鼻青眼肿。

但听到自己说出了这件事,他畏缩了一下,又开始哭哭啼啼地叫喊"我的天哪!"米凯利斯想分散他的注意力,但笨口拙舌,不知说什么。

"乔治,你结婚多久了? 得啦,得啦,安安静静坐一会儿,回答我的问题。你结婚多久了?"

"十二年。"

"你有孩子没有? 得啦,乔治,坐着别动——我问了你一个问题。你有孩子没有?"

棕色的甲壳虫不停地往暗淡的电灯上乱撞。米凯利斯每听见一辆汽车在外面公路上疾驰而过,就总觉得听上去像是几小时前那辆没停的车。他不愿意走进汽车间去,因为那张停放过尸体的工作台上还沾着血迹。他只好在办公室里很不舒服地绕来绕去——还没到天亮他已经把室内的每样东西都记得清清楚楚——不时地又坐在威尔逊身边设法让他安静一点。

"乔治,你有一个去做做礼拜的教堂吗? 也许你好久没去过了吧? 也许我可以打电话给教堂,请一位牧师来,他可以跟你谈谈,好吗?"

"我不属于任何教堂。"

"你应当上个教堂,乔治,碰到这种时候就有用了。你从前一定上过教堂。难道你不是在教堂里结婚的吗? 听着,乔治,你听我说。难道你不是在教堂里结婚的吗?"

"那是很久以前了。"

威尔逊因为要回答问题,不得不打乱了那来回摇晃的节奏——他安静了一会儿,然后和原先一样的那种半清醒半迷糊的表情又回到了他无神的眼睛里。

"打开那个抽屉看看。"他指着书桌说。

"哪一个抽屉?"

"那个抽屉——那一个。"

米凯利斯打开了离他手边最近的那个抽屉。里面什么都没有,只有一条小小的、昂贵的狗链子,是用牛皮和银编织带制作的。看上去还是新的。

"这个?"他举起狗链子问道。

威尔逊瞪着眼点点头。

"我昨天下午发现的。她想方设法向我说明它的来由,但是我知道这里面一定有蹊跷。"

"你是说这是你太太买的吗?"

"她用面巾纸包着放在她的梳妆台上。"

米凯利斯看不出这有什么怪异的地方,于是他对威尔逊说出十来个关于为什么他老婆可能会买这条狗链子的理由。但是不难想象,威尔逊早已从梅特尔那里听过当中的某些理由了,因为他又轻轻地哼起:"噢,我的天哪!"——他的安慰者还有几个理由就没再说出,留在嘴边了。

"那么他杀害了她。"威尔逊说,他的嘴巴突然张得大大的。

"谁杀害了她?"

"我有办法打听出来。"

"你有病啦,乔治,"他的朋友说,"这件事使你受了很大的刺激,连自己说什么都不知道了。你还是安安静静地坐着,待到天亮再说。"

"他谋杀了她。"

"乔治,那是交通事故。"

威尔逊摇了摇头。他眼睛眯成一条缝,嘴巴微微咧开,还不以为然地轻轻"呃"了一声。

"我知道,"他肯定地说,"我是个对别人信任的人,从来也不想伤害任何人,但是只要我弄明白了一件事,我错不了。就是开那辆汽车的那个男人。她跑过去想跟他说话,但是他不肯停下来。"

米凯利斯当时也看到这个情况了,但他并没想到其中有什么特殊的意义。他以为威尔逊太太是想从她丈夫那里跑开,而并不是想拦住某一辆汽车。

"她怎么可能那样呢?"

"她这人很有心计。"威尔逊说,仿佛这个回答就解答了米凯利斯的问题,"啊——哟——哟——"

他又摇晃起来。米凯利斯站在旁边,手里捣鼓着那条狗链子。

"乔治,也许你有什么朋友我可以打电话请来帮帮忙吧?"

这是一个渺茫的希望——他几乎可以肯定威尔逊一个朋友也没有,他连个老婆都管不了。又过了一会儿他很高兴看到屋子里起了变化,窗外渐渐发蓝。他知道天快亮了。五点左右,外面天色更蓝,屋子里的灯可以关了。

威尔逊呆滞的眼睛转向外面的灰土堆,那上面小朵的灰云呈现出离奇古怪的形状,在黎明的微风中飞来飞去。

"我跟她谈了,"他沉默了半天后喃喃地说,"我告诉她,她也许可以骗我,但她绝对骗不了上帝。我把她领到窗口,"他费劲地站了起来,走到后窗户面前,身体凑向前,把脸贴在上面,"然后我对她说:'上帝知道你所做的事,你所做的一切事。你可以骗我,但你骗不了上帝!'"

米凯利斯站在他背后,吃惊地看到他正盯着 T. J. 艾克尔伯格医生的眼睛,那双眼睛刚刚从消散的夜色中显现出来,黯然无光,大而无神。

"上帝看见一切。"威尔逊又说了一遍。

"那是一幅广告。"米凯利斯告诉他。不知是什么使他从窗口转开,回头向室内看,但是威尔逊在那里站了很久,脸紧靠着玻璃窗,向着晨曦不住地点头。

等到六点钟,米凯利斯已经筋疲力尽,因此听到有一辆车在外面停下的声音时满心感激。来的是昨天帮着一起守夜的人,他答应要回来的,于是他做了三个人的早饭,米凯利斯和那个人一同吃了。威尔逊现在比较安静,米凯利斯就回家睡觉。四小时之后他醒过来,急忙又跑回车行,威尔逊已经不见了。

他的行踪——他一直是步行的——事后查明是先到罗斯福港,从那里又到盖德山,他在那里买了一块三明治,可是并没吃,还买了一杯咖啡。他一定很累,走得很慢,因为他中午才走到盖德山。至此,为他的时间和行踪做出交代并不难——有几个男孩说,曾看见一个"疯疯癫癫"的男人,还有几个开车路过的人记得他站在路边神情怪异地盯着他们看。以后三小时他就无影无踪了。警察根据他对米凯利斯说的话,说他"有办法查出来",猜想他利用那段时间,从一家车铺走到另一家车铺,打听一辆黄色的汽车。可是没有哪一家车铺里的人站出来说看见过,所以他或许有更简便、更可靠的办法去打听出他所要知道的事情。到下午两点半的时候,他到了西埃格村,在那里他问人到盖茨比家去的路。所以那时候他已经知道盖茨比的名字了。

下午两点钟盖茨比穿上游泳衣,留了话给男管家,如果有人打电话来,就到游泳池来给他送个信。他先到车库去拿了一个夏天供客人们娱乐用的橡皮垫子,司机帮他把垫子打足了气,然后他吩咐司机在任何情况下不得把那辆敞篷车开出来——而这是很奇怪的,因为前面左边的挡泥板需要修理。

盖茨比把垫子扛在肩上，向游泳池走去。有一次他停下来把它换了一个肩，司机问他要不要帮忙，他摇了摇头，再过一会儿就消失在叶子正在变黄的树木中了。

始终没有人打电话来，可是男管家也没睡午觉，一直等到四点——那时即使有电话来也早已没有人接了。我有一个想法：盖茨比本人并不相信会有电话来的，而且他也许已经不在乎这个了。如果确实如此的话，他一定会感悟到他已经失去了旧日的那个温暖的世界，感悟到他为了死抱住一个梦想付出了多么高昂的代价。他一定抬头仰视，透过可怕的树叶望见一片陌生的天空，全身战栗，正如当他发现玫瑰花是多么的丑恶，阳光照在刚刚露头的小草上又是多么残酷时一样，浑身发抖。这是一个新的世界，物质的，然而并不真实，在这里可怜的幽魂像呼吸空气那样醉生梦死，东飘西荡……就像那个灰蒙蒙的、古怪的人形穿过杂乱的树木，悄悄地朝他走来。

汽车司机——他是沃尔夫山姆手下的一个人——听到了枪声。事后他只能说他当时并没有放在心上。我从火车站把车直接开到盖茨比家里，等我急急忙忙从前门的台阶跑上去时，才第一次使屋里的人感到是出事了，但是我认为他们当时肯定已经知道了。我们四个人，司机、男管家、园丁和我，几乎一言不发地急匆匆奔到游泳池边。

清水从一端放进来又流向另一端的排水管，池里的水泛起微微的、几乎看不出的涟漪。随着水细微的波动，那只载有重负的橡皮垫子在池子里漫无目的地漂着。一阵几乎连在水面上都吹不起涟漪的微风就足以改变它那载着偶然的重负的航程。一堆落叶使它慢慢旋转，像经纬仪一样，在水上转出一道细细的红色的圈子。

是在我们抬起盖茨比朝着屋子里走以后，园丁才在不远的草丛里看见了威尔逊的尸体，于是这场血腥的杀戮结束了。

第 九 章

事隔两年，在我的记忆中，那天下午余下的时间、晚上以及第二天，就只有川流不息的人群，警察、摄影师和新闻记者在盖茨比家的前门进进出出。正门的大门上拉了一根绳子，旁边站着一名警察，不让看热闹的人进去，但是小男孩们不久就发现他们可以从我的院子里绕进去，因此总有几个孩子目瞪口呆地挤在游泳池旁边。那天下午，有一个煞有介事的人，也许是一名侦探，俯身察看威尔逊的尸体时用了"疯子"这个词，由于他的语气颇具权威的样子，第二天早上所有报纸都按他定的调子作报道。

大多数报道都把这事描绘成一场噩梦——离奇古怪，捕风捉影，情真意切，全然失实。在验尸时，米凯利斯作的证词透露了威尔逊对他妻子的猜疑。我以为整个故事不久就会被添油加醋在黄色小报上登出来了——不料本可以信口开河的凯瑟琳竟然滴水不漏，并且表现出惊人的坚强——她那描过的眉毛底下的两只坚定的眼睛直视着验尸官，又发誓说她姐姐从来没见过盖茨比，说她姐姐和丈夫生活在一起非常幸福美满，还说她姐姐从来没有什么不端的行为。她说得让人心服口服，连她自己也深信不疑。她用手帕捂着脸痛哭流涕，仿佛如果对她说的稍有疑问，她都是受不了的。威尔逊就这样被归结为一个"因悲伤而精神错乱"的人，从而使这个案子的案情简单明了，一槌定案。这个案子也就这样了结了。

但是,事情的这个部分似乎全都牵强附会,完全没有击中要害。我发现自己是站在盖茨比一边的,而且只有我一人。从我打电话到西埃格村报告惨案那一刻起,每一个对他的揣测、每一个实际的问题都提及我。起初我感到又惊讶又迷惑,后来一小时又一小时过去,他还是躺在他的房子里,一动不动,不呼吸,也不说话,我才渐渐明白我责无旁贷,义不容辞,因为除我以外没有其他人对他表示关心——关心,我的意思是说,每个人身后多多少少都有权利得到的那种私人之间的深切关心。

　　在我们发现他的尸体半小时之后,我就打了电话给黛西。我本能地、毫不迟疑地给她打了电话。但是她和汤姆那天下午很早就出门了,还随身带了行李。

　　"没留地址吗?"

　　"没有。"

　　"说了他们什么时候回来吗?"

　　"没有。"

　　"知道他们到哪儿去了吗? 我怎样能和他们取得联系?"

　　"我不知道,说不上来。"

　　我真想给他找一个人来。我真想走到他躺着的那间屋子里去安慰他说:"我一定给你找一个人来,盖茨比。别着急。相信我好了,我一定给你找一个人来……"

　　迈尔·沃尔夫山姆的名字不在电话簿里。男管家把他百老汇办公室的地址给了我,我又打电话到电话局问讯处,但是等到我有了号码时早就过了五点,没有人接电话了。

　　"请你再接一下好吗?"

　　"我已经接过三次了。"

　　"有非常要紧的事。"

　　"对不起,那儿恐怕没有人。"

我回到客厅里去,那里突然挤满了人,最初的一瞬间我还以为他们是一些不速之客,但实际上他们都是官方的人员。虽然他们掀开被单,用惊恐的眼光看着盖茨比,可是在我脑子里不断回响的是他的抗议:

"我说,老兄,你一定得替我找个人来。你一定得想想办法。我一个人可担当不了啊。"

有人开始向我提问题,但我脱身跑上楼去,匆匆忙忙翻了一下他书桌上没锁的那些抽屉——他从没明确地告诉过我他的父母已经去世了,但是什么也没找到——只有丹·科迪的那张相片,一个被人遗忘了的暴力的象征,从墙上向下面凝视着。

第二天早晨我派男管家去纽约,捎去给沃尔夫山姆的一封信,信中向他了解一些情况,并敦促他搭下一班火车赶来。写的时候我就觉得这个要求似乎是多余的。我满以为他一看见报纸肯定就会赶来的,正如我满以为中午以前黛西肯定会有电报来的——可是电报也没来,沃尔夫山姆先生也没到。什么人都没来,只有更多的警察、摄影师和新闻记者。等到男管家带回来沃尔夫山姆的回信时,我开始有一种蔑视一切的感觉,感到盖茨比和我之间的情谊可以鄙视他们所有的人。

亲爱的卡罗威先生:

　　这个消息使我感到万分震惊,我几乎不敢相信是真的。那个人干的这种疯狂行为应当使我们大家都好好想想。我现在不能前来,因为我正在办理一些非常重要的业务,目前不能跟这件事发生牵连。过一些时候如有我可以出力的事,请派埃德加送封信通知我。我听到这种事后简直不知道自己身在何处,感到天昏地暗。

　　　　您忠实的,

　　　　迈尔·沃尔夫山姆

下面又匆匆附了一笔:

又及：请告知丧礼等的安排。我根本不认识他家里人。

那天下午电话铃响，长途台说芝加哥有电话来。我以为这总该是黛西打来的了，但等到接通了，一听却是一个男人的声音，很轻很远。

"我是斯莱格……"

"是吗？"这名字很生疏。

"那封信真够呛，是不？收到我的电报了吗？"

"什么电报也没有。"

"小派克倒霉了，"他的话说得很快，"他在场外做证券交易的时候给逮住了。五分钟之前他们刚刚收到纽约的通知，给了证券号码。你想得到吗？在这些小乡镇你没法料到……"

"喂！喂！"我上气不接下气地打断了他的话，"你听我说——我不是盖茨比先生。盖茨比先生死了。"

电话线那头久久没有说话，接着是一声惊呼……然后咔嗒一声电话就挂断了。

我想大概是第三天，从明尼苏达州的一个小城镇发来了一封署名亨·C.盖兹的电报。上面只说发报人马上动身，要求等他到达后再举行葬礼。

来的是盖茨比的父亲，一个表情肃穆的老头儿，非常可怜，非常沮丧，九月的天气还很暖和，他却裹上了一件廉价的长外套。他激动得眼泪不住地往下流，我从他手里把旅行包和雨伞接过来时，他不停地伸手去揪他那疏疏落落的花白胡子。我好不容易才帮他脱下了大衣。他几乎支撑不住了，所以我把他领到音乐厅里去，让他坐下，同时打发人去拿一点吃的东西来。但是他什么也不肯吃，那杯牛奶从他哆哆嗦嗦的手里泼了出来。

"我从芝加哥报纸上看到的,"他说,"芝加哥报纸上全都登出来了,我马上就动身了。"

"我没法子通知您。"

他的眼睛什么也看不见,可是不停地向屋子里四面张望。

"是一个疯子干的,"他说,"他一定是疯了。"

"您喝杯咖啡好吗?"我劝他。

"我什么都不要。我现在好了,您是……"

"卡拉韦。"

"呃,我现在好了。他们把杰米放在哪儿?"

我把他领进客厅里他儿子尸体停放的地方,把他留在那里。有几个小男孩爬上了台阶,正在往门厅里张望。等到我告诉他们是谁来了,他们才勉勉强强地走开了。

过了一会儿盖兹先生打开门走了出来,他嘴巴张着,脸微微有点红,眼睛里时而滴下几滴泪水。他已经到了并不把死亡看做一件骇人听闻的事情的年纪,于是此刻他第一次向四周张望,看见门厅如此富丽堂皇,从这里通向一间间大房间,又通向别的房间。他的悲伤开始和一股又惊讶又骄傲的感情交织在一起了。我把他搀到楼上的一间卧室里。他一面脱上衣和背心,我一面告诉他一切安排都为了等他而推迟了。

"我当时不知道您要怎么办,盖茨比先生……"

"我姓盖兹。"

"盖兹先生,我以为您也许要把遗体运到西部去。"

他摇了摇头。

"杰米一向更喜欢东部。他是在东部起家,升到他这个地位的。你是我孩子的朋友吗,先生?"

"我们是很要好的朋友。"

"他是大有前途的,你知道。他只是个年轻人,但是他的脑子很好使。"

他郑重其事地用手碰碰脑袋,我也点了点头。

"假使他活下去的话,他会成为一个大人物的,像詹姆斯·J.希尔①那样的人,他会帮助建设国家的。"

"确实是那样。"我局促不安地说。

他在绣花床罩上摸来摸去,想把它从床上拉下来,接着就直挺挺地躺下去——很快就睡着了。

那天晚上有一个显然担惊受怕的人打电话来,而且一定要先知道我是谁才肯报他自己的姓名。

"我是卡拉韦。"我说。

"哦!"他似乎感到宽慰,"我是克利普斯普林格。"

我也感到宽慰,因为这样一来盖茨比的墓前可能会多一个朋友了。我不愿意登报,引来一大堆看热闹的人,所以我就自己打电话通知了几个人。他们可真难找到。

"明天出殡,"我说,"下午三点,就在此地他家里。我希望你转告凡是有意参加的人。"

"哦,一定,"他急忙说,"当然啦,我不大可能见到什么人,但是如果我碰到的话。"

他的语气使我起了疑心。

"你自己当然是要来的。"

"呃,我一定想法子来。我打电话来是要问……"

"等等,"我打断了他的话,"先说你一定来怎么样?"

①　詹姆斯·J.希尔(1838—1916),美国铁路建筑家、金融家。

"呃,事实是……实际情况是这样的,我目前待在格林尼治①的一个朋友家里,人家指望我明天和他们一起去玩。事实上,明天要去野餐什么的。当然我走得开一定来。"

我忍不住叫了一声"嘿",他也一定听到了,因为他很紧张地往下说:

"我打电话来是为了我留在那里的一双鞋。不知道能不能麻烦你让男管家给我寄来。你知道,那是双网球鞋,我离了它简直没办法。我的地址是 B. F……"

我没听他说完那个名字就把电话挂上了。

从那以后我为盖茨比感到羞愧——还有一个我打电话去找的人竟然暗示他是咎由自取。不过,这是我的过错,因为他是那些当初喝足了盖茨比的酒就大骂盖茨比的客人中的一个,我本来就不应该打电话给他的。

出殡那天的早晨,我到纽约去找迈尔·沃尔夫山姆。似乎没有别的办法能找到他。在开电梯的人指点下,我推开了一扇门,门上写着"万字控股公司",可是起先里面好像没有人,但是,我高声喊了几声"喂"也没人答应之后,一扇隔板后面突然传出争辩的声音,接着一个漂亮的犹太女人在里面的一个门口出现,用含有敌意的黑眼睛打量我。

"没人在家,"她说,"沃尔夫山姆先生到芝加哥去了。"

前一句话显然是撒谎,因为里面有人已经开始不成腔地用口哨吹奏《玫瑰经》。

"请告诉他卡拉韦要见他。"

"我又不能把他从芝加哥叫回来,对不对?"

---

① 格林尼治,纽约市曼哈顿地区的一个地名,艺术家和作家的聚居区。

正在这时有一个声音,毫无疑问是沃尔夫山姆的声音,从门的那边喊了一声"斯特拉"。

"你把名字留在桌上,"她很快地说,"等他回来我告诉他。"

"可是我知道他就在里面。"

她向我面前跨了一步,开始把两只手气冲冲地沿着臀部一上一下地移动。

"你们这些年轻人自以为你们随时可以闯进这里来,"她骂道,"我们都烦死了。我说他在芝加哥,他就是在芝加哥。"

我提了一下盖茨比的名字。

"哦……啊!"她又打量了我一下,"请您稍……您姓什么来着?"

她不见了。过了一会儿,迈尔·沃尔夫山姆就庄重地站在门口,伸出双手。他把我拉进他的办公室,用虔诚的口吻说在这种时候我们大家都很难过,边说边递给我一支雪茄烟。

"我还记得我第一次见到他的情景,"他说,"他当时是刚离开军队的一名年轻的少校,胸前挂满了在战场上赢得的勋章。他手头十分拮据,买不起便服,只好继续穿军服。我第一次见到他是那天他走进四十三号街怀恩勃兰纳开的弹子房找工作。他已经两天没吃饭了。'跟我一块儿吃午饭去吧。'我说。不到半个小时他就吃了四块多美元的饭菜。"

"是你帮他做起生意来的吗?"我问。

"帮他!我一手造就了他。"

"哦。"

"是我把他从零开始培养起来,从阴沟里捡起来的。我一眼就看出他是个仪表堂堂、一派绅士风度的年轻人,等他告诉我他上过狗津,我就知道我可以将他派上大用场。我让他加入了美国退伍军人协会,后来他在那里身居要职。他立刻就跑到奥尔巴尼①去给我的一个主顾办了一件事。我们俩在各方面都像这样亲密无间，"他举起了两个肥胖的指头，"形影不离。"

我很想知道他们之间的这种搭档是否也包括一九一九年世界棒球联赛那笔交易在内。

"现在他死了，"我隔了一会儿才说，"你是他最亲密的朋友，因此我知道今天下午你一定会来参加他的葬礼的。"

"我很想来。"

"那么，来就是啦。"

他鼻孔里的鼻毛微微颤动，他摇摇头，泪水盈眶。

"我不能来……我不能牵连进去。"他说。

"没有什么可以牵连进去的。现在事情都过去了。"

"凡是有人被杀害，我绝不愿意跟自己有任何牵连。我不介入。我年轻时可不是这样——如果一个朋友死了，不管怎么回事，我总是跟他们在一起拼到底。你也许会认为这是感情用事，可是我是说到做到的——一直拼到底。"

我看出他决意不去，自有他的原因。于是我就站了起来。

"你是不是大学生？"他突然问我。

有一会儿工夫我还以为他要拉点什么"关系"，可是他只点了点头，握了握我的手。

"咱们大家都应当学会在朋友活着的时候讲交情，而不要等到他死了之后，"他提议道，"在人死以后，我个人的原则是不管闲事。"

我离开他办公室的时候，天色已经变黑，我在蒙蒙细雨中回到了西埃格。我换过衣服之后就到隔壁去，看到盖兹先生兴奋地在门厅里走

---

① 奥尔巴尼，美国纽约州首府。

来走去。他对他儿子和他儿子的财物所感到的自豪一直在不断地增长，现在他又有一样东西要给我看。

"杰米寄给我的这张照片。"他手指哆嗦着掏出了他的钱包，"你瞧吧。"

那是一张这座房子的照片，四只角已破损，因给许多手摸过而弄脏了。他热切地把每一个细节都指给我看。"你瞧！"说完又看看我眼中有没有赞赏的神情。他把这张照片给人家看了那么多次，我相信现在在他看来照片比真房子还要真实。

"杰米把它寄给我的，我觉得这是一张很好看的照片，照得很好。"

"非常好。您近来见过他吗？"

"他两年前回家看过我，给我买下了我现在住的房子。当然，他从家里出走的时候我们很伤心，但是我现在明白他那样做是有道理的。他知道自己有远大的前程，他发迹之后一直对我很大方。"

他似乎不愿意把那张照片收起来，恋恋不舍地又在我眼前举了一会儿。然后他把钱包收好，又从口袋里掏出一本破破烂烂的旧书，书名是《牛仔卡西迪》。

"你瞧瞧，这本书是他小时候看的。真是从小见大。"

他从封底打开书，掉转过来让我看，在最后的空白页上端端正正地写着"作息时刻表"，还署上了日期一九〇六年九月十二日。下面写着：

上午6:00	起床
6:15——6:30	哑铃锻炼和爬墙
7:15——8:15	学习电学等科目
8:30——下午4:30	工作
4:30——5:00	棒球和其他运动
5:00——6:00	练习演讲、仪态等

个 人 决 心

不去沙夫特家或(另一个人名,字迹不清)浪费时间

不吸烟或嚼烟

每隔一天洗澡

每周读一本有益的书或杂志

每周储蓄五元(涂去)三元

善待父母

"我无意中发现这本书,"老头儿说,"真是从小见大,是不是?"

"真是从小见大。"

"杰米一定会有出息的,他总是有这样或那样的决心。你注意没有,他用什么办法来完善自己的心智? 他在这方面一向是了不起的。有一次他说我吃东西像猪一样,我把他揍了一顿。"

他舍不得把书合上,把每一条大声念了一遍,然后眼巴巴地看着我。我想他满以为我会把那张表抄下来给我自己用。

快到三点的时候,路德教会的那位牧师从弗拉辛①来了,于是我开始不由自主地向窗户外面张望,看看有没有别的车来。盖茨比的父亲也和我一样。随着时间过去,用人都走进来站在门厅里等候,老人的眼睛开始焦急地眨起来,同时他又惴惴不安地说到外面下着的雨。牧师看了好几次表,我只好把他拉到一旁,请他再等半个小时,但是白费工夫,没有一个人来。

五点钟左右我们三辆车组成的车队到达了墓地,冒着密密的小雨

---

① 弗拉辛,纽约市的一个区。

在大门旁停了下来——第一辆是灵车,又黑又湿,接着的是盖兹先生、牧师和我坐的大型轿车,再后面的是四五个用人和西埃格村的邮差乘坐的盖茨比家的旅行车,大家都淋得透湿。正当我们穿过大门走进墓地时,我听见一辆车停下来,接着是一个人踩着湿透的草地在我们后面追上来的声音。我回头一看,原来是那个戴猫头鹰眼镜的人,三个月以前的一个晚上我发现他对盖茨比图书室里的藏书惊叹不已。

从那以后我没再见过他。我不知道他怎么会知道今天的葬礼,我也不知道他的姓名。雨水顺着他的厚眼镜流下来,他只好把眼镜摘下擦一擦,再看着那块挡雨的帆布从盖茨比的坟墓上卷起来。

当时我很想回忆一下盖茨比,但是他已经离得太远了,我只记得黛西既没捎来一句话,也没送来一朵花,然而我并不感到气恼。我隐约听到有人低声祈祷:"上帝保佑雨中的死者。"接着那个戴猫头鹰眼镜的人用洪亮的声音说了一声:"阿门!"

我们很快散开,离去,在雨中跑回到车上。戴猫头鹰眼镜的人在大门口跟我说了一会儿话。

"我没能赶到他家去。"他说。

"别人也都没能来。"

"真的!"他大吃一惊,"啊,我的上帝! 他们以前可是成百上千的上门来。"

他把眼镜摘下来,里里外外都擦了一遍。

"这家伙真可怜。"他说。

我记忆中最鲜明的印象之一就是每年圣诞节从预备学校,以及后来从大学回到西部的情景。那些在芝加哥以外的同学常常约定在十二月某一个晚上的六点钟集合,相聚在那座古老、幽暗的联邦车站,跟几位家在芝加哥的同学匆匆话别。朋友们都沉浸在节日的欢乐之中。我记得那些从东部某某私立女校回来的女学生的裘皮大衣以及她们在严寒的空气中叽叽喳喳的谈话，记得我们发现熟人时挥手示意，记得互相比较收到的邀请："你要去奥德威家吗？赫西家呢？舒尔茨家呢？"还记得紧紧抓在我们戴了手套的手里的长长的绿色车票。最后还有暮色中难以看清的黄色客车，是从芝加哥开往密尔沃基、圣保罗的。它们停在站口轨道上，看上去就像圣诞节一样地令人心旷神怡。

当我们乘坐的列车缓缓开出，驶进寒冬的黑夜和茫茫的白雪里，雪从我们两旁向远方伸展，迎着车窗闪耀，威斯康星州的小车站昏黄的灯光从眼前掠过，这时空气中突然吹来了一股使人神清气爽的寒气。我们吃过晚饭，穿过寒冷的车厢连接处往回走时，一路深深地呼吸着这寒气。在接下来的奇妙的一个小时里，在我们重新冰雪消解地融入这片土地之前，我们难以言喻地意识到自己与这片乡土之间的血肉之情。

这就是我的中西部——不是麦田，不是草原，也不是瑞典移民的荒凉村镇，而是我青年时代那些激动人心的还乡的火车，是严寒的黑夜里的街灯和雪橇的铃声，是冬青花环被窗内的灯光映在雪地上的影子。我是其中的一部分，由于那些漫长的冬天的习惯，我显得不免有点矜持，由于从小在卡拉韦宅院里长大，态度上也不免有点自满。在我们那个城市里，住家的房子仍然代代相传称为某姓的宅院。我现在才明白这个故事归根到底是一个西部的故事——汤姆和盖茨比、黛西、乔丹和我，我们都是西部人，也许我们具有某种共同的缺陷使我们微妙地难以适应东部的生活。

即使东部最令我振奋的时候，即使我最敏锐地感觉到比之俄亥俄河对岸的那些枯燥、零乱、臃肿的城镇，比之那些只有儿童和年迈的老人可幸免于无休止的闲言碎语的城镇，东部具有无比的优越性——即使在那种时候，我也总觉得东部有畸形的地方，尤其西埃格那个地方，在我做的许多古怪的梦中经常会出现它。在我的梦中，这个小镇就像埃尔·格列柯①画的一幅夜景：上百所房屋，既平常又怪诞，蹲伏在阴沉沉的天空和黯淡无光的月亮之下。在前景里有四个板着面孔、身穿大礼服的男人沿人行道走着，抬着一副担架，上面躺着一个喝醉酒的女人，身上穿着一件白色的晚礼服。她一只手耷拉在一边，闪耀着珠宝的寒光。那几个人郑重其事地转身走进一所房子——走错了地方。但是没人知道这个女人的姓名，也没人去关心。

盖茨比死后，东部在我心目中就是这样鬼影幢幢，扭曲到连我的眼力都无法矫正的程度。因此等到焚烧枯叶的蓝烟飘浮在空中，寒风把晾在绳上的湿衣服吹得僵硬的时候，我就决定回家来了。

在我离开之前还有一件事要办，一件既尴尬又令人不快的事，本来也许应当不了了之的，但是我希望把事情收拾干净，而不指望那个乐于助人而又不动感情的大海来把我心头的垃圾冲刷掉。我去见了乔丹·贝克，仔仔细细谈及了我们两人之间发生的一切，也谈到我后来的遭遇，而她躺在一张大椅子里听着，一动也不动。

她穿的是打高尔夫球的运动服，我还记得我当时想过她活像一幅很好的插图。她的下巴神气地微微翘起，她的头发像秋天叶子的颜色，她的脸和她放在膝盖上的浅棕色的无指手套是同一个颜色。等我说完之后，她不作任何评说，只对我说她和另一个人订了婚。我对此深表怀疑，虽有好几个人追求她，只要她一点头就可以结婚的，但是我故作惊讶。那一刹那我想知道我自己是否犯了什么错误，接着我很快地考虑了一下，起身告辞了。

"不管怎样，还是你甩掉我的，"乔丹忽然说，"你那天在电话里把

---

① 埃尔·格列柯（约1541—1614），西班牙画家。作品多用宗教题材，并用阴冷色调渲染超现实的气氛。

我甩了。我现在对你一点儿也不在乎了,但是当时那倒是让我好好体验了一番,我有好一阵子感到晕晕乎乎的。"

我们俩握了握手。

"哦,你还记得,"她又加了一句,"我们曾经有一次谈论过开车的事吗?"

"啊……记不太清了。"

"你说过一个不小心的司机只有在碰上另一个不小心的司机以前才自以为很安全,记得吗? 瞧,我碰上了一个不小心的司机,是不是?我是说我真是马马虎虎,竟然这样看错了人。我以为你是一个相当老实、正直的人。我以为这是你一直暗暗引以为荣的事。"

"我三十岁了,"我说,"要是我年轻五岁,也许我还可以欺骗自己,并以此为荣。"

她没有回答。我十分恼怒,对她又有几分依恋,而心里又非常难过,转身走开了。

十月下旬的一个下午我碰到了汤姆·布坎南。他正沿着五号大街行走,在我前面不远,还是那样机警和盛气凌人,两手微微离开他的身体,仿佛要击退外来的侵扰一样,他的头忽左忽右地转动,以适应他那双滴溜溜转动的眼睛。我正要放慢脚步免得赶上他,他停了下来,蹙着眉头向一家珠宝店的橱窗里看。忽然间他看见了我,就往回走,伸出手来。

"怎么啦,尼克? 你不愿意跟我握手吗?"

"对啦。你知道我对你的看法。"

"你发疯了,尼克,"他急忙说,"疯得够呛。我不明白你是怎么回事。"

"汤姆,"我质问道,"那天下午你对威尔逊说了什么?"

他一言不发地瞪着我，于是我知道我当时对于不明底细的那几个小时的猜测果然是猜对了。我掉头就走，可是他紧跟上一步，抓住了我的手臂。

"我对他说了实话，"他说，"他来到我家门口，这时我们正准备出去，后来我叫人转告他，说我们不在家，他就想冲上楼来。要是我不告诉他那辆车是谁的，他会气疯到了非把我杀了不可的地步。在我家里，他的手每一分钟都放在他口袋里的一把手枪上……"他突然不再说下去，态度强硬起来，"就算我告诉他又该怎样？那家伙自己找死。他把你迷惑了，就像他迷惑了黛西一样，其实他是个心肠狠毒的家伙。他撞死梅特尔就像撞死一条狗一样，连车都不停一下。"

我无话可说，除了那个说不出来的事实：即事情并非如此。

"你不要以为我没有受苦——我告诉你，我去退掉那套公寓时，看见那盒倒霉的狗饼干还搁在餐具柜上，我坐下来像小孩儿一样放声大哭。我的天，真难受……"

我不能宽恕他，也不能喜欢他，但是我看到，他所做的事情在他自己看来完全是有理的。一切都是漫不经心、混乱不堪。汤姆和黛西，他们是满不在乎的人——他们砸了东西，毁了人，然后就退缩到自己的钱堆中去，退缩到麻木不仁、漫不经心，或者不管什么使他们维系在一起的东西中去，让别人去收拾他们的烂摊子……

我跟他握了握手。不肯握手未免太无聊了，因为我突然觉得仿佛我是在跟一个小孩子说话。随后他走进那家珠宝店去买一串珍珠项链——或者也许只是一副袖扣——永远摆脱了我这乡下佬对他的吹毛求疵。

我离开的时候，盖茨比的房子还是空着——他草坪上的草长得跟我一样高了。村上有一个出租汽车司机载了客人经过这个大门口时，没有一次不把车子停一下，用手向里面指指点点。也许出事的那天夜里开车送黛西和盖茨比到东埃格去的就是他，也许他已经编造了一个别出心裁的故事。我不想听他讲，所以我下火车时总躲开他。

每星期六晚上我都在纽约度过，因为盖茨比那些灯火辉煌、光彩炫目的聚会仍历历在目。我依然可以听到音乐和笑声不断地从他花园里飘过来，还有一辆辆汽车在他的车道上开来开去。有一个晚上我确实听见有一辆汽车开到那里，看见车灯照在门口台阶上，但是我并没去调查。大概是最后的一位客人，他一直远在天涯海角，还不知道聚会早已收场了。

在最后那个晚上，箱子已经装好，汽车也卖给了杂货店老板，我走过去再看一眼那座庞大而杂乱的、意味着失败的房子。白色大理石台阶上有哪个男孩用砖头涂了一个"脏字"，映在月光里分外触目，于是我把它擦了，在石头上把鞋子刮得沙沙作响。后来我又溜达到海边，仰面朝天躺在沙滩上。

那些海滨大别墅现在大多已经关闭了，四周几乎没有灯光，除了海湾对岸一艘渡船上时隐时现的一丝微弱亮光。月亮渐渐升高，那些虚幻不实的别墅慢慢消隐退去，直到我逐渐意识到这里就是当年让荷兰水手的眼睛大放异彩的古老小岛——新世界的一个清新稚嫩的乳房。那些消失了的树木，那些为了建造盖茨比的别墅而被砍伐的树木，曾经在此迎风飘拂，低声应和着人类最后的也是最伟大的梦想。在被迷恋陶醉的一瞬间，人类面对这块大陆必定息声屏气，惊诧不已，不由自主地堕入一种他既不理解也不想去理解的美学沉思中，也是人类在历史上最后一次与他感受惊奇的能力相匹配的奇观面面相觑。

当我坐在那里对那个古老的、未知的世界思索时，我也想到了盖茨比第一次认出对岸黛西家码头上那盏绿灯时，他是多么的惊奇。他走过了漫长的道路才来到这片蓝色的草坪上，他的梦似乎近在咫尺，唾手可得，几乎不可能抓不住的。他不知道那个梦已经远他而去，把他抛在后面，抛在这个城市后面那一片无垠的混沌之中，在那里合众国的黑色原野在夜色中滚滚向前伸展。

盖茨比相信那盏绿色的灯，它是一年一年在我们眼前渐渐远去的那个美好未来的象征。从前它从我们面前溜走，不过那没关系——明天我们将跑得更快，手臂伸得更远……总有一个明朗的早晨……

于是，我们奋力搏击，好比逆水行舟，不停地被水浪冲退，回到了过去。

富家子弟

《富家子弟》(The Rich Boy)选自短篇小说集《重访巴比伦和其他故事》(Babylon Revisited and Other Stories, 1950),根据《哈泼美国文学选读》1987年精选版译出。

一

　　你开始是写具体的一个人，但你却发现不知不觉地创造了某一类人；而当你开始写某一类人时，到头来你发现你什么也没有创造——一事无成。这是因为我们都是怪人，藏在我们面庞和声音背后的我们，比之我们要别人认识的，或者我们对自己的认识要怪异得多。每当听人自夸他是一个"普普通通，老老实实，心胸坦荡的人"时，我有把握地说他肯定——八九不离十——有某些不可告人的荒诞事要隐藏。他的这种自我标榜，说自己是什么普通的，诚实的，又是心胸坦荡的，那只是他在提醒自己要把那些见不得人的东西隐藏好而已。

　　事实上，人皆不同，千人千面，无类可分。我这里要讲的是一个富家子弟的故事。他的故事就是他的故事，而非他兄弟的故事。我一辈子跟他们兄弟几个混在一起，但是我要写的是跟我最最贴心的一个。再说，要是我写他的弟兄们，我就得从揭穿穷人对富人编造的种种谎言开始，还要揭露富人给他们自己编造的种种谎言。由于他们建立起这样一个庞大的谎言网，以致你随便捡起一本关于富人的书，你的本能会提醒你书里说的不一定是真实的。甚至一些明智而富有激情的生活记者在写我们这个富人的国家时，写得像仙境一般，天花乱坠，大为失真。

　　先让我来跟你说说那些富人吧！他们跟你我不同。他们早早占有财富，尽情享乐，从而在他们身上起了变化：在我们身上坚硬的东西，在他们身上变得柔软；我们信赖的东西，他们却玩世不恭，一概不相信。所以，除非你生来就是富人，否则你很难理解他们。他们从内心深处认为他们比我们强，因为我们不得不为生活四处奔波，挣钱养家糊口，寻找栖身之处。甚至在他们沦落到我们的世界里来或者堕落到还不如我们的时候，他们仍然认为他们比我们强。他们与众不同。我能够描述青年安森·亨特的惟一方法是把他当做一个外人一样去接近他，但又坚持自己的观点，毫不动摇，因为如果我有一刹那接受了他的观点，那么我就会迷失方向——我也就没有什么东西展示给大家，仅仅是一部荒诞可笑的电影而已。

二

安森是六个孩子中的老大，有一天他们六个子女将瓜分一千五百万美元的巨额家财。在他达到知书明理的年纪时——可能是七岁那年——时值本世纪初，一些勇敢的女子开始在五号大街上乘坐电"驴子"晃悠。在那些日子里，他和他的一个弟弟有一名英国家庭女教师。她说英语非常清晰明了，字正腔圆，所以这两个孩子长大时，说的一口英语就跟教师一样，遣词造句都很讲究，表达清楚，不像我们哼哼唧唧说不明白。不过他们说话不完全像英国孩子，而带有当初纽约市上流人士说话时具有的那种特殊语调。

夏天，六个孩子从住在七十一号街的住宅迁到了康涅狄克州北部的一个大庄园里。这不是一个上流社会的住宅区，因为安森的父亲想要孩子尽可能晚一点了解富人们的生活情况。他比纽约市上流社会的那个阶级的人略高一筹，也比他所处的那个时代要开明一些，其时正好是镀金时代，势利和庸俗之风盛行。他要求他的儿子们养成心无旁骛的习惯，专心学习，体魄健壮，成长为品行端正的成功之辈。在他们的两个大孩子离家上学去之前，他和他妻子密切关注着孩子的成长，留心他们的一举一动。不过,在深宅大院里要做到这点实在不易。在小房子或中等大小的住宅里——就像我度过青少年时代住的那种房子——要做到这一点就简单得多。我从来跑不出我母亲声音所及的地方,时刻意识到她就在身旁,做什么都想着她会赞成还是不赞成。

最初让安森产生高人一等的优越感是在康涅狄克的乡间,他发现周围的人都对他十分顺从,那种带有美国人特有的无可奈何的顺从。跟他一起玩耍的孩子的父母时不时地向他的父母致意问候,而当他们的孩子被邀到亨特家去时,他们都隐隐约约地表现出受宠若惊的样子。他把这一切看成理所当然的事,在群体活动中,假如他没有被众星拱月一般置于中心——无论在金钱、地位和权威等方面——他便会感到某种不舒服,耿耿于怀,终身不忘。他不屑跟其他孩子争先。他希望人家送上门来给他。如果他没有占先,他便躲进家里。他的家足以满足他的一切需要,因为在东部金钱仍然是一种带有封建色彩的东西,凝聚宗族的东西。可是在势利的西部,金钱把家庭搞得分崩离析,划成“派系”。

十八岁那年,安森去纽黑文耶鲁大学上学,这时他已是一个高挑魁梧的年轻人,面容清秀,肤色健康,这得益于他在学校过的有规律的生活。他的头发呈黄色,长在他头上有点滑稽样儿,他的鼻子是鹰钩鼻——这两样东西使他称不上英俊。但是,他身上具有一种自信的魅力和某种蛮横的作风。上层阶级的人在街上与他擦肩而过,不用旁人说明,就知道他是一个富家子弟,在最好的学校里上过学。然而,正是他的这种优越感使他在大学里没有成为一个红人——他的特立独行被误解为以自我为中心。他傲然拒绝接受耶鲁立的规矩似乎被看成他瞧不起接受它们的人。所以,早在他毕业之前,他就开始把他的生活重心转移到纽约去。

在纽约,他如鱼得水,应付自如——这里有他自己的住宅,享受

"那些你不可能有的仆人"的侍候——还有他自己的家庭。在这个家庭里,因为他脾气好,又有办事能力,他很快成了全家的中心,也成了种种社交场合的中心,如为某青年女子初次进入社交界而举行的晚会或体面的成人男子俱乐部的高雅活动,偶尔也与女子合唱队员或艳舞女郎一起纵情狂欢。当时纽黑文对艳舞还不怎么熟悉。他的志向和情趣都很世俗和传统,其中包括无可指责的结婚成家,但是他的志向与大多数青年人的志向有所不同,在于他目标明确,没有模糊之处,即没有一点称为"理想主义"或"幻想"之类的东西。安森毫无保留地接受一个高收入与高消费的世界、一个离婚与放荡的世界,以及一个势利与特权的世界。我们大多数人的生活以折中妥协告终,而他的生活却以折中妥协为开端。

我和他第一次邂逅是在一九一七年夏季的晚些时候,那时他刚从耶鲁大学毕业。他像我们其他人一样,卷入了席卷全国的战争狂热之中。他穿上藏青色的海军航空兵制服南下彭萨科拉①。在那里的一家旅馆里,乐队在演奏一首名叫《对不起,我亲爱的》的曲子,我们年轻军官们跟姑娘们随着乐曲翩翩起舞。人人都喜欢他。虽然他常跟一些爱喝酒的人在上课和训练时一起溜号,而且他驾驶飞机的本领也不是很突出,但教练员见他仍然要客气几分。他经常用他自信和富有逻辑的声音跟他们侃侃而谈。他谈话的结果是使自己,或者更经常是使另一名军官,从迫在眉睫的困境中解脱出来。他吃喝玩乐,风流淫逸,狂热地追求享乐,所以我们得知他爱上了一位思想保守、举止端庄、循规蹈矩的姑娘时,都感到非常诧异。

她的名字叫波拉·利吉德尔,一位出生在加利福尼亚的美女,皮肤黝黑,神情肃静。她家在市郊有一所过冬的寓所。尽管她很矜持拘谨,

---

① 彭萨科拉,美国佛罗里达州西北部一港口与海军基地,濒彭萨科拉湾。

却还是颇得人心。有那么一类男人,他们以自我为中心的思想容忍不了女人身上的脾气。但是,安森并非那一类人。我弄不懂她的"真诚"竟对他具有那么大的吸引力。一个是我们常说的那种"真心实意"的人,而另一个却是思想敏锐,好对人冷嘲热讽的人。

然而,他们相爱了——按她开出的条件相爱了。他不再在黄昏时去德莎特酒吧参加聚会。每次人们见到他俩在一起时,总是在进行漫长而又严肃的对话,说不准对话已进行了多少个星期了。很久以后他告诉我,他们并没有谈什么具体的东西,双方谈的都只是些不很成熟的,甚至无多大意义的东西。后来逐渐添进一些感情方面的内容,但并不是说话投机带来的,而是谈话时那种极端的严肃认真的态度引来的。他们的对话让人昏昏欲睡,我们时常打断他们,用那种乏味的幽默逗弄他们。但旁人一走,只剩他俩时,对话又继续进行,仍是那么一本正经,低声低调,给人一种双方思想感情完全一致的感觉。他们对任何打断他们对话的事或人感到不爽,对于有关生活的玩笑漠然置之,甚至对他们同辈的那种玩世不恭的态度也不屑理睬。他们只是在进行对话时感到快乐。严肃的对话使他们如沐春风,如浴甘露。在对话结束前会出现一下中断,他们对此并不反感——那是被激情所中断的。

说来奇怪,安森跟波拉一样对对话十分投入,神情贯注。然而,在此同时,安森也清楚,在他这一方许多话是言不由衷的,而在她那一方则是出于天真单纯而已。开始,他对她的感情的单纯有点瞧不起,嗤之以鼻,但是随着他对她情意的加深,她开始变得深沉成熟,犹如鲜花慢慢绽放,他不再瞧不起她的纯朴了。他感到如果他能进入到波拉温馨安稳的生活中,他一定会很幸福。经过长期对话的准备,消除了两人间的种种隔阂与约束。他教给她他从一些更开放更有冒险精神的女人身上学来的东西。她学得全神贯注,一丝不苟。有一个晚上,舞会之后,他俩同意结婚。他写了一封很长的信给他的母亲,详细谈了有关波拉的情况。第二天，波拉告诉他，她很富裕，拥有近一百万美元的个人财产。

三

你就仿佛听到他们在说："我们一贫如洗，但将相守终身。"它带来的快乐不亚于他们拥有亿万家财。它也给了他们一种患难与共的感觉。然而，到了四月，安森获准休假，波拉和她妈妈随他一同北上，波拉对他家在纽约的地位以及他们家的阔绰印象深刻。第一次与安森待在他童年时玩耍的房间里，她心里充满一种舒坦的感情，似乎她受到了无微不至的照顾，有一种异常的安全感。她翻看安森的旧照片，有安森第一次上学时头戴无檐帽的照片，安森在一个已被遗忘的夏天与女友在马背上的照片，还有安森参加一个婚礼时跟一群快乐的男女傧相在一起的照片。此时，她不禁对他的生活产生几分妒忌之心。他那种权威的气质如此充分地总结和表现了他所拥有的一切，以致她深受鼓舞，决意立即与他结婚，并作为他的妻子返回彭萨科拉。

但是，立即结婚一事从来没有商量过——甚至在战争结束之前也不会公开宣布订婚。在她发现他的假期只剩下两天的时候，她显得很不耐烦，具体表现在她企图使他变得跟她一样不愿再拖拉。他们开车去乡间聚餐，她想利用这机会迫使他当晚把事情定下来。

那时，波拉的一个表姐跟他们一起住在一家名叫里茨的豪华宾馆里。她是一个态度严峻，讲话尖刻的女子。她深爱波拉，但是她对这桩闹得沸沸扬扬的婚事心存妒意。波拉穿衣打扮动作慢了一点，结果便由不准备去参加聚会的表姐在套间的客厅里接待安森。

安森在五点钟时跟朋友已经聚过一次，开怀畅饮了一个小时。他按时离开了耶鲁俱乐部,他母亲的司机送他到了里茨宾馆,但是他还是有点失态,加之客厅里的暖气的影响使他突然感到头晕目眩。但他心知肚明,既感到可笑又内疚。

波拉的表姐虽然二十五岁了,但非常天真幼稚。开始她不知道发生了什么事,以前她又从来没见过安森,所以当他讲些风马牛不相及的事情,而且差一点从椅子上摔下来时,她感到十分惊讶。在波拉出来之前,她从没有想到一直以为是他干洗的制服上的气味实际上是威士忌的酒气。但是,波拉出来,一看就明白了。她只是想在她母亲见到他之前,设法把安森支走。她表姐见到她眼睛里的表情也领会了。

在波拉和安森下楼去乘坐那辆送他来的轿车时,他们发现车里已有两个人,在那里呼呼大睡。这两个人是在耶鲁俱乐部跟安森一起喝酒,也是要去参加聚餐的。安森完全忘了他们在车里这件事。在去汉普斯特德的路上,他们睡醒了,并唱起歌来了,有的歌词很粗俗。尽管波拉竭力克制自己,不去计较安森说话的放肆,但她感到羞耻和厌恶,因而闭口不言。

表姐在宾馆情绪激动,对发生的事情迷惑不解。于是,她走进利吉德尔太太的房间,问道:"他是不是太丢人现眼了?"

"谁丢人现眼了?"

"唔,那位亨特先生呀! 他怎么如此丢人现眼。"

利吉德尔太太睁大眼睛瞧着她。

"他怎么丢人现眼?"

"唉,他说他自己是法国人。我过去不知道他是法国人。"

"太荒唐了。你一定误解了。"她莞尔一笑,"是开个玩笑。"

表姐固执地摇头。

"不。他说他是在法国长大的。他说他不会说英语,所以为什么他不能跟我交谈。无法交谈!"

利吉德尔太太不耐烦地把目光转向别处。此时表姐若有所思地补充了一句："也许他喝醉了。"说完便走出了房间。

告状全是真的。安森发现自己嗓音厚重，舌头僵硬，无法控制，于是采用了这个不寻常的回避办法，宣称自己不会说英语。几年之后，他时常提及这件往事，昔日的记忆总是引发他纵声大笑。

接下去的那个钟点里，利吉德尔太太五次拨电话，试图跟汉普斯特德取得联系。她拨通后，约拖延了十分钟才听到波拉的声音。

"乔表姐对我说安森喝醉了。"

"噢，没有……"

"唉，怎么没有，乔表姐说他醉了。他对她说他是法国人，还从椅子上摔了下来。他的行为看上去像是醉了。你不要跟他一起回家。"

"妈，他一切都好好的！请你不要担心——"

"不过，我很担心。我觉得事情太可怕了。我要你保证不要跟他一起回家。"

"我会小心的，妈……"

"你不要跟他一起回家。"

"好吧，妈。拜拜。"

"波拉，记住，请别人送你回来。"

波拉小心翼翼地从耳朵上摘下听筒，把它挂好。她的脸色因为无奈和烦恼而涨得绯红。安森在楼上的一间卧室里正伸开四肢倒头熟睡，而楼下的聚餐会正无精打采地进行着，快接近尾声了。

一小时的行车路程本来已使他有点清醒过来了。波拉只希望晚上过得开心，不要扫兴，但是，他的到来却上演了一出滑稽戏——宴会开始前他又猛饮了两杯鸡尾酒，把事情彻底闹砸了。他大声吵嚷，对来参加聚会的宾客辱骂了十五分钟之久，然后悄悄地钻到桌子底下；他看上去像旧照片上的人——不，不像一张旧照片，毫无古雅奇特可言，而是相当可怕。在场的年轻姑娘对发生的事情不置评说——似乎保持缄默最相宜。他的叔父和另外两个男人把他架到了楼上。他刚上去,就有电话找波拉。

一个小时之后安森醒过来,头痛眼花,但是过一会儿他还是迷迷糊糊地看到他叔父的身影,站在门口。

"……我问你好一点没有?"

"什么?"

"你感到好一点没有,老伙计?"

"头痛得厉害。"安森说道。

"我给你再配一些止痛药水。如果把头痛止住了,你就可以好好睡一觉。"

安森吃力地把两条腿滑到地上,站了起来。

"我没事。"他呆呆地说了一句。

"不要紧张。"

"我想要是你给我一杯白兰地,我能下楼去。"

"噢,不行——"

"是的,都是这么个想法。我现在没事。……我觉得我把面子给丢尽了。"

"他们知道你身体有点不舒服。"他叔父不甚同意地说道,"不过,不要为此感到难受。斯凯勒甚至来都没有来。他在高尔夫球场的更衣室里就完蛋了。"

安森对其他人的感觉都不在乎,只在乎波拉的感觉,然而他还是决心收拾一下那天晚上的烂摊子。不过,在他洗了个冷水浴后出来时,大多数宾客早已告辞了。波拉立即站起来要回家去。

在汽车里,以往严肃的谈话开始了。她承认她早知道他爱喝酒,但她从没想到事情会弄到这等地步。她觉得也许他们两人很不合适,又说他们对生活的想法很不一致等等。她说完了,轮到安森说话了,他说得非常冷静。然后,波拉说她得好好考虑一下,当晚她不会作出决定。她并不生气,但感到十分遗憾。她没有让他跟她一块进宾馆,不过在下车之前,她俯下身,在他的面颊上不甚高兴地吻了一下。

第二天下午安森跟利吉德尔太太作了一次长谈,波拉坐在一旁静静地听着。他们一致同意波拉将对这起事件仔细考虑一段时间;要是到那时母女俩想通了,她们会随安森去彭萨科拉。在他这边,他诚心诚意地赔礼道歉——也就完事。尽管牌都掌握在利吉德尔太太手上,但是她并不能确立任何的优势,压倒他。他没有作出任何承诺,也没有表示谦恭自卑,只是对生活发表了几句经过深思熟虑后的评论。到最后,他的这番话在某种程度上还为他赢得了道德上的优势。三个星期之后,在他们来到南方时,无论是心满意足的安森,还是因重新相会而如释重负的波拉,都没有发觉他们已错失了在心态上达到最佳效果的时机。

四

他主宰着她,吸引着她,同时又让她焦虑不安。波拉被他性格中既有坚实可靠和注重感情的一面,又有恣意放纵和玩世不恭的一面,两者交错混杂弄得十分困惑。她渐渐地把他看成是一个双重性格的人,不时交替出现。当她跟他单独在一起时,或者在正式的聚会上,或者偶然遇到下属时,她为他的坚强与富有吸引力而感到无比的骄傲,觉得他心智高尚,善解人意,具有一种慈父般的气质;但他跟另外一些人在一起时,他的表现使她变得局促不安,他那与文质彬彬格格不入的习气显露了他性格中的另一面,表现为既粗鲁又任性,为贪图享乐而不顾一切。

这一切让她感到心惊胆寒，真想暂时避开他。她甚至试图在暗地里与以前的一个男友重修旧好，但是此法无效——与安森相处了四个月之后，他那旺盛的精力使其他男人都显得苍白无力，黯然失色。

七月，安森奉调去国外，他们之间的恋情和爱欲达到了一个高潮。波拉曾考虑在他走之前结婚——但最后否定了，这是因为他常常满身酒气。不过这次分手使她因悲伤过度病倒了。他离去后，波拉给他写了几封长长的信，追悔等待使他们错失了相爱的好时光。八月，安森的飞机掉入北海，他在水中浸泡了一夜之后，被救上了一艘驱逐舰，但受凉患上了肺炎，被送进医院。在他最后遣送回家之前，停战协议已签订。

那时，虽然机遇又回到了他们手上，物质方面也没有什么障碍要克服，但是他们两人气质上的矛盾和冲突暗中迭起，使亲吻索然寡味，泪水常流，几近干涸，听不到他们卿卿我我的谈话声，更听不到发自内心的知心话，惟一的沟通方式便是采用古老的鸿雁传书，似乎两人相距千里。一天，一名专写社会生活的记者在亨特家里待了两个小时，希望证实一下他们是否已订婚。安森断然否定；然而在该杂志前一期的显著位置登了一篇报道，说"经常看到他们在南汉普敦、温泉城和图塞多公园会面。"他们严肃的对话已经演变为持续不断的争吵，事情几乎到了告吹的地步。安森时常喝得酩酊大醉，从而丧失了与波拉订婚的机缘，为此波拉对他提出了一些严格的行为准则。对于一贯倨傲自大，缺乏自知之明的他来说，他感到既失望又无奈。订婚之事就彻底完了。

"最亲爱的，"此时他们的信是这样写的，"最亲爱的，最最亲爱的，每当我半夜醒来，想到事情本来不该如此时，真想一死了之。我无法再活下去了。也许我们今夏见面时，我们可以好好谈谈，作出不同的决定——那天我们过于激动和伤心。我感到没有你，我难以过完我的一生。你说到世上有的是人，可你不知道对于我来说没有其他人，只有你……"

但是,当波拉在东部辗转奔波时,她有时会向他提到一些让她感到开心的事情,使他惊羡一番。但是,他太敏感了,惊羡不起来。当他看到她信里提到一个男人的名字时,他更自以为是,摆出一副瞧不起她的神气——他在这些事情上总是表现出一种优越感。但是,他仍然希望他们俩某一天会结婚。与此同时,他生龙活虎地投入到战后纽约市的各种活动中去,抛头露面,风光无限。他进入了一家经纪行,参加了六七个俱乐部,经常跳舞至深夜。他出入三个世界——他自己的世界,耶鲁大学年轻毕业生的世界,还有一头栽入的百老汇游艺圈的世界。但是,对于他在华尔街的工作,他总是十分勤勉,一天工作实足八个小时,雷打不动。在工作上,他既可利用家庭的影响,取得跟社会的广泛联系,又有他自身的聪明才智,加之他浑身具有使不完的劲,精力充沛。这三者的结合使他进步很快。他的脑子很好使,思路清晰,有条不紊;有时他一天睡眠不足一个小时,但出现在办公室时却精神饱满,当然这样的情况不是很多。早在一九二〇年他的薪资和外快收入已超过一万二千美元。

随着耶鲁传统的淡化,他越来越成了在纽约的同班同学中的一个深孚众望的人物,比他在大学时更得人心。他住在自家的豪宅里,而且有办法引荐年轻人进出其他的豪宅。再说他的生活基础已相当稳固,而大多数年轻人还只是刚刚起步,朝不保夕。为了得到快乐或逃遁现实,他们开始求助于他。安森对他们则是有求必应,帮助他们处理各种问题,并以此为乐。

至此,在波拉的信里没有提到任何男人,贯穿在这些信里的反而是以前从未有过的柔声细语。但他从不同的渠道得知,她有了一名"重量级的爱慕者",名叫洛厄尔·塞耶,波士顿人,有钱有地位。虽然他知道她仍爱着他,但是想到他会失去她时,心中总是忐忑不安。除了那个令人不愉快的日子之外,她几乎有五个月没到纽约来了,谣传频仍,他变得越来越急于见到她。二月,他利用休假南下佛罗里达。

棕榈滩这座城市伸展在蓝宝石般的沃斯湖与巨大条状的绿宝石般的大西洋之间,景色旖旎,雍容华贵,只是湖边到处停泊的游艇杀了点风景。"白浪"和"凤凰树"两家妇女用品商店的巨大建筑矗立在平坦而明亮的沙滩边,像两个男子汉挺着的大肚子;在它们的周围还有"林中舞池"、"幸运布雷德利"以及十几家妇女服饰用品商店。它们出售的货比纽约市贵三倍。在"白浪"商店装有遮阳篷的游廊里,二百名美女在那里表演,向左走几步,向右走几步,大旋转,然后翩翩起舞,跳起了当时很流行的柔体舞,又称快速小步舞,随着音乐手镯在二百条胳膊上起起落落叮当作响。

天黑后,在埃弗格兰兹俱乐部,波拉、洛厄尔·塞耶、安森和临时凑来的第四个人用一副崭新的纸牌玩起了桥牌。在安森看来波拉温柔而端庄的脸庞显得有点憔悴与疲惫——她到这南方来前后已有四五年了。他认识她也有三年了。

"我叫牌,黑桃2。"

"可以抽烟吗? ……哦,对不起,我不叫。"

"我也不叫。"

"那么我叫黑桃3,加倍。"

房间里有十几只桥牌桌,香烟的烟雾弥漫着整个屋子。安森的目光跟波拉的不期相遇上了。两人面面相觑,全神贯注,甚至在塞耶向他们投上一瞥后,他们仍然相互注视,忘乎所以……

"叫的是什么牌?"安森心不在焉地问道。

在房间一角的几个年轻人唱起歌来。

啊,华盛顿广场的玫瑰,

在地下室污浊的空气中，

我渐渐枯萎，枯萎——

香烟的烟雾像雾一样积聚起来，门一开房间里便打起一圈圈棕色的气涡……

"你用刀子可把它切开。"

"……用刀子把它切开。"

"……刀子。"

在一局牌结束时，波拉霍地站了起来，用急促而低沉的声音对安森说了几句话。他们没有瞧一眼洛厄尔·塞耶便走出了房门。走下一段长长的石阶——不一会儿他们手牵手走在洒满月光的海滩边。

"亲爱的，亲爱的……"在一个背光处，他们不顾一切地热烈拥抱。……然后，波拉把脸往后缩了一下，以便让安森可以动嘴说出她希望听到的话——在他们再次接吻时，她似乎感觉到他在构思，如何遣词造句。……她再一次挣脱开来，支耳倾听，但是当他再一次把她拉过来紧贴他时，她发现他什么都没说——只是用一种深沉而伤感的耳语，叫唤了两声，"亲爱的！亲爱的！"而这种耳语经常使她潸然泪下。此时她的感情谦卑地、乖乖地屈从于他，泪水不停地在她脸上流淌，但是她的心在不断地呼喊："向我求婚啊！——噢，安森，最亲爱的，向我求婚啊！"

"波拉……波拉！"

这些话像用手在拧绞她的心。安森感到她在颤抖，知道感情已经瓜熟蒂落。他不需要再说什么，不需要把两人的命运托付给那些没有实际意义的、令人费解的话语。当他现在可以如此掌握住她，为什么他还要等待时机，再待上一年——没完没了地等待？他把两个人的情况都作了考虑，考虑她比考虑自己还多。过了一会儿，待到她突然说她要回宾馆去时,他又犹豫起来,首先想到的是:"毕竟这是一个好时机,"继而又想的是:"再等一下吧——反正她是我的了……"

他完全忘了波拉苦苦煎熬了三年,已经心力交瘁。那天晚上她黯然神伤,夜不入眠。

次日上午安森怀着悻悻不安的心情回纽约去了。四月下旬,他冷不防备,收到一封来自巴尔港的电报,波拉告诉他她已跟洛厄尔·塞耶订婚了,又说他们会很快在波士顿结婚。他从来不相信会发生的事终于发生了。

那个早晨他喝闷酒,猛灌了不少威士忌,到办公室后,拼命工作,不让自己歇一会儿——害怕一停下来会发生什么事。晚上,他同往常一样外出,但对谁也没有说发生了的事;他依旧彬彬有礼,幽默风趣,也没有心不在焉。但是有一件事他没法阻止——有整整三天,无论他在什么地方,跟什么人在一起,他总会突然把他的头低下,埋进自己双手里,像一个小孩子一样喊叫起来。

五

一九二二年安森跟一位年轻的合伙人去伦敦调查几笔贷款的情况。这次出差预示他将掌管这家公司。他此时二十七岁,体重超标了一点,但绝对说不上肥胖,他的举止跟他的年纪不甚相称,老成持重。年纪大的人和年轻人都喜欢他,信任他。母亲们把女儿交给他,在他手下工作感到安全放心,因为他每进一个房间,总是将自己归在那里最年老、最保守的人一边。"你们和我,"他似乎在说,"靠得住,明事理。"

他对各种人,男人的和女人的弱点有一种本能的了解,又相当宽容。而这种了解又使他像牧师一样更关注和维护自己外在的形象。典型的例子是他坚持每星期日上午到新教圣公会的主日学校去上课——虽然他只是回来冲上一个凉水澡，换上一套常礼服，却跟隔天晚上还在花天酒地的他判若两人。

他父亲去世后，他是家族里的实际掌门人，事实上是他在引导年轻一代的命运。由于某种复杂的原因，他的权势没有伸展到他父亲的房地产中去，而是由他的叔父罗伯特掌管。罗伯特是家族中惟一爱马的人员，为人温厚，酷爱喝酒，经常跟到惠特莱山晃悠的一伙人在一起。

罗伯特叔父和姑母艾德娜一直是安森青年时期的知心朋友。罗伯特对其侄子未能利用本身优越的条件爱上马匹，而感到失望。他支持他加入在美国最难入会的一个城市俱乐部——只有一个曾对纽约市的建设作出过贡献的家族才能参加的俱乐部，换句话说只有在一八八〇年前发家致富的家族人员才有资格加入。安森在被接纳为该俱乐部会员后对它十分淡漠，而仍热衷于耶鲁俱乐部。罗伯特叔父曾为此事找他谈过一次。更有甚者，安森竟然婉言拒绝介入罗伯特·亨特自己守旧又不甚受人重视的经纪事务所。叔父对他的态度也就变得更为冷淡。他像一个小学教师，已经教授完了他所知道的一切，悄悄从安森的生活中溜走。

安森的生活中有许多朋友——几乎没人没得到过他的倾力相助；也没有一个人没被他弄得十分难堪，他有时讲话咄咄逼人，有时兴致所至，不分场合喝得烂醉如泥，让人感到十分尴尬。其他人在这方面犯了点毛病，他感到烦恼，难以忍受，而对自己的缺点却三言两语，轻描淡写。怪事发生在他自己身上时，他说给大家听，轰然一笑了之。

那个春天我在纽约工作，常常跟他一起去耶鲁俱乐部进午餐，因为在我的大学建立自己的俱乐部之前，这个俱乐部是跟耶鲁大学合伙办的。我已经在报上读到波拉结婚的消息，有一天下午我问到他关于她的事时，不知什么东西感动了他，他向我原原本本讲述了他们俩的故事。此后他常常邀请我到他家里跟他家里人一起吃饭。他这样做,仿佛我们之间有一种特殊的关系,仿佛他深信的那个刻骨铭心的记忆已经渐渐转移到我身上。

我发现尽管母亲们对他很信任,可他对姑娘们的态度并非一视同仁,一般呵护。这完全取决于姑娘自身——如果她生性随便,生活不够检点的话,她必须管好自己,甚至对他也不能大意。

“生活,”他这样解释道,“使我玩世不恭。”

他说的生活是指波拉。有时,特别是在他饮酒时,他的心态有点扭曲,认为她冷酷无情地把他甩了。

他的这种“玩世不恭”的态度,或者更确切地说,他认为水性杨花的女子不值得难舍难分的想法,直接导致了他与杜丽·卡吉尔小姐恋爱的结局。这不是他那几年里惟一的一次恋爱,但是这一次是几乎让他动心的一次,也是对他的生活态度产生深刻影响的一次。

杜丽是一名颇为著名的“时事评论家”的女儿。她父亲跟上流社会关系密切。她本人则跟当地的青年女子联盟一起长大,经常出入高档商业区和州议会。只有少数像亨特那样的老家族才有可能质疑她的“归属”,因为她的照片时常出现在报纸上,比一般家庭身世与社会地位无可置疑的女孩子更受人注意,更令人钦羡。她长着一头黑发,双唇胭红,脸色红润可爱,但是在她跟安森相识的第一年,她用灰色中带点粉红的粉底掩饰起来,因为当时红润的脸色不时髦——时髦的是维多利亚时代流行的灰白色。她穿着黑色简洁的套装,站立时双手插在口袋里,身子微微向前倾,脸部表情是一种有克制的幽默。她跳舞的姿势优美——她喜欢跳舞胜过一切,比其他事干得都更好。她打十岁开始便一直在恋爱,通常是单恋,喜欢那些不搭理她的男孩子。那些对她有好感的男孩——人数还不少——反倒在短短接触之后让她感到厌烦。尽管她恋爱屡遭失败,她心中还是保留着一份热烈的情感。遇到机会

193

时，她常常跃跃欲试——有时她成功了，而更多的时候，败下阵来。

这个没有得到爱情的、吉卜赛人样的女郎从未想到在那些拒绝爱她的人身上有某种相似之处——他们都有一种坚实的直觉，能洞察她的弱点——不是感情上的弱点，而是指导思想上的弱点。安森跟她第一次邂逅时，就看出了这一点，那时离波拉结婚不到一个月。那段时间他喝酒很凶，有一个星期他佯作爱上了她。然后，他突然跟她断了，把她全忘了——他很快在她的心中占据一个控制的地位。

像当时的许多姑娘一样，杜丽很是懒散，言行放肆，随心所欲。先一代人中的某些逾矩违规之举现在已经司空见惯，否定过时的行为举止成了战后的一个潮流。杜丽的行为举止既有陈旧的东西又有低劣的东西。她也在安森身上看到了这两种东西的极致，而那些感情上无所作为的女人追求的正是这二者——纵情享受和侠骨义气。安森兼而有之，两者交替出现。她感到在他的性格里既有骄奢淫逸的一面，又有阳刚坚强的一面。这二者满足了她本性中的种种需要。

她深感事情的进展很不易，但她误解了其中的原因。她以为安森和他的家庭期望缔结的是一个更加荣华富贵的婚姻，但是她立刻揣想到她可以利用的有利条件是他爱喝酒的癖性。

他们是在大型的社交舞会上相遇相识的，但是随着她对他的痴迷加深，他们设法寻找更多的机会在一起。像大多数的母亲一样，卡吉尔太太相信安森是绝对可以依赖的，所以她允许杜丽跟他一起去远处的乡村俱乐部和郊区的别墅，并不深追细问他们的活动，也不对他们深更半夜归来的缘由多加盘问。开始他们的解释也许是如实的，但是杜丽想俘获安森的世俗念头很快被她迅速上升的感情吞没了。在出租车和私家汽车后座亲吻已经不再能够满足他们了，他们做了件有趣的事：

他们有一段时间溜出了他们的世界滑入低一档的世界中，在那里安森的开怀畅饮和杜丽的不守时等等都不太被人注意，也不会被人说三道四。这个世界由各色各样的人组成——有些是安森在耶鲁的朋友和他们的妻子,两三个年轻的经纪人和证券推销商,还有一些人是刚从大学毕业,尚未确定工作,手头有钱,挥霍逍遥。这个世界给予他们某些在他们所属的世界里难以取得的自由,弥补那个世界在空间和规模上的不足之处。再者,这个世界以他们为中心运转,让杜丽享受到一种屈尊俯就的愉悦,但安森就不能分享这种愉悦,因为从童年时代起,他一生自以为是,将自己高踞在他人之上,一贯以屈尊的姿态出现。

他没有爱上她,在漫长的冬天里,他们谈情说爱,很热火时,他就反复对她这么说;到了春天,他感到厌倦,试图用其他的动力振作一下他的生活。再说,他认识到要么他现在就跟她断绝来往,要么就接受诱惑并为此承担责任。她家里竭力促成此事的态度迫使他必须当机立断。一天傍晚卡吉尔先生小心翼翼地叩敲书房门,说他在餐厅里留着一瓶陈年白兰地。此时安森感到生活在紧逼他。那天夜里他写了一封短信给她,信中说他很快要去休假,考虑到种种情况,他们最好不再相会了。

这时已是六月。他的家关闭了市里的住宅,举家到乡下去了。所以他临时住到耶鲁俱乐部里去。随着他跟杜丽两人事情的发展,我已经听到了一些风言风语。有些说法,添油加醋,很是滑稽,说什么他鄙视朝三暮四的女人,在他信赖的社会殿堂里不给她们一席之地。那天夜里,当他告诉我他肯定要与她一刀两断时,我很高兴。我曾见过杜丽几次,每次都在我心头涌起一股怜悯之情,对她苦苦挣扎的无奈深感同情;同时,因了解到有关她的许多我本无权知道的情况,又感到羞愧。她被人叫做"美丽的小东西",不过在她身上有一种不顾一切的精神,颇为吸引我注意。要是她的精力不是如此过人的话,那么她绝对不会这般钟情,愿把生命都豁出去的样子。不过我很高兴听说她若要这样做的话,也不会在我眼前做。

安森准备第二天上午将向她辞行的信留在她家里。她的家任人出入,这在五号街区的住宅里是不多见的。而且,他得知卡吉尔夫妇根据从杜丽那里得到的错误消息,已提前出国旅行去了,以便让他们的女儿行动更自由些。当他从耶鲁俱乐部的大门走出来,踏进麦迪逊大街时,邮递员与他擦肩而过,于是他转身尾随他返回去,落入他眼帘的第一封信恰好是杜丽的笔迹。

他知道这封信会说些什么——他知道她会先来上一段孤寂和悲怆的独白,然后满纸的谴责、追忆以及无数个"我诧异是否……"——原先他与波拉·利吉德尔通信时的绵绵情话似乎已是上个世纪的事了。在翻阅了一些票据账单后,他把杜丽的信挑出来放在面上,打开来。他大吃一惊,里面只是一张简短的,但较正式的便条,说她周末不可能陪他去乡间,因为芝加哥的佩里·赫尔出人意料地来到这里;接着又说这一切都是由安森引起的:"——假若我感到你是像我爱你一样爱我的话,我会随时随地陪你去,但是佩里对我这么好,他非常想要我嫁给他——"

安森轻蔑地笑了笑,因为他已多次收到过这种骗人落入圈套的信。再者,他知道杜丽如何精心策划这个计谋:很可能是她把言听计从的佩里叫来,计算好他到达的时间——甚至这张便条也是细细琢磨过的,叫他心生醋意,但又不至于让他受不了。像很多妥协信一样,便条写得既不以势压人,也不活力四射,而是带着怯生生的失望。

他突然发起火来。他在大厅里坐下来,又把信念了一遍。然后他走到电话机旁,给杜丽打电话,用明确而强硬的语气对她说,他已经收到她的便笺,他将按他们原先计划的那样五点钟去找她。没等到她假惺惺地说她"也许可以匀出一个小时",他就把电话挂了,走到他楼下的办公室。他一边走,一边把她的便笺撕得粉碎,撒到马路上。

他没有嫉妒——她对于他来说并没有什么——而是她那用心良苦的计谋使他身上那种倔强和自我放纵的本性冒了出来。这个计谋出自于一个智力低下的人，但不能予以忽视。如果她想要知道她属于哪号人，那么她很快就会明白。

他五点一刻来到了她家的台阶上。杜丽在穿衣服准备上街。他默默地听着这样一句话："我只能匀给你一个小时。"这话也正是她在电话里一开始说的那句话。

"杜丽，戴上帽子，"他说道，"我们出去走走。"

他们朝麦迪逊街走去，穿过它上了五号大街。此时安森的衬衣在闷热的天气中湿乎乎地贴在他胖胖的身体上。他很少说话，没苛责她，也没挑逗她，但是在他们一同走过六个街区之前，她已经又是他的人了，对那张便笺表示歉意，还说作为赔礼她不再去见佩里，甚至说她愿意他要什么给什么。她满以为他来找她，是因为他开始爱上了她。

"我很热。"在他们走到七十一号街时，他说道，"我穿的是一套厚西服，走到我家时我进去换一下衣服，你在楼下等我一会儿，你不在意吧？我只要一会儿。"

她很快乐。他感到热，表示对她亲密无间，任何有关他身体上的感受都使她激动不已。当他们来到铁栅门，安森掏出钥匙时，她有一种难以言表的愉悦。

楼下很暗，在他乘电梯上去时，杜丽撩开窗帘，透过网眼纱帘瞧了瞧路对面的房子。她听到电梯的机械声停了下来。她心想逗弄他一下，便揿了让电梯下来的按钮。然后，在一种强烈的冲动之下，她走进了电梯，让它开至她猜想他所在的楼层。

"安森。"她喊了一声，哈哈一笑。

"稍等一会儿，"他从卧室里应答道……在短促的延迟后，他又说，"现在你可以进来了。"

他已换好衣服，正在扣西装背心上的纽扣。

"这是我的房间，"他轻声说道，"你喜欢吗？"

她看到了挂在墙上的波拉的照片，全神贯注地凝视着它，正如五年前波拉看安森跟童年时代的女友合影时的神情一样。她听说过有关波拉的情况——有的时候，她用其中的某些情节来折磨自己。

顿时，她举起双臂走近安森。两人紧紧拥抱在一起。此时窗外庭院里，已呈现一派隐约的黄昏景象，暮色温柔，尽管当时照在对面屋后顶上的阳光仍很明亮。再过半小时，室内会变得相当昏暗。没有预料到的机遇突然出现，使他们不知所措，两人屏息住气，抱得更紧了。现在必须作出决定，刻不容缓。他们一边互相拥抱着，一边抬起了各自的头——他们的眼睛不约而同地落到了波拉的照片上，她的那双眼睛似乎从墙上直直地盯着他们的一举一动。

安森突然放下他的双臂，坐到写字桌旁用钥匙打开抽屉。

"想不想喝一点儿？"安森用一种粗哑的声音说道。

"不想喝，安森。"

他给自己倒了一杯威士忌，一饮而尽。然后，他打开通向大厅的门。

"过来。"他说。

杜丽迟疑了一下。

"安森——反正我今晚跟你一起去乡下。你理解我的意思吗？"

"当然清楚。"他猛然回答。

他们坐上杜丽的汽车，驱车前往长岛，在感情上他们比以往任何时候更亲近。他们知道将会发生什么事情——此时没有照片上波拉的音容笑貌来使他们想起他们之间所缺乏的东西，而当他俩在长岛寂静又炎热的黑夜里单独相处在一起时，他们对什么都不在乎了。

他们准备度周末的那套房产位于长岛华盛顿港，是属于安森的一个堂妹的，她嫁给了一个蒙太那的铜矿主。汽车驶进了一条漫长的私家车道，从一间守门的小屋开始，然后在国外引进的白杨小树下蜿蜒伸展。车沿着车道驶向一座具有西班牙建筑风格、粉红色外墙的豪宅。安森以前经常来这里做客。

饭后,他们去一家叫做林克思的俱乐部跳舞。到了午夜时分,安森确信他的堂姐妹们在凌晨两点前是不会离开的,所以他就对她们说杜丽觉得累了,他要先把她送回去,然后再回来跳舞。两人怀着激动的心情战战兢兢地坐进一辆借来的汽车里,驶向华盛顿湾。当他们到达门房时,停了下来,安森对守夜人说了几句话。

"卡尔,你什么时候出去巡查?"

"马上就去。"

"那么在外出的人回来之前,你一直在这里?"

"是的,先生。"

"那好,你听着:如果有汽车来,不管是谁的车,从这道门进去,我要你立即打电话告诉里面。"他塞给卡尔五块钱,"听明白没有?"

"明白了,安森先生。"他老于世故,所以既没有眨一下眼,也没微微一笑。然而,坐在车里的杜丽,却把脸稍稍转向旁边。

安森有一把钥匙。进屋后,他给两人各倒了一杯酒。杜丽没有碰她的那一杯。然后,他看清楚了电话放的位置。他发现电话就在他们房间的边上,很容易听到铃响,而他们的房间都在第一层楼里。

五分钟后,他敲敲杜丽房间的门。

"是安森吗?"他走进去随手关上了门。她斜倚在床上,两个胳膊肘斜撑在枕头上,殷切地期待着;他坐到她身旁时,他把她搂在怀里。

"安森,我亲爱的。"

他没有回答。

"安森。……安森!我爱你。……说你爱我。现在就说。为啥不说哟? 即令你不当真,为啥不说哪?"

他站起来,走近墙上挂着的一幅照片。镜框在经过三次折射的月光下发出暗淡的亮光——在镜框里他看到一张模糊不清的脸,他发现他并不认识它。他差一点抽泣起来,转过身用一种厌恶的眼光注视着床上的那个娇小人形。

"这一切全是傻昏了头,"他含混不清地说道,"我不知道我当初是怎么想的。我并不爱你,你最好等候那个爱你的人。我一点儿都不爱你,你懂吗?"

他戛然停下了,匆匆走了出去。回到客厅里,他给自己倒了一杯酒,手指头似乎都不听使唤。此时前门突然打开,他的堂妹走了进来。

"哟,安森,听说杜丽有点儿不舒服,"她关切地问道,"我听说她身体不舒服……"

"没什么,"他打断了他的话,提高嗓子说话,好让他的声音传到杜丽的房间里去,"她感到有点儿累了,她去睡了。"

此后有段时间,安森相信有一位保护神在干扰人间的婚恋嫁娶。但是,杜丽·卡吉尔却躺在床上,呆呆地瞧着头上的天花板,再也不相信任何东西了。

六

第二年秋天,杜丽结婚时,安森出差在伦敦,像波拉的结婚一样,此事来得很突然,不过对他的影响迥然不同。起初,他感到很滑稽,想起它时,忍不住要笑出声来。后来,这件事让他感到很抑郁,使他感到自己老矣。

这件事中有些东西是重复出现的。唉,波拉和杜丽竟然属于不同的两代人。他提前感受到了一个四十岁男人听说一位旧情人的女儿结婚时的情感。他致电表示祝贺,但是跟波拉的情况有所不同。他们是真诚相爱的,所以他从来没有真心实意地希望波拉婚后会幸福。

在他回到纽约时,他成了公司里的合伙人。由于责任越来越重,他自己支配的时间越来越少。一家人寿保险公司拒绝给他签订险单使他深感不安,于是他有一年时间没有喝酒,并声称感到体力较前要好得多,虽然我想他一定很怀念听人讲述切利尼式浪漫的恋爱经历。① 这些故事在他二十来岁时曾在他生活中起到很大的作用。不过,他决不离开耶鲁俱乐部。他在那里是一个人物,代表一种人格。他班里的那些人,虽然此时离开学校已整整七年了,本想寻找一些更审慎安静的处所活动,但是因为他的在场而不忍离去。

他平时的活动并不排得很满,他的心绪也并不因劳累而变得心灰意懒,因此,有人向他求助时,他还是很愿出力相助。开始时他所做的一切是出于自尊心和优越感,后来则变成一种习惯,一种激情。而且,事情总是一桩接一桩,譬如在纽黑文的一个年纪比他小的朋友陷入了困境;或者一个朋友和他的妻子发生了口角需要调解;或者要为这个人谋个职位,要为那个人筹集一些资金。年轻夫妇深深吸引着他的注意,他们的寓所对他来说几乎像圣殿一般。他了解他们怎样相识相恋,劝导他们到哪里去居住和如何生活。他还记住他们孩子们的名字。他对年轻妻子们的态度是十分小心谨慎的,他从不滥用她们丈夫对他寄托的信任,说也奇怪,尽管他的一些出格的行为众所周知,但仍博得大家一致的信任。

他为幸福的婚姻感到由衷的高兴。为那些走入歧途的婚姻身受感同,感到忧心如焚。每一个季节他都亲眼见证一宗婚事的失败,也许他本人便是引起失败的一个缘由。波拉离婚了,没多久又嫁给了另一个

---

① 本维努托·切利尼(1500—1571),意大利雕塑家、金匠和作家,传说中他有许多恋爱的经历。

波士顿人。有一次他跟我谈起波拉,谈了整整一下午。他说他绝不会像爱波拉那样爱别的任何人,不过他坚持说他不再在乎什么。

"我绝不会结婚,"他滔滔不绝地说起来,"我看得太多了,我知道幸福的婚姻少之又少。再说,我太老了。"

但是,他心底里是相信婚姻的。像所有出身于幸福和成功婚姻家庭的人一样,他对婚姻是坚信不移的。他所见到的一切都不会改变他的这个信仰,他玩世不恭的态度碰上它也会烟消云散。不过,他倒真的相信他太老了。到了二十八岁,他安之若素接受没有浪漫爱情的婚姻前景;他坚定地选择了一位属于他自己阶级的纽约姑娘,漂亮、聪明、善解人意、无可挑剔,并渐渐爱上了她。他当初跟波拉真诚坦率地倾诉或跟其他姑娘温文尔雅讲述的事情,现在他不再侃侃而谈,不是付之一笑,便是据理力争或强词夺理。

"到四十岁时,"他对朋友们说,"我会成熟起来。像其他人一样,我会爱上一个女合唱队队员。"

不过,他还是我行我素。他母亲焦急地盼他早日结婚成家,而且他现在养个家是绰绰有余。他已在证券交易所有了一席之地,年薪达二万五千美元。结婚成家这个想法也切合他当时的思想,因为当他的朋友——多数还是他和杜丽一起混熟的那伙人——晚上在家里享受天伦之乐时,他不再为自己的自由自在感到高兴。他甚至在想他当初是不是该娶杜丽为妻。即使当初波拉爱他没有那么深,他现在也开始明白一个人一生中很难遇到真正的知心人。

正当这种思绪潜入他的心底时,他听到了一个令人不安的消息。他的婶婶艾德娜,一个将近四十岁的妇人公开跟一个名叫凯里·斯洛恩的青年鬼混。这个年轻人生活放荡,嗜酒成性。这件事人人皆知,只有安森的叔叔罗伯特还蒙在鼓里。他十五年来一直在俱乐部里厮混,对妻子漠不关心。

安森一遍又一遍听人说到这件绯闻，心情也越来越烦躁。他对叔叔以往的感情复燃起来。这种感情不纯粹是个人之间的感情，而是那种他为之感到自豪的家族团结精神的回归。他的直觉一眼便看出这件事的要害，那就是他的叔叔不应该受到伤害。这是他第一次在对方没有提出请求的情况下，主动进行干预。但是由于他对艾德娜的性格了如指掌，他感到他能够比地区法官或他叔叔更好地处理这件事。

他叔叔在温泉市。他要先了解这件丑闻的来龙去脉，以便万无一失，然后再打电话给艾德娜，邀她次日到广场酒店共进午餐。他说话的语气一定让她吃了一惊，因为她一再推辞，但他坚持不懈，多次推迟日期直到她找不到借口推却。

她在预约的时间到达广场酒店，在大厅里跟安森相会。她长得很秀气，略显憔悴，白肤金发，眼睛呈暗灰色，身着俄罗斯的貂皮短大衣。镶嵌着冰冷的钻石和绿宝石的五只大戒指在她纤纤的手上闪烁。安森脑子里突然闪出这样一个念头：是他父亲的，而不是叔叔的聪明才智挣来了这些裘皮和宝石，而正是这些华贵的东西支撑了她此时此刻的风韵雅姿。

虽然艾德娜觉察到他不怀善意，但她对他那种直截了当的处事方法毫无准备。

"艾德娜，我对你的所作所为感到惊讶，"他用一种强硬但坦率的口气说道，"起初我不相信它是真的。"

"相信什么？"她针锋相对地反问道。

"你不要对我装腔作势，艾德娜。我指的是有关凯里·斯洛恩。不说别的考虑，我一直认为你不能这样对待罗伯特叔叔。"

"你听着，安森——"她开始生气了。但是安森用命令式的口气打断了她的话。

"你们的孩子都那样大了。你们结婚已十八年了，年龄也不小了，该明辨是非。"

"你不能那样对我说话！你——"

"不，我要这样说。罗伯特叔叔一直是我最好的朋友。"

他动起真情来了。他为他叔叔感到难过，为三个年幼的堂弟妹感到难过。

艾德娜站起来，要的一杯鸡尾酒留在那里，没尝一口。

"这简直荒唐透顶——"

"好吧，要是你不想听我说，那么我就去找罗伯特叔叔，原原本本把事情告诉他。他迟早会听到的。过后我还要去找斯洛恩家的老人。"

艾德娜身子一摇晃又坐进了椅子。

"不要那么大声说话，"她恳求他，泪水模糊了她的视线，"你不知道你的声音会传得多远。你不该选这么一个公共场所来兜翻这件事情。"

他没有搭理她。

"唉，我知道你从来就不喜欢我，"她接着往下说，"你只是想利用那些无聊的传闻试图来破坏我惟一拥有的挚爱真情。我做了什么事让你这样恨我？"

安森仍然静候不语。艾德娜开始企图打劫他的侠义心肠，接着设法激发他的怜悯之心，最后不得不对他的世故老到甘拜下风。待他将她的这几手一一顶住之后，对方便会低头承认，他就能制服她。他时而沉默不言，时而显得无动于衷，而他反复使用的主要武器是他自己的真情，动之以情。这样到午餐时间悄然逝去时，他逼得她发愣，伤心欲绝。两点钟时她拿出一面小镜子和一条手绢，擦去泪痕，在泪水留下的浅坑里扑上些胭脂花粉。她同意五点钟在她自己家里再跟他会面。

他到达的时候，她躺在一张睡椅上，椅子上铺了一块夏天用的印花装饰布。午餐时他让她流出的眼泪似乎仍存在她的眼眶里。此时,他意识到凯里·斯洛恩就站在冷冰冰的壁炉旁,神情阴沉又焦急。

"你的这个主意是怎么回事?"斯洛恩很快就开腔了,"我明白你邀她去吃午餐,然后根据某些流言蜚语威胁她。"

安森坐了下来。

"我没有理由认为那些只是流言蜚语。"

"我听说你还要把这些东西转告给罗伯特·亨特和我的老父亲。"

安森点点头。

"要么你跟她一刀两断,否则我就那样做。"他说道。

"你搞的是什么鬼名堂,亨特?"

"你不要发火,凯里,"艾德娜胆怯地说,"这只是表明他是多么的荒唐……"

"首先,你把我家的名声搞得满城风雨,"安森打断她的话,"这是你最该关心的,凯里。"

"艾德娜不是你家的人。"

"她绝对是!"他的火气上来了,"呃,她住的这座房子,手上戴的戒指都是靠我父亲的心血挣来的。罗伯特叔叔娶她时,她身无分文。"

他们都瞧着那些戒指,仿佛它们对当前的情况有举足轻重的影响。艾德娜做了一个姿势,要把它们从手指上取下来。

"我想它们不是世上仅存的戒指。"斯洛恩说道。

"嗨,太荒谬了。"她大声说,"安森,你愿不愿意听我说? 我已经看出来了这个滑稽戏是怎么开始的。是我解雇的一个女仆,她到了奇尔蔡夫家去干活。这些俄国佬从他们的仆人那里打听消息,然后说三道四,搬弄是非。"她愤恨地用拳头敲了一下桌子,"去年冬天我们去南方,罗伯特把我们的房车借给他们整整一个月,之后……"

"你明白吗?"斯洛恩急切地问道,"这个女仆把事情完全搞颠倒

205

了。她知道艾德娜和我是朋友,然后她把事情传到奇尔蔡夫家去。在俄国,他们认为一个男人和一个女人……"

他把这个主题扩充到了对高加索社会关系的专题研究。

"如果情况是那样,最好向罗伯特叔叔解释清楚,"安森干巴巴地说,"这样他听到谣传时,便会知道真伪。"

安森采取了午餐时对付艾德娜的同样方法,让他们自己辩解,自圆其说。他知道他们做贼心虚,不一会儿便会跨过从辩解到强词夺理的界线,然后给他们自己定罪,定得比他定的还要重。不到七点钟,他们已经决定孤注一掷,向他吐露真情,告诉他罗伯特·亨特如何不关心艾德娜,她又怎么孤寂、冷清以及偶然的调情嬉戏怎么燃起了激情。但是像许多这样的故事那样,他们所讲的一切都是老一套,打动不了人心。那些软弱无力的内容更是难以打动安森的心,他的意志就如有钢胄铁甲护着岿然不动。他威胁要把事情捅到斯洛恩父亲那里去。这一招使他们一筹莫展,陷入绝境,因为斯洛恩的父亲是一个来自亚拉巴马的棉花经纪人,也是一个出了名的基要主义者①。他通过给生活津贴来严格控制儿子,扬言谁再闹出什么事情来,他就要永远停止给谁的津贴。

他们一起在一家法国小餐馆进餐,边吃边继续讨论。有一度斯洛恩用打架格斗来威胁,但过了一会儿他俩恳求他再给他们一些时间。但是,安森冷酷无情,寸步不让。他看到艾德娜精神快要崩溃了,他不应该让她因激情复燃而振作起来。

凌晨两点钟,在五十三号街上的一家小小夜总会里,艾德娜的神经一下子垮了。她大哭大闹着要回家。斯洛恩整宵猛喝酒,很是沮丧,身子靠在桌子上,双手捂住脸在轻轻地哭泣。安森很快就向他们提出了

---

① 基要主义者(fundamentalist),二十世纪初美国基督教新教教徒发起一场运动,强调《圣经》在信条和教义方面是一贯正确的,信奉它的人称为基要主义者。

条件。斯洛恩必须离开纽约六个月，而且必须在四十八小时内走人。若以后他返回这里，不得重续旧情。不过，满一年后，艾德娜要是仍有这般愿望的话，可以对罗伯特·亨特提出离婚要求，一切按通常的做法行事。

他停顿了一下，看了看他们脸部的表情，对自己刚说的话很有信心。

"或者你们可以做另外一件事，"他慢吞吞地说道，"那就是，如果艾德娜想离开她的孩子，那么我无法阻挡你们一起私奔。"

"我要回家！"艾德娜又哭闹起来，"哎哟，你这一天还没把我们折腾够吗？"

外面一片漆黑，只有从六号大街照过来的暗淡亮光。就在这光线下曾是一对情人的男女最后一次搜寻对方哀伤的面容，发现他们两人已没有足够的青春和活力来逆转他们的诀别了。斯洛恩突然走上街头离去；安森轻轻敲了敲正在打瞌睡的出租车司机的手臂。

差不多凌晨四点钟了，有一股清扫街道的水沿着五号大街寂寥的人行道缓缓地流淌着。两个妓女的阴影在圣汤姆斯教堂黑魆魆的建筑物正前方掠过。然后他看到中央公园冷清清的矮树丛——童年他时常来这里玩耍。车窗外经过的街道号码变得越来越大。这些数字正如名字一样各具涵义。他在想这就是他的城市，就在这里他家族的名字经过五代人的努力已如日中天，十分炫耀。没有变化能改变他家庭在这里永恒的地位，因为变化本身是事物最本质的东西，而冠以他家族名字的他和其他人员正是依靠它使他们自己与纽约精神融为一体。他的诡谲多谋和顽强意志已把积聚在他叔叔名字上的灰尘掸掉，也从他家族的名字上掸掉，甚至从汽车里坐在他身旁的那个在不停颤抖的人身上掸掉。他的那些威胁若出自一个意志软弱之人便会一无所用。

第二天早晨，在昆士波罗大桥桥墩下方的平台上找到了凯里·斯洛恩的尸体。由于夜色很黑,加之情绪激动他把那个平台误认为是桥下黑黝黝流动的河水。不过在这一瞬间,一切都无关紧要,除非他打算临终前还要在水中最后一次思念艾德娜,并在孱弱无力挣扎时,再呼喊一遍她的名字。

七

安森从不责备自己在这件事中所起的作用——造成现在这种情况不是他的意图。但是,善恶双方都受到了惩罚。他发现跟他关系最久,也是他最珍贵的友情已付之东流。他从不知道艾德娜所讲述的情况是被极大地歪曲了的,但是他已不再受到叔叔家的欢迎。

就在圣诞节前,亨特夫人撒手人寰,命归西天,安森成了一家之主。一个没有结婚、跟他们住在一起多年的姑姑管理家务,企图监护家里那些未成年的姑娘。但是她无能为力,收效甚微。这些孩子都不如安森那么独立自主,他们的优缺点都平常又平庸,并无特别之处。亨特太太的去世推迟了一个女儿进入社交的时间和另一个女儿的婚期。她的去世也使他们家中所有的人失去了许多深层次上的物质享受,因为随着亨特夫人的逝世,他家的那种安详富裕的优势一去不复返了。

首先,他家的房地产已不再是一笔令人注目的财产,其一,在交纳了两笔遗产税后大伤元气;不久又被六个孩子瓜分,实力大损。安森看到在他几个年轻的妹妹身上有一种倾向,即谈起二十年前"名不见经传"的那些家庭时相当毕恭毕敬,他的那种惟我独尊,以老大自居的感觉却在她们身上没有多少反映,且大不以为然。有的时候她们如同一般人一样变得很势利,仅此而已。其次,这年夏天是他们要去康涅狄克那套房子里度假的最后一个夏天。结果受到群起而攻,说什么:"谁要把一年中最好的几个月白白浪费掉,封闭在那个死沉沉的小镇上?"他不得不退却,尽管这座房子到秋天就要上市出售了。第二年夏天他们只好在威斯切斯特县里一个更小的地方租房度假,这当然是从他父亲俭朴持家合理消费的思想那里又往后退了一步。他同情这次造反,但他还是很恼火。他母亲活着的时候,他至少隔一个周末要上那里去一次——甚至在最快乐的夏天。

然而,他自己也是这个变化中的一部分。他强烈的求生本能在他二十岁时早已使他背弃了那个夭折的有闲阶级的虚情假意。他自己并没有清楚地看到这一点。他仍然感到有一个社会准则,一个社会标准存在。但是,实际上并无准则可言。如果在纽约真的有一个什么准则的话,那么大可对之怀疑。有那么一些人付出昂贵的代价,殊死拼搏,为的是要进入某个特殊的圈子,结果发现作为一个社会,准则并不起什么作用,或者,更让他们震惊的是,他们想摆脱的那些放荡不羁、毫无准则的家伙就坐在他们桌子的上方。

到了二十九岁,安森的主要心病是他自己感到越来越孤独。他这时相信他绝不会结婚成家。在婚礼上他担任傧相或司仪的次数可以说不计其数。在他家里有一只抽屉,里面塞满了这个或那个婚礼发给的红绸礼带,这些礼带代表着短暂的,有的甚至坚持不到一年的浪漫故事;代表着已经完全从他生活中消失的一对对新人。领带夹、金笔、袖口链,还有新郎们送的其他礼品,有的放进珠宝匣,有的不知去向了。他每经历一次这种仪式,就越不能想象自己当新郎会是什么样子。在向新郎新娘表示由衷的祝愿时,他自己心底里却是一片绝望。

近三十岁时,尤其最近一段时间里,他因看到婚姻对他与朋友之间友情的损害而颇感抑郁,郁郁寡欢。一批又一批的人纷纷散伙或不知去向。原先他大学里的那帮男生更难找到,而恰恰在他们身上他倾注了最多的时间和感情。他们大多数蜷缩在家里,还有两个死了,一个迁居国外,一个在好莱坞给影片写分镜头剧本,安森是这些影片的忠实观众。

然而,他们中大多数都是乘公交车的上班族,围绕某个郊区乡村俱乐部过着温馨缠绵的家庭生活,正是从这些人身上他最深切地感觉到自己跟他们离得越来越远了。

在他们婚姻生活的初期,他们都需要他。他告诉他们如何使用不甚丰厚的收入。他解除他们的疑虑,说明在一套二居室带一卫生间的寓所里可以生儿育女。他更是代表着外面的大千世界。然而,现在他们经济不再拮据;原先害怕怀孕,现在孩子已变成家庭中的一员。他们总是很高兴见到安森。但是他们去见他时总是穿戴整齐,竭力要让他知道他们已今非昔比,有了困难也能自行解决。他们不再需要他帮助了。

在他三十岁生日的前几个星期,他年轻时最亲密的朋友中的最后一个也结婚了。安森跟通常一样担任傧相,送给他一套银茶具,又同样去到码头,为搭乘"史诗"号远洋邮轮去度蜜月的新人送行。这是五月的一个炎热的星期五下午,当他从码头走回时,他发现星期六股市已开始收盘,星期一上午之前他闲着没事。

"上哪里去?"他问自己。

当然,去耶鲁俱乐部;打桥牌一直打到吃晚餐,然后在某人的房间里要上四五个开胃小碟,边吃边聊,过上一个快乐而胡乱的夜晚。他后悔没有把今天下午的新郎一起叫来,他们以往经常这样把许多活动塞进一个夜晚。他们知道如何去勾搭女人,又如何把她们甩掉;他们也知道一个姑娘该从他们理智的享乐主义中得到多少关注。每一次聚会都得经过精心策划、调整——带哪些姑娘到什么地方去,在跟她们一起玩乐时花费不多不少。喝一点儿酒,但不超过你该喝的量;到了早上某个时间你站起来告辞,就说你准备回家。你避开大学生和食客,不承诺参加以后的活动;不动手打架,不感情用事,不做出有失检点的行为。这就是你该怎么做,不该怎么做。余下的便是纵情作乐。

到了早晨你绝不会深感遗憾,因为你没有作出任何决定。但是,如果你玩得过了头,脑子有点晕,那么你就戒上几天酒,不提聚会的事,只待着,等到你又感到厌烦难耐,再投入到另一次聚会中去。

耶鲁俱乐部的大厅里人不多。在酒吧里,只有三个非常年轻的校友,抬头朝他瞧了一眼,十分短促,也没有表现出好奇心。

"喂,怎么,奥斯卡,"他对那个酒吧男侍说,"卡希尔先生今天下午来过这儿没有?"

"卡希尔先生去纽黑文了。"

"唔……是这样吗?"

"去看球赛了。好多人去了。"

安森又一次往大厅里瞧了瞧,思索了一会儿,然后走了出去,往五号大街走去。一个头发灰白的老人,从路边一家俱乐部宽大的窗子里——这家俱乐部他已有五年没有去过了——用一双水汪汪的眼睛注视着他。安森迅速转过脸去,那个坐在空荡的房间里既高傲又孤单的人形使他感到很难受。他停了下来,往回走了几步,走过四十号街,朝蒂克·沃登的公寓走去。蒂克和他妻子曾一度是他最熟悉的朋友。他们的家也曾是他和杜丽·卡吉尔在谈恋爱时常去的地方。不过,蒂克爱上了喝酒,他妻子公开说过安森对他起了坏作用。这句话传到安森耳朵里时又被夸大了。最后虽然事情给澄清了,但是原先亲密无间的关系破裂了,一直没有修复。

"沃登先生在家吗?"他问道。

"他们到乡下去了。"

这个消息犹如晴天霹雳,出乎意料。他们到乡下去了,而他全然不知道。两年前他会确切地知道他们何日何时走,临行前还会一起喝上一杯,以及约定他何时去拜访他们,而现在他们不辞而去,连一句话都没留下。

安森瞧一下表,想跟他家里人一起度周末,但是惟一的一趟火车是区间慢车,在难忍的闷热中要颠三个小时。明天在乡下,还有一个星期日呢——他没有情绪跟一帮斯文的本科生玩桥牌,然后在乡下路边餐馆里吃饭跳舞,就像他父亲曾确切地评说的那样:"小乐一番"。

"哦,不,"他自说自话,"……不。"

他是一个举止庄重的年轻人,一表人才,现在身材略显粗了些,不然他纵情恣欲的生活就没在他身上留下什么痕迹。他本来可以铸就成一个栋梁之材——譬如法律界或者教会的台柱人物。有时你会认为他成不了社会的栋梁,有时则认为非他莫属。他一动不动地在四十七号街一座公寓房前的人行道上站了几分钟;这几乎是他生平第一次无所事事。

然后,他很快走上五号大街,仿佛刚有人提醒他在那里有一个重要约会。假装也许是人和狗所共有的特征之一。那天我想到安森,把他看成一条有良好教养的种犬,来到一扇熟悉的后门而被拒之门外。他准备去见尼克,后者曾是一家时髦酒吧的男侍,在私人舞会上颇受欢迎,现在受雇广场酒店,在迷宫般的酒窖里负责冷藏不含酒精的香槟。

"尼克,"他说,"有什么新的情况吗?"

"一切照旧。"尼克说。

"给我调一杯柠檬威士忌鸡尾酒。"安森将一只一品脱的杯子递过柜台,"尼克,姑娘和姑娘大不一样;我在布鲁克林认识的一个小姑娘,上星期结婚都没有通知我一声。"

"是这样吗? 哈,哈,哈。"尼克颇有风度地回答道,"把你蒙了吧!"

"一点儿没错,"安森说道,"前天我还跟她一起出去呢。"

"哈,哈,哈,"尼克笑道,"哈,哈,哈!"

"你记得在温泉市的婚礼吗,尼克? 那次我要服务员和音乐家一起唱'上帝保佑英王'。"

"那次是谁的婚礼,亨特先生?"尼克思索了一番,"我记得是……"

"第二次他们要价更高,我想知道我付给了他们多少钱。"安森继续说道。

"我记得那次好像是特伦霍姆先生的婚礼。"

"我不认识他。"安森断然说道,他给惹火了,怎么竟把这样一个陌生的名字强加到他的记忆里。尼克看出了这一点。

"不——不是他——"他乖乖地承认,"我该知道。那是你一伙里的一个人——布里金斯……贝克——"

"毕克·贝克,"安森回应道,"婚礼结束后,他们把我放在一辆柩车里,上面用鲜花盖住,然后开车把我送走。"

"哈,哈,哈,"尼克又笑了起来,"哈,哈,哈。"

尼克模仿旧时家仆的表演苍白无力,索然无味。安森上楼到大厅里去了。他环顾一圈——他的眼睛跟坐在桌子旁的一个陌生职员的目光相遇,然后又落到上午结婚仪式上掉落下来的一朵鲜花上。花在一只铜痰盂的口上晃荡。他走了出去,慢慢地朝着映在哥伦比亚环形广场上的血红色的晚霞走去。突然他转过身来,退回到广场酒店,把自己反锁在一个电话间里。

后来他对我说那天下午他三次打电话找我,又说他还给每一个可能在纽约的熟人打电话,包括他多年未见面的一些男男女女,其中一个是艺术家的模特儿,她还是他在上大学时认识的,笔迹已褪色的电话号码仍在通讯本里,但是电话总机告诉他该分机早已不存在了。最后他的搜寻漫游到了乡下,他跟那些说话铿锵有力的男女仆人简短地问了几句,结果都令人失望。某某不在家,有的骑马去了,有的游泳去了,有的打高尔夫球去了,还有的上星期乘船去欧洲了。我还给谁打电话呢?

这简直无法容忍,他竟然要独自打发这个晚上,当孤寂强加于人时,个人盘算如何得到片刻的悠闲已无任何魅力可言。当然,总可找到那么一类女子能陪你消闲,但是他认识的几个暂时不知去向,而要跟一个雇来的陌生人在纽约一起过夜,他从来没有想过。相反,他一定会认为这是丢人现眼的事,见不得人的事,那才是走江湖的推销员在陌生城市里的消遣方式。

安森付了电话费。收钱的小姑娘本想对他打电话范围之广开个玩笑,结果讨了个没趣。这是他那天下午第二次离开广场酒店,不知往何处去。靠近旋转门的地方,站着一个女人,脸侧向灯光,显然她怀有身孕。门一转动,披在她肩上的那方米色披肩便轻轻扑打几下。门转一次,她便不耐烦地朝它看一下,仿佛她等得有点累了。看到她的第一眼,他觉得好熟悉,全身的神经像触了电似的,但是直至他走到离她不到五英尺的地方时,他才发现她就是波拉。

"唷,安森·亨特!"

他的心快跳出来了。

"唷,波拉——"

"哎唷,这太奇妙了。我简直不敢相信,安森!"

她捧起他的双手,他从她收放自如的姿势里看到以往的记忆对她来说已不再辛酸,但是对他来说却并非如此。他感到她在他身上唤起过的温情又悄悄潜进他的心头,那是一种含情脉脉的温柔。他就是用它来跟她的乐观情绪周旋,小心翼翼惟恐损伤了她。

"我们在莱尔过夏天。彼德也正好要来东部办事。我想你一定知道我现在是彼德·哈格蒂夫人了。我们带了孩子来,租了一幢房子。你得过来看看我们。"

"我可以吗?"他直截了当地问道,"什么时候?"

"随你高兴。瞧,彼德来了。"旋转门转动起来,走出来一个细高个男子,约三十岁,脸晒得黝黑,还留着修剪整齐的胡须。他无可挑剔的修长身材与安森日益发胖的身材形成明显的对照,安森的这种身材穿着剪裁得略嫌紧窄的上装更为显眼。

"你们不该老站着,"哈格蒂对妻子说,"让我们在那儿坐下。"他手指大厅里的椅子,但是波拉踌躇不前。

"我得马上回家。"她说道,"安森,你为什么今晚不出来跟我们一起吃饭? 我们刚安顿下来,不过,要是你能凑合的话——"

哈格蒂友善地再次发出邀请。

"出来过个夜晚。"

他们的汽车在酒店前等候,波拉拖着疲惫的身子在车子的一角靠着缎面靠垫坐了下来。

"我有好多话要跟你谈,"她说道,"说不完的话。"

"我很想听你说说你的情况。"

"哦——"她对哈格蒂莞尔一笑,"那也得说半天。我有三个孩子——都是我第一次结婚有的。最大的五岁,下面一个四岁,再下面一个三岁。"她又莞尔一笑,"我养他们没耽误多少时间,对吗?"

"都是男孩儿?"

"一个男孩儿,两个女孩儿。哎,还出了好多事,一年前我在巴黎离了婚,又跟彼德结了婚。就那些——还得说一句,我现在非常幸福。"

在莱尔,他们的车直接驶到靠近海滩俱乐部的一座大房子那里。从屋子里立刻跑出来了三个皮肤黑黑的、身材细瘦的孩子,他们挣脱了英国女教师,嘴里不知喊嚷着什么向他们跑来。波拉象征性地一个一个抱了抱他们,每一抱都很费劲。他们在接受她的爱抚时,显得很僵硬,显然已告诉他们不要在她怀里乱蹦乱跳。虽然陪衬的是孩子们鲜活的脸蛋,波拉的皮肤并不显老,尽管她体力上有点疲惫,但看上去似乎比他七年前在棕榈海滩上见到她时要年轻些。

吃饭时,她一直若有所思;后来,在收听收音机的广播时,她躺在沙发上,双目紧闭,以至于安森不禁问自己他这个时候在场是否不合时宜,惊扰了她。但是,到了九点钟,当哈格蒂起身,并和气地说他要离开他们一会儿时,她慢慢谈起了自己,谈起了往事。

"我的第一个孩子,"她说道,"我们叫'宝贝'的那个,是个女孩子。当我知道我要生她时,我都不想活了。因为洛厄尔对我像是一个陌生人。她好像不可能是我的孩子。我给你写了一封信,又把它撕了。哎哟,你对我糟透了,安森。"

过去的对话又回来了,跌宕起伏。安森感到往事突然涌向眼前。

"你不是订婚了吗?"她问道,"一个名叫杜丽什么的姑娘?"

"我没有订婚。我试图订婚,但是除了你,我绝不爱其他任何人,波拉。"

"呃!"她应了一声,过了一会儿说,"现在怀的这个孩子是我真正想要的第一个孩子。你瞧,现在相亲相爱,我终于……"

他没有回答,感到十分吃惊,她竟背叛了以往的记忆。她一定看出那个"终于"刺痛了他的心,因为她接着说:

"我曾经痴迷过你,安森——你当初可以叫我做你喜欢做的任何事。但是,我们不会快活幸福。我对你来说不够聪明。我不像你那样喜欢把事情弄得很复杂。"她停顿了一下,"你永远成不了家。"她说道。

这句话犹如在他背后猛击一拳。这是对他的种种指责中他从未受到过的指责。

"我可以结婚成家,如果女人们不是那样,"他说道,"如果我对她们了解得不那么多,如果女人不因为其他女人而糟蹋你,如果她们还有一点自尊心的话,如果我可以睡上一会儿觉,醒过来那个家还是真正我的家——唉,我要的仅此而已,波拉,女人们,在我身上看到的也就这么一点,喜欢我的也是这么一点。就因为那个,我一直都不过关。"

哈格蒂在不到十一点时进来了。在喝了一点儿威士忌后,波拉起身说她要睡觉去了。她走过去跟她丈夫站在一起。

"你刚才到哪里去了,亲爱的?"她问道。

"我跟爱德·桑德斯喝酒去了。"

"我担忧你会跑掉呢!"

她把她的头靠在他的上衣上。

"他很可爱,是吗,安森?"她问道。

"绝对可爱。"他回答道,纵声大笑。

她向丈夫仰起了脸。

"好吧,我要走了。"她说道。她转身对安森说:"你要不要看看我们的健身操表演。"

"好呀!"他说道,表示很感兴趣。

"好,我准备好了。"

哈格蒂轻轻地把她抱了起来,抱在怀里。

"这叫做家庭杂技表演,"波拉说,"他把我抱上楼。他可爱不可爱?"

"可爱。"安森说道。

哈格蒂轻轻地低下头,直至他的脸贴在波拉的脸上。

"我爱他,"她说道,"我刚才对你说过了,说了没有,安森?"

"说过了。"他说道。

"他是世上最可爱的人了。亲爱的,你是不是? ……那么,晚安。我们上去了。他身体挺棒吧!"

"很棒。"安森说道。

"我会给你找一套彼德的睡衣。多做几个美梦。明天早餐时见。"

"好的。"安森说道。

八

公司里的资深人士坚持认为安森该到国外去过夏天。他们说七年来他很少休假。他辛劳过度,需要换个环境。但安森拒不答应。

"要我去,"他公开宣布,"我就不再回来了。"

"那是胡闹,老兄。你三个月后回来,忧愁全消,跟以前一样健康。"

"不。"他顽固地摇摇头,"一旦停下来,我就不会回来工作了。要是我停下来,那就是说我放弃了,我完蛋了。"

"我们不妨冒险试一试。如果你愿意,待上六个月——我们不怕你会离开我们。嗨,要是你不工作,你会难受死了。"

他们为他安排了外出的事宜。他们喜欢安森——人人都喜欢安森——近来他身上出现的一些变化给办公室蒙上了一层阴影。一直以来,他对工作兢兢业业,精神饱满,对同级和下属关心备至,还有他在哪里,那里便朝气蓬勃。……可是,近四个月来,他显得神经高度紧张,这些品质化解成了四十岁男子常表现的烦躁和悲观。在他参与的每一笔生意中,他成了累赘,成了阻力。

"要是我走,我决不回来。"他说道。

在他出海远航的前三天,波拉·利吉德尔在分娩时死去了。这段时间,我跟他在一起的时间很多,因为我们要一起越洋出国,但是在我们的友好交往中,他是第一次没跟我说一句他内心的感受,我也看不出他感情上有丝毫的变化。他主要关注的事实是他已经三十岁了。他常常在交谈时,话锋一转,提醒你这个事实,然后陷入沉默,仿佛他认为这句话的本身就足以引发出一系列的思绪。像他的合伙人一样,我对他身上的这种变化感到惊讶。我很高兴,"巴黎号"邮轮终于起航了,驶进欧美大陆间的茫茫大海之中,把他的王国留在了身后。

"喝一杯怎样?"他建议。

我们走进酒吧,带着离别日子里常有的情绪,要了四杯马提尼。一杯酒下肚后,他身上出现了变化。他突然把手一伸,拍了拍我的膝盖,带着几个月来我第一次看到他流露出来的欢快情绪。

"你看到那个戴红色窝顶无檐圆帽的姑娘吗?"他问道,"那个脸色红润的姑娘,码头上有两只警犬向她告别。"

"她很漂亮。"我附和了一声。

"我在船上总务长的办公室里见到过她,发现她单身一人。过几分钟我去把服务员找来。今晚约她跟我们一起吃饭。"

过了一会儿,他离开了我。不到一个小时,他在甲板上跟她一起散步,用他有力而清脆的声音对她说话。她那顶红色的帽子成了一个亮点,映现在铁青色的海水上面。她不时抬头仰望,她头上的短发随之闪烁。她不停地微笑,显得很开心,兴味十足,还带着某种期盼。晚餐时,我们喝香槟,非常快乐。之后,他兴致勃勃地玩台球,有好几个人看到我跟他在一起,过来问我他的名字。我去睡觉时,他和那个姑娘还在酒吧的一个雅座里谈笑风生。

在那次旅途中,我与他相处的时间比我希望的要少。他要求玩台球的双打,但是找不到人,所以我只是在吃饭时见到他。虽然他有时会到酒吧去喝一杯鸡尾酒,他会对我说一些有关那个戴红帽子姑娘的事,以及他跟她的一些经历,说得都很奇怪和有趣,就像他一贯的作风那样。我很高兴他又回到了老样子,至少是我认识的那个样子,我跟他也感到自在多了。我并不认为他很快活,除非有人爱上他,像铁屑碰到磁铁,相吸相附,帮助他认识自己,向他作出某种承诺。我不知道什么承诺。或许她们会信誓旦旦向他保证,说世上总有女人会把她们最亮丽、最清新、最宝贵的时光用于呵护和保护他心中最珍爱的优越感。

"插图本名著名译丛书"书目

（按著者生年排序）

第 一 辑

书　名	著　者	译　者
荷马史诗·伊利亚特	［古希腊］荷马	罗念生 王焕生
荷马史诗·奥德赛	［古希腊］荷马	王焕生
一千零一夜		纳　训
神曲（地狱篇、炼狱篇、天国篇）	［意大利］但丁	田德望
十日谈	［意大利］薄伽丘	王永年
堂吉诃德（上下）	［西班牙］塞万提斯	杨　绛
培根随笔集	［英］培根	曹明伦
罗密欧与朱丽叶——莎士比亚悲剧选	［英］威廉·莎士比亚	朱生豪
威尼斯商人——莎士比亚喜剧选	［英］威廉·莎士比亚	朱生豪
鲁滨孙飘流记	［英］丹尼尔·笛福	徐霞村
格列佛游记	［英］斯威夫特	张　健
忏悔录（上下）	［法］卢梭	范希衡 等
少年维特的烦恼	［德］歌德	杨武能
浮士德	［德］歌德	绿　原
傲慢与偏见	［英］简·奥斯丁	张　玲 张　扬
红与黑	［法］司汤达	张冠尧

I

希腊神话和传说(上下)	[德]古斯塔夫·施瓦布	楚图南
高老头　欧也妮·葛朗台	[法]巴尔扎克	傅　雷
普希金诗选	[俄]普希金	高　莽　等
巴黎圣母院	[法]雨果	陈敬容
悲惨世界(一二三四五)	[法]雨果	李　丹　方　于
基督山伯爵(一二三四)	[法]大仲马	李玉民
三个火枪手(上下)	[法]大仲马	李玉民
安徒生童话故事集	[丹麦]安徒生	叶君健
死魂灵	[俄]果戈理	满　涛　许庆道
汤姆叔叔的小屋	[美]斯陀夫人	王家湘
雾都孤儿	[英]查尔斯·狄更斯	黄雨石
双城记	[英]查尔斯·狄更斯	石永礼　赵文娟
简·爱	[英]夏洛蒂·勃朗特	吴钧燮
呼啸山庄	[英]爱米丽·勃朗特	张　玲　张　扬
猎人笔记	[俄]屠格涅夫	丰子恺
罪与罚	[俄]陀思妥耶夫斯基	朱海观　王　汶
包法利夫人	[法]福楼拜	李健吾
海底两万里	[法]儒勒·凡尔纳	赵克非
八十天环游地球	[法]儒勒·凡尔纳	赵克非
复活	[俄]列夫·托尔斯泰	汝　龙
战争与和平(一二三四)	[俄]列夫·托尔斯泰	刘辽逸
安娜·卡列宁娜(上下)	[俄]列夫·托尔斯泰	周　扬　谢素台
小妇人	[美]路易莎·梅·奥尔科特	贾辉丰
百万英镑——马克·吐温中短篇小说选	[美]马克·吐温	叶冬心
汤姆·索亚历险记	[美]马克·吐温	成　时
最后一课——都德中短篇小说选	[法]都德	刘　方　陆秉慧
羊脂球——莫泊桑短篇小说选	[法]莫泊桑	张英伦
一生	[法]莫泊桑	盛澄华
变色龙——契诃夫短篇小说选	[俄]契诃夫	汝　龙